CADEAUX INESTIMABLES

Danielle Steel

CADEAUX
INESTIMABLES

Roman

Traduit de l'anglais (États-Unis)
par Caroline Bouet

PRESSES
DE LA CITÉ

Titre original : *Precious Gifts*
Publié par Delacorte Press, Penguin Random House, New York.

© Danielle Steel, 2015
© Presses de la Cité, 2017 pour la traduction française
ISBN 978-2-258-13497-3

Presses
de | un département **place des éditeurs**
la Cité

place
des
éditeurs

À mes enfants merveilleux et aimants,
Beatie, Trevor, Todd, Nick,
Sam, Victoria, Vanessa, Maxx et Zara,
Vous êtes les étoiles les plus étincelantes
de mon firmament,
Vous êtes mes espoirs, mes rêves,
Mes souvenirs les plus précieux,
Ma source d'amour, de rires,
Vous êtes ma joie... ma vie.

De tout mon cœur et avec tout mon amour,
Maman / DS

À John,
Pour nos enfants merveilleux, nos années de bonheur,
Les meilleures de ma vie, pour les souvenirs
Que je chérirai à jamais,
et tous ces cadeaux que je te dois.

Avec tout mon amour,
Olive

Et en souvenir affectueux
De Sammy Ewing,
Ami adoré, garçon spécial,
Tu vas tant nous manquer !
Pour toujours dans nos cœurs,
Continue à danser parmi les étoiles !

Avec mon amour éternel,
« Maman noire »

1

Timmie Parker était assise derrière son bureau, une jambe repliée sous ses fesses. Lorsque la tension de la matinée s'était accrue, elle avait négligemment attaché ses longs cheveux blonds à l'aide d'un élastique en caoutchouc. À midi, quatre crayons et un stylo complétaient sa coiffure. Timmie portait par-dessus son débardeur une chemise à carreaux propre mais froissée dont elle avait retroussé les manches, un jean troué et des Converse montantes. Elle n'était pas maquillée. Grande et mince, elle avait hérité de la silhouette élégante de son père. Pieds nus, elle mesurait un mètre quatre-vingts. La jeune femme était âgée de vingt-neuf ans, et avait obtenu son diplôme d'assistante sociale à Columbia. Elle travaillait pour une fondation dont la mission était de trouver des logements gratuits ou à loyer très modéré pour des sans-abri de New York. Timmie était installée derrière son bureau depuis 6 heures du matin car elle avait fort à faire. Une montagne de dossiers trônait sur sa table. Elle aurait aimé pouvoir proposer un toit à chacune des personnes qui venaient la voir. Elle savait qu'avec de la chance et en harcelant sans relâche les agences gouvernementales et autres organisations que sa fondation avait l'habitude de solliciter, elle dénicherait un foyer pour quelques-uns des candidats au logement parmi ceux qui étaient qualifiés d'« éligibles » – une expression fourre-tout permettant d'éliminer les individus qui en avaient le plus besoin.

En ce mois de juillet, la chaleur était étouffante et, comme d'habitude, l'air conditionné ne fonctionnait pas. Timmie sentait que cela serait l'une de ces journées où rien ne marcherait vraiment comme elle le voudrait. Elle avait déjà annoncé de bien mauvaises nouvelles à certains de ses cas les plus désespérés. Briser des cœurs faisait partie de son quotidien.

Les injustices du système, terriblement inefficace lorsqu'il s'agissait de secourir les plus démunis, l'indignaient. Timmie était une personne dévouée et bienveillante ; c'est à l'adolescence qu'elle s'était découvert une vocation pour aider les sans-abri. Elle avait malgré tout un défaut : être souvent en proie à la colère. Lorsqu'elle était plus jeune, la table du dîner se transformait en tribune pour ses diatribes sur les problèmes sociaux. Devenue adulte, elle avait décidé de consacrer tout son temps à tâcher de les résoudre.

S'il fallait retenir une chose au sujet de Timmie Parker, c'était qu'elle ne baissait jamais les bras. Elle travaillait sans relâche pour les autres. Et lorsqu'elle avait enfin obtenu un logement pour les gens qui venaient la voir, elle ne les abandonnait pas. Car une fois qu'ils se retrouvaient isolés dans les minuscules studios qu'on leur attribuait, privés du réseau d'entraide qu'ils avaient mis en place pour survivre dans la rue, la solitude, le désespoir et le suicide les guettaient bien souvent.

Timmie regorgeait d'idées brillantes pour améliorer le système. Malheureusement, l'argent manquait, et les équipes étaient clairsemées. Avec la crise économique, les programmes de lutte contre la pauvreté avaient subi des coupes budgétaires drastiques, et les politiques faisaient la sourde oreille. Pour couronner le tout, l'aide des fondations privées s'était également réduite comme peau de chagrin. Par conséquent, Timmie avait l'impression d'écoper l'eau de l'océan avec un dé à coudre. Elle regardait, impuissante, les gens se noyer sous ses yeux. Ils devaient attendre au moins un an avant de pouvoir intégrer les programmes gratuits de désintoxication ou prétendre à un logement. Dans la rue, la vie était très difficile pour les femmes, et, dans les foyers, elles étaient souvent victimes de violences. Chaque jour, Timmie croulait sous la paperasse. Elle passait son temps à remplir des formulaires de demande d'allocation ou d'obtention de carte d'identité. Le sort des adolescents la touchait particulièrement, mais il était plus simple de les renvoyer vers les programmes municipaux pour la jeunesse qui existaient aux quatre coins de la ville. En outre, les jeunes avaient tendance à mieux s'en sortir dans la rue.

À midi, Timmie avait déjà vu six personnes. Elle en attendait le double dans l'après-midi et quittait rarement le bureau avant 20 ou 21 heures. Parfois, elle restait jusqu'à minuit ! Chaque matin, elle arrivait avant tout le monde. Son travail était toute sa vie.

Lorsqu'elle était étudiante, Timmie avait vécu avec un homme qui l'avait trompée avec sa meilleure amie. Après cette mésaventure, elle avait été fiancée à un autre type qui lui avait également été infidèle – au moins celui-là avait-il eu l'élégance de ne pas choisir une femme de son entourage. Elle avait mis un terme à leur relation. Depuis, elle se consacrait corps et âme à son travail. Voilà deux ans qu'elle n'était sortie avec personne. Elle disait souvent que les femmes de sa famille n'avaient pas de chance en amour. Sa sœur cadette, Juliette, avait un penchant maladif pour les pauvres types. Ils vivaient à ses crochets, abusaient de sa douceur et de sa gentillesse, et finalement, après avoir obtenu d'elle tout ce qu'ils pouvaient, ils la laissaient tomber. Et Juliette était la seule personne à s'en étonner. Elle pleurait à chaudes larmes pendant des mois, avant de récidiver en tombant amoureuse du même genre de mauvais pion.

Leur mère, Véronique, avait passé les vingt années qui avaient suivi son divorce à aimer et soutenir leur père. Ce bel homme pétri de charme était malheureusement un Casanova invétéré. Elle avait découvert qu'il l'avait trompée pendant toute la durée de leur mariage, lequel avait pris fin à cause d'un top model de vingt-trois ans. Depuis, les belles filles avaient défilé dans sa vie, ce qui n'empêchait pas Véronique de lui trouver des excuses. « Vous connaissez votre père... », avait-elle coutume de dire. Justement, Timmie ne le connaissait que trop bien... Elle n'avait d'ailleurs jamais été proche de lui. Selon elle, c'était un véritable bourreau des cœurs, un maître dans l'art de la séduction. Une réalité qui lui était insupportable, d'autant qu'elle avait pris conscience avec horreur que les hommes qu'elle fréquentait étaient de la même étoffe... sans jamais être aussi charmants et beaux que son père.

Elle en était arrivée à la conclusion que les hommes étaient tous les mêmes : des charmeurs, des êtres menteurs et volages qui abusaient des femmes. D'où sa méfiance à l'égard de tout individu de sexe masculin qui s'intéressait à elle... Sa mère et ses sœurs l'accusaient de détester les hommes en général. Elle se défendait en soulignant que son antipathie ne se portait que sur ceux d'entre eux qui mentaient et étaient infidèles – ceux-là justement à qui elle plaisait.

Seule leur plus jeune sœur, Joy, échappait à ce triste sort. Elle avait toujours été la préférée de leur père, parce qu'elle était d'une beauté remarquable et ressemblait comme deux gouttes d'eau à Véronique, qui, à cinquante-deux ans, était encore très séduisante. Elles étaient dotées d'une épaisse chevelure brune, d'un teint de porcelaine et de magnifiques yeux violets. Joy était cependant plus grande que leur mère et avait fait du mannequinat quand elle était étudiante. Depuis qu'elle était en âge de parler, elle avait toujours mené leur père par le bout du nez et obtenu tout ce qu'elle voulait de lui. Mais Joy gardait ses distances avec sa famille. Elle était la plus indépendante du clan, et maintenait également une saine distance entre elle et les hommes de sa vie. Sans doute était-ce pour elle une façon de se protéger. Elle choisissait des compagnons qui vivaient à l'autre bout du pays ou qui, comme elle, étaient absorbés par leur carrière. Ils semblaient tous l'adorer, mais n'étaient jamais à ses côtés.

Timmie allait jusqu'à parler de « malédiction familiale ». D'après elle, leur père les avait condamnées à n'être attirées que par les mauvais numéros. Désormais, elle n'essayait même plus d'en trouver un bon. Dénicher un logement pour les sans-abri était bien plus important à ses yeux que trouver chaussure à son pied.

Le téléphone posé sur son bureau sonna entre deux rendez-vous. Ne voulant pas faire attendre les gens dans le couloir, elle hésita à répondre, mais elle craignait de manquer l'appel d'une personne en détresse ou de l'une des agences qu'elle avait contactées le matin même. Elle décrocha.

— Timmie Parker, dit-elle d'une voix impersonnelle.

Elle privilégiait l'efficacité à la jovialité.

— Bonjour, Timmie. C'est Arnold.

Un frisson parcourut l'échine de la jeune femme. Arnold Sands était l'avocat de son père, et son ami le plus proche. Timmie le connaissait depuis l'enfance. Voilà un an que son père, âgé de quatre-vingts ans, était gravement malade. Une attaque cérébrale l'avait laissé lourdement handicapé, l'obligeant depuis lors à vivre en maison de retraite. Lorsqu'elle lui avait rendu visite deux semaines auparavant, il avait perdu connaissance plusieurs fois. Elle était restée à ses côtés sans rien dire, la main sur la sienne. Tout son côté gauche était paralysé, et Timmie souffrait de le voir si diminué. Son père se mourait à petit feu. Lui qui avait été si énergique et qui avait toujours paru plus jeune que son âge... Même si Timmie avait réprouvé son mode de vie, savoir qu'elle avait un père avait quelque chose de rassurant. Sans compter qu'elle avait secrètement nourri l'espoir qu'un jour, comme par magie, leur relation s'améliorerait – qu'il deviendrait, comme par enchantement, quelqu'un de fiable qu'elle pourrait admirer. Elle savait bien que ce scénario était hautement improbable. Son père n'avait jamais été là pour qui que ce soit : ni pour elle, ni pour sa mère, ni pour ses sœurs. Véronique le lui avait pardonné.

Timmie, jamais. Cependant, tant qu'il était en vie, elle s'accrochait à cette chimère d'un changement.

— Je suis désolé de te déranger au travail, dit Arnold d'une voix grave.

Timmie devinait ce qui allait suivre.

— Papa ?

— Il s'est éteint hier soir. Paisiblement.

Toutes savaient ce dénouement inévitable – il arrivait d'ailleurs plus tardivement que prévu. Juliette était allée rendre visite à son père à de nombreuses reprises, contrairement à Joy, qui ne l'avait pas vu depuis deux mois. La jeune femme vivait à Los Angeles, et semblait avoir plus de mal que ses sœurs à accepter son état. Elle avait évité autant que possible de se confronter à la réalité. Timmie, elle, même si ces visites lui coûtaient, s'était rendue à son chevet toutes les deux ou trois semaines. Et leur mère l'avait vu un mois auparavant, en juin, la veille de son départ pour Saint-Tropez, dans le sud de la France, où elle avait loué pour l'été une maison. Elle avait confié à Timmie avoir eu l'impression que c'était la dernière fois qu'elle voyait Paul. Heureusement, ils avaient pu se dire tout ce qu'ils avaient sur le cœur. Véronique n'avait pas raconté à sa fille que son ex-mari lui avait présenté des excuses pour ses nombreux manquements, y compris en tant qu'ami. En quittant la maison de retraite, Véronique avait ressenti une forme d'apaisement. Elle s'était cependant fait une raison depuis longtemps. Vingt années avaient passé depuis leur divorce – et l'eau avait coulé sous les ponts. Véronique n'était pas une personne rancunière. La fin de leur mariage ne l'avait pas rendue amère, pas plus que les raisons de l'échec de leur relation, ou que les sommes d'argent faramineuses qu'elle lui avait données et qu'il avait gaspillées en entretenant ses maîtresses et en menant une vie de luxe et d'excès. En réalité, ni Véronique ni ses filles n'avaient souffert financièrement de ses frasques. Quand elles étaient plus jeunes, Timmie et ses sœurs avaient toujours dépendu de leur mère, jamais de lui.

— Maman est au courant ? demanda doucement Timmie.

— Je voulais d'abord te prévenir. J'ai pensé que, peut-être, tu aimerais l'annoncer toi-même à ta mère et à Juliette et Joy. J'imagine que c'est Véronique qui organisera les choses...

Depuis le divorce, aucune femme n'avait réellement occupé la place laissée par Véronique dans la vie de Paul. Ses conquêtes féminines avaient pourtant défilé. Avec le temps, elles tendaient d'ailleurs à être plus jeunes que ses propres enfants. Mais toutes avaient disparu dans les mois qui avaient suivi son attaque cérébrale. Les femmes qu'il fréquentait n'étaient pas du genre à rester en cas de coup dur – encore moins depuis qu'il n'était plus en mesure de leur signer des chèques. Avant son accident vasculaire et malgré son âge, il parvenait sans problème à faire chavirer les cœurs. Sa beauté, son charme et son élégance formaient un cocktail pour ainsi dire irrésistible. Même le personnel féminin de la maison de retraite ne manquait pas de souligner à quel point il était bel homme. Timmie avait hérité de son physique, mais la ressemblance s'arrêtait là. Contrairement à son père, elle était sérieuse, travailleuse et fiable.

— J'appellerai maman tout à l'heure. J'ai deux rendez-vous urgents, là. Pourrais-tu prévenir Juliette et Joy ? Elles ne seront pas surprises ; elles s'y attendent depuis longtemps.

Timmie elle aussi s'y était attendue, mais elle devait se rendre à l'évidence : cette nouvelle l'accablait de chagrin. C'était terminé, la fête était finie. Ce père, qui n'en avait pas vraiment été un, était mort. Timmie savait aussi que cela serait très difficile pour sa mère. Malgré la versatilité de Paul, Véronique avait aimé l'époux, le frère, l'ami qu'il avait été pour elle pendant trente et un ans. Ces derniers temps, il était presque devenu comme un père pour Véronique – et il en avait l'âge, d'ailleurs. Véronique avait veillé sur lui, particulièrement depuis qu'il était malade.

Après avoir découvert la liaison de Paul qui avait mis un terme à leur mariage, la mère de Timmie avait traversé une période difficile, suivie d'une autre, bien pire encore, lorsqu'elle avait compris que le top model n'était pas sa première maîtresse. Par la suite, elle lui avait suffisamment pardonné pour qu'ils deviennent amis et le restent pendant vingt ans. Elle disait souvent qu'elle avait réagi comme cela pour le bien de ses filles. Mais Timmie avait toujours eu l'impression que ses parents continuaient à se fréquenter parce qu'ils avaient besoin l'un de l'autre.

— Très bien. Je dirai à tes sœurs de ne pas appeler Véronique tant que tu ne leur auras pas donné le feu vert, répondit Arnold.

Il soupira. Son vieil ami allait lui manquer. Il lui manquait déjà depuis un an, depuis que l'attaque cérébrale avait fait de lui l'ombre de l'homme qu'il avait connu.

— Merci, Arnold. À bientôt, dit la jeune femme d'une petite voix avant de raccrocher.

Incapable de se lever, elle resta un bon moment à regarder la rue sinistre derrière sa fenêtre. Son bureau était situé dans le sud de Harlem. Dehors, des enfants s'amusaient avec une borne à incendie. Pendant quelques instants, son esprit fit un bond en arrière dans le temps. Enfant, elle avait considéré son père comme un vrai héros. Mais après le divorce, il avait pratiquement disparu de sa vie. Elle avait alors neuf ans.

Il y avait tout de même eu quelques bons moments par la suite : les vacances, de brèves apparitions à des anniversaires ou à Noël. Les entrées en scène de son père étaient alors auréolées d'un glamour à la hauteur du personnage. Il était semblable à un bel oiseau au plumage majestueux que l'on apercevrait en plein vol. On ne pouvait jamais vraiment le saisir, mais seulement l'admirer dans le ciel et le regarder disparaître au loin. Et on ne savait jamais quand il daignerait réapparaître. Il était le narcissisme incarné. Paul n'était pas méchant, il était seulement un être complètement égocentrique doublé d'un mauvais père. Ses filles en avaient fait les frais : elles étaient toutes les trois attirées de façon inconsciente par des hommes qui lui ressemblaient, même si Timmie avait fini par s'en méfier terriblement. Joy était jeune, elle pouvait encore s'en sortir. En revanche, Timmie était convaincue que pour elle et Juliette, il était trop tard. Les dés étaient jetés, et leurs habitudes et schémas de pensée étaient bien trop ancrés pour qu'elles puissent s'en défaire.

Timmie se leva et contourna la table pour ouvrir la porte de son bureau. Elle sourit aux deux personnes qui attendaient et invita la femme à entrer. Elle était plus jeune qu'elle, ses cheveux étaient tout emmêlés et elle n'avait plus de dents. Elle vivait dans la rue depuis trois ans et se droguait depuis plus longtemps encore. Ses trois enfants étaient placés et elle avait sur elle toutes ses affaires – un duvet crasseux et deux sacs-poubelle remplis de vêtements. Elle devait suivre prochainement un programme de désintoxication. Malheureusement, Timmie avait pour elle une bien mauvaise nouvelle. La structure censée l'accueillir mettait la clé sous la porte, et elle se retrouvait tout en bas de la liste d'attente d'un autre établissement. Il faudrait qu'elle patiente encore deux ans. Une situation désespérante.

Timmie s'installa de l'autre côté de son bureau pour lui annoncer la nouvelle. Elle pensa à son père, se dit que sa vie avait été terriblement égocentrique et futile comparée à celle de ses collègues ici. Il n'avait jamais rien fait pour quiconque si ce n'est pour lui-même et, de façon épisodique, pour les femmes qu'il fréquentait. Son existence avait été placée sous le signe du plaisir égoïste. C'était l'une des raisons pour lesquelles Timmie travaillait aussi dur. En grandissant, elle avait acquis une certitude : elle ne voulait jamais devenir comme lui. Maintenant, c'était fini, il n'était plus.

Timmie s'efforça de se concentrer sur la femme qui se trouvait en face d'elle et de chasser son père de son esprit. Tout du moins, pendant une heure ou deux, jusqu'au coup de fil qu'elle devrait passer à sa mère afin de lui annoncer la mort de Paul. Étant l'aînée, les tâches les plus difficiles lui incombaient toujours. Juliette n'avait pas le cran nécessaire pour le faire. Et Joy, en s'exilant à Los Angeles, avait de fait tourné le dos à ce rôle.

Lorsque Arnold téléphona à Juliette dans sa minuscule boulangerie du quartier de Park Slope à Brooklyn, il était midi et les clients affluaient. Juliette's Kitchen faisait un tabac depuis son ouverture, trois ans auparavant. Influencée par sa mère, Juliette avait d'abord étudié l'histoire de l'art et obtenu une maîtrise à la Sorbonne. Tout cela pour découvrir, au terme d'une formation à l'école culinaire Le Cordon Bleu à Paris qu'elle avait suivie « pour s'amuser » une fois son diplôme en poche, que la pâtisserie était sa passion. Son idée de devenir conservatrice dans un musée et ses projets d'enseignement s'étaient envolés.

Chaque jour, elle préparait de divins croissants qui servaient d'écrin à ses sandwichs. Elle vendait également des cookies, des gâteaux et des pâtisseries inspirées de recettes glanées en France. Jamais elle n'était plus heureuse que lorsqu'elle surveillait une cuisson au four, servait un café fumant à une personne âgée ou versait une tasse de chocolat chaud nappé d'une épaisse couche de crème fouettée à un enfant. Nourrir les autres la rendait heureuse, et sa petite boulangerie, qui se portait comme un charme, le lui rendait bien.

Après d'âpres discussions et mûre réflexion, et malgré sa déception de la voir renoncer à une carrière dans le milieu de l'art, sa mère lui avait prêté l'argent nécessaire au lancement de son affaire. Véronique espérait encore que cette passion pour la pâtisserie finirait par lui passer – après tout, elle n'avait que vingt-huit ans. Elle aurait préféré que sa fille s'épanouisse dans un domaine professionnel intellectuel, qu'elle jugeait plus intéressant que la restauration. Elle avait toujours aimé l'idée que Juliette ait hérité de sa passion pour l'art, qu'elle partageait avec Paul.

Mais Juliette avait laissé tomber l'art pour se consacrer à ses croissants.

Juliette ressemblait beaucoup à son aînée, Timmie, dont elle était une espèce de modèle réduit, la douceur en plus. Toutes deux avaient en commun les yeux verts de leur père. Elles n'avaient qu'un an d'écart et avaient été élevées comme des sœurs jumelles, ce qui n'empêchait pas leurs caractères d'être diamétralement opposés. Juliette avait toujours eu quelques kilos superflus, lesquels ne nuisaient en rien à sa beauté. Goûter ses créations à des fins de validation avait contribué à rendre sa silhouette encore plus pulpeuse. Elle était dotée d'une incroyable poitrine, au sujet de laquelle Timmie la taquinait sans cesse. Juliette était blonde comme sa sœur aînée ; ses cheveux, qui formaient une masse d'anglaises lorsqu'elle était enfant, étaient ondulés. Elle était très jolie quand elle les détachait, mais au travail elle était obligée de les nouer en une tresse qui descendait le long de son dos. Des bouclettes s'échappaient constamment de sa coiffure, encadrant son visage tel un halo. Tout chez Juliette était accueillant, chaleureux. Elle avait toujours eu quelque chose de maternel, même lorsqu'elle était enfant. Elle aimait s'occuper des autres. La facette la plus marquante de sa personnalité était sa gentillesse, qu'elle dispensait à tout le monde. Timmie se plaisait à dire qu'elle recueillait tous les canards boiteux de la Terre – surtout quand ceux-ci appartenaient à la gent masculine.

Les histoires sentimentales de Juliette avaient systématiquement le même point de départ : un homme qui avait besoin d'un toit, d'argent ou d'un travail. Généralement, au début, il dormait sur son canapé, puis il se retrouvait dans sa chambre, pour finalement se faufiler jusqu'à son compte en banque, où, avec la participation active de Juliette, il se faisait plaisir pendant un temps. Une fois gavé jusqu'à plus soif par la jeune femme, l'ingrat la laissait tomber pour une autre. D'après Timmie, ce scénario s'était reproduit bien trop souvent pour qu'il s'agisse d'un hasard. Juliette s'arrangeait toujours pour tomber sur des profiteurs au physique avantageux – comme son père. Jusqu'à présent, aucun de ses amants n'avait dérogé à cette règle. Il leur fallait en moyenne six mois avant d'aller voir ailleurs. Juliette pleurait alors pendant plusieurs jours, se plongeait ensuite dans le travail pour oublier, inventait de nouvelles recettes et prenait quelques kilos au passage. Et puis un autre homme aux abois faisait son apparition, et elle le prenait sous son aile. C'était une belle fille, très attirante, et elle n'était jamais seule bien longtemps. Alors que Timmie s'en voulait amèrement de ses erreurs passées et avait fait le choix de rester célibataire depuis deux ans, Juliette, elle, était prête à pardonner à tout le monde, y compris à elle-même, et semblait ne jamais retenir la leçon. Elle était la première victime de son indulgence.

Juliette venait tout juste de servir l'un de ses habitués quand Arnold l'appela. L'avocat savait que, contrairement à Timmie, éternelle pragmatique qui acceptait les coups du sort sans sourciller, la jeune femme serait profondément bouleversée par la nouvelle. Il se serait bien passé de jouer les messagers. Comme il s'y attendait, Juliette éclata en sanglots. Elle se réfugia dans la cuisine et put donner libre cours à son chagrin.

Elle s'était toujours considérée comme étant celle qui était la plus proche de son père. Il faut dire qu'elle était prête à tout pour conquérir son amour, fermant les yeux sur ses défauts. Même avant son attaque, elle l'appelait tous les jours pour prendre de ses nouvelles. Et bien qu'il ne soit venu qu'une seule fois dans sa boulangerie, on aurait pu croire, à entendre Juliette, qu'il était un client régulier. Sa quête de reconnaissance paternelle était telle qu'il lui arrivait même de déposer chez lui ses spécialités les plus réussies afin qu'il goûte ses nouvelles recettes.

Paul Parker n'appelait jamais ses filles. Si elles n'allaient pas au-devant de lui, il pouvait rester des semaines, voire des mois, sans nouvelles. Toutes ses relations étaient comme cela : à sens unique. Cela ne signifiait pas qu'il rejetait ses enfants. Il était au contraire très fier de ses trois filles

20

magnifiques. Simplement, il avait refusé d'endosser le rôle de père et d'assumer les responsabilités qu'il impliquait. Il avait toujours préféré être leur ami. Jamais Véronique, qui avait eu l'entière responsabilité de leur éducation, n'avait toléré un tel mélange des genres : elle ne laissait planer aucune ambiguïté quant au fait qu'elle était leur mère, même si elle adorait passer du temps avec ses filles.

Juliette n'avait jamais admis que leur père ne s'était pas occupé d'elles. De la même façon, tout au long de l'année passée, elle avait refusé de voir que sa fin était proche.

— J'étais persuadée qu'il s'en sortirait, dit-elle en séchant ses larmes à l'aide de son tablier.

Arnold soupira.

— Timmie a prévu d'appeler ta mère dans quelques heures, alors ne lui téléphone pas tout de suite.

— C'est entendu, répondit-elle docilement.

Après avoir raccroché, elle décida de rentrer chez elle. Elle retourna l'écriteau sur la porte de la boulangerie et scotcha en dessous une feuille de papier qui précisait : « Fermé pour cause de décès dans la famille. » Son studio était situé à quelques rues de là. L'endroit était fonctionnel, sans plus. Elle n'avait pas vraiment cherché à le décorer : elle ne faisait qu'y dormir, passant le plus clair de son temps dans sa petite boutique. Chaque matin, à 4 heures, elle était aux fourneaux afin de préparer les viennoiseries et autres petits pains pour ses premiers clients, qui se présentaient deux heures plus tard. En règle générale, elle ne quittait pas la boulangerie avant 19 heures. Une fois chez elle, elle s'endormait devant la télévision, épuisée par le dur labeur de la journée. Comme celle de Timmie, sa vie tournait exclusivement autour du travail.

Arnold eut plus de mal à joindre Joy, la benjamine. Elle menait une existence bien différente de celle de ses sœurs. Quand elle était plus jeune, sa mère avait souhaité qu'elle aille à la Juilliard School pour développer son talent musical. Mais Joy avait laissé tomber ses études à la première occasion et avait mis le cap sur Los Angeles.

Elle avait pris des cours de chant qu'elle avait financés en travaillant comme serveuse, puis, après six mois passés à chanter dans des groupes sans avenir, elle s'était tournée vers le théâtre. Depuis, elle se battait pour réaliser son rêve : être actrice. Joy avait tourné dans plusieurs spots publicitaires sans envergure et joué des personnages secondaires à la télévision. Particulièrement douée pour la comédie, elle espérait décrocher un rôle dans une série. Toutefois, à vingt-six ans, alors qu'elle habitait à Los Angeles depuis cinq ans déjà, elle était encore obligée de travailler comme serveuse. Ce qui ne l'empêchait pas d'y croire encore. Tout comme son père y avait cru ; il l'avait toujours encouragée.

Dotée d'une longue chevelure brune, d'immenses yeux violets, d'une silhouette incroyable et d'une voix splendide dont elle se servait trop rarement, Joy était une fille magnifique. Elle acceptait tous les rôles qu'on lui proposait, ne ratait jamais une audition et était disposée à supporter toutes les difficultés inhérentes à une carrière d'actrice naissante.

Le petit ami de Joy était acteur également. Comédien dans une troupe itinérante qui jouait dans des petites salles, il était rarement à Los Angeles. Joy le voyait extrêmement peu, comme cela avait toujours été le cas avec les hommes dans sa vie. Depuis qu'elle s'était installée en Californie, la jeune femme s'était éloignée de sa famille. Elle se sentait de moins en moins proche de ses sœurs, dont la vie était très différente de la sienne. Elle ne leur ressemblait même pas physiquement. Parfois, elle avait l'impression d'avoir été échangée à la naissance et d'être une étrangère dans sa propre famille. Pourtant, son père n'avait jamais tari d'éloges à son sujet – sa beauté l'avait distinguée dès sa plus tendre enfance tout en nourrissant son narcissisme. Cependant, Joy se sentait encore moins proche de lui que de Timmie et Juliette. Elle avait toujours eu l'impression qu'il ne la connaissait pas vraiment, qu'il n'avait pas cherché à tisser des liens profonds avec elle.

Cela faisait des années, en outre, qu'elle avait un différend avec sa mère. Véronique lui en voulait d'avoir laissé tomber ses études. Elle lui reprochait de travailler davantage comme serveuse que comme actrice. Ce n'était pas la vie dont elle avait rêvé pour sa fille, qu'elle savait capable de tellement plus. Aux yeux de Véronique, Joy était dans une impasse. Il fallait qu'elle tourne la page et rentre à New York. Les choix de vie de leur benjamine avaient été un sujet de discorde permanent entre ses parents. Son père concluait systématiquement leurs discussions houleuses par un « Oh, laisse-la donc s'amuser ». En réalité, il ne se souciait guère de son sort. Sa mère, au contraire, s'inquiétait pour son avenir. Quant à Timmie et Juliette, elles ne prenaient pas leur sœur au sérieux. Ses rêves de gloire hollywoodienne leur passaient bien au-dessus de la tête. Pour elles, sa vie d'actrice était plus un hobby qu'une carrière professionnelle à proprement parler.

Quoi qu'elles en disent, pourtant, Joy se débrouillait toute seule : entre les petits rôles et son emploi de serveuse, elle gagnait correctement sa vie. Elle souhaitait trouver un bon impresario et un meilleur agent, mais elle ne les avait toujours pas dénichés, car tout cela requérait du temps. Elle aimait sa vie. Adorait son appartement à West Hollywood, et avait les moyens de payer son loyer. Elle participait à un casting pour une publicité lorsqu'elle reçut le coup de fil d'Arnold. Elle sortit dans le couloir pour prendre l'appel.

— Oh, s'exclama-t-elle simplement en apprenant la nouvelle.

Il y eut ensuite un blanc. Joy ne se faisait aucune illusion quant à l'état de santé de son père et savait que la fin arriverait tôt ou tard. Simplement, à cet instant précis, elle ne s'y attendait pas.

Comme c'était le cas pour ses sœurs, son histoire avec son père avait été une longue suite de déceptions, et ce, même si elle ne s'était jamais disputée avec lui. Joy avait toujours trouvé étrange qu'il affiche ouvertement sa préférence pour elle devant Timmie et Juliette. D'autant qu'ils n'étaient pas proches : il avait rarement des discussions avec elle, ni plus ni moins qu'avec quiconque d'ailleurs. Alors, cette histoire de fille préférée sonnait creux aux oreilles de Joy. Ce n'étaient que des paroles. Malgré tout, la nouvelle l'attrista. Il était son père – un père plutôt médiocre, mais le seul qu'elle avait.

— Ça va aller ? demanda Arnold pour briser le silence à l'autre bout du fil.

— Oui, je suis juste surprise. Je ne pensais pas que cela arriverait si vite.

Elle n'avait pas vu son père depuis plusieurs semaines, et, contrairement à sa mère et ses sœurs, elle n'avait pas assisté à la détérioration rapide de son état de santé.

— Sais-tu quand il sera enterré ?

— Timmie se charge des formalités. Elle doit appeler ta mère et elles te contacteront ensuite. Je suis navré, Joy. Nous savons tous à quel point ton père était fou de toi. Tu as toujours été son bébé, jusqu'à son dernier souffle.

Joy hocha la tête, des larmes plein les yeux.

— Je sais, oui, répondit-elle d'une voix étouffée, prenant soudain pleinement conscience de la mort de son père.

Il avait toujours soutenu son choix de carrière, ses rêves de gloire. Il était son plus grand admirateur. Joy lui envoyait des DVD de ses prestations. Et il prétendait les avoir toutes visionnées et appréciées. C'était la seule personne de la famille à louer son travail.

— Nous nous verrons à l'enterrement, conclut Arnold d'un ton empreint de sympathie.

Après ce coup de fil, Joy acheva son casting. Elle ne décrocha pas le rôle et rentra immédiatement chez elle. Elle se sentait abasourdie, comprenait peu à peu l'ampleur de sa perte. Elle n'aurait jamais pensé que son décès la toucherait autant.

Joy échangea des SMS avec ses sœurs dans l'après-midi et demanda à Timmie si elle pouvait séjourner chez elle. Elle venait de décider de prendre le vol de nuit pour New

York. Elle voulait rentrer à la maison. Timmie accepta sans hésitation. Elle habitait dans le West Village, ce qui était pratique pour se rendre au travail. Elle adorait son quartier, tout près du Meatpacking District. Son appartement à loyer encadré se situait au troisième étage sans ascenseur, mais il était lumineux et plein de charme. Joy préférait aller chez Timmie plutôt que dans le minuscule studio de Juliette à Brooklyn. Et puis, elle voulait être à Manhattan. Elle aurait pu loger chez sa mère, mais avec Timmie, l'atmosphère serait plus détendue : sa sœur ne se permettrait aucun commentaire sur sa vie, contrairement à Véronique, dont l'air désappointé la blessait encore plus que les mots.

Étant la benjamine de la famille, Joy avait l'impression qu'on la traitait encore comme si elle avait quatorze ans, et non vingt-six. Désormais, elle devrait affronter seule sa mère et ses sœurs. Il serait bien étrange de ne plus pouvoir compter sur les louanges de son père, de ne plus l'entendre l'appeler « ma puce ». Soudain, elle était incapable d'imaginer un monde sans son père. Les larmes coulaient abondamment sur ses joues lorsqu'elle appela la compagnie aérienne pour réserver son billet.

Timmie ne téléphona à sa mère qu'après son dernier rendez-vous. Il était déjà 16 heures, mais elle voulait pouvoir lui parler calmement, sans le stress de savoir une personne en détresse assise dans le couloir. Elle consulta sa montre. En France, il était 22 heures. L'idée d'annoncer cette mauvaise nouvelle à une heure aussi tardive ne lui plaisait guère. Sa mère aurait toute la nuit pour y penser sans pouvoir trouver le sommeil. Mais Timmie n'avait pas le choix. Elle savait qu'elle ne pouvait pas attendre le lendemain. Si d'aventure Véronique appelait la maison de retraite pour prendre des nouvelles de Paul, elle risquait d'apprendre sa mort de la bouche d'un inconnu, ce que Timmie ne souhaitait pas.

La jeune femme composa le numéro de portable de sa mère. Véronique décrocha dès la deuxième sonnerie.

Elle n'avait pas parlé à sa fille depuis plusieurs jours et ne s'étonna pas de son appel.

— Salut, ma chérie.

Sa mère avait une voix très juvénile. Elle non plus ne faisait pas son âge. Timmie espérait bien qu'il s'agissait d'une caractéristique héréditaire. Car elle ne se sentait pas spécialement jeune... Bien au contraire. Elle avait souvent le sentiment de porter le poids du monde sur ses épaules. C'était le cas en ce moment, alors qu'elle devait délivrer un message funeste.

Malgré le divorce, Timmie savait que Véronique serait bouleversée. Paul et ses filles étaient sa seule famille. Sa mère était morte lorsqu'elle avait quinze ans, et son père l'avait rejointe six ans plus tard. Voilà pourquoi elle avait épousé Paul si jeune, l'année qui avait suivi le décès de son père. Elle avait beau avoir hérité une immense fortune de ses deux parents, Véronique s'était retrouvée seule au monde, vulnérable, effrayée. Son argent, tel un aimant, avait attiré Paul. Sans compter qu'elle était aussi une belle jeune fille pleine d'innocence.

— Salut, maman, répondit Timmie d'une voix grave. J'ai une mauvaise nouvelle à t'annoncer.

Elle préférait préparer le terrain.

— C'est ton père ?

Véronique retenait son souffle.

— Oui. Arnold m'a appelée. Papa est mort la nuit dernière. Il est parti paisiblement, dans son sommeil.

Il y eut un silence à l'autre bout du fil. Puis Timmie perçut les sanglots de sa mère.

— Je suis désolée pour toi, Timmie, dit gentiment Véronique.

Elle se souvenait de ce qu'elle avait ressenti lorsqu'elle avait perdu son propre père. Philip Whitman, un acteur financier important à Wall Street, ne s'était jamais remis de la mort de sa femme, emportée par une leucémie. La jeune Française, Marie-Laure Bovay, était de trente-cinq ans sa cadette – une différence d'âge similaire à celle existant entre Véronique et Paul. Philip n'aurait jamais pu penser que sa jeune épouse partirait avant lui. C'était l'amour de sa vie, et lorsque la maladie l'avait foudroyée, elle avait encore l'avenir devant elle. Elle était morte trois mois après l'apparition des premiers symptômes.

Véronique avait vécu aux quatre coins du monde avec ses parents – Hong Kong, Londres, Paris. Enfant, elle avait appris le chinois, et elle parlait couramment le français. Ces dernières années, ses racines françaises avaient refait surface. Elle passait de plus en plus de temps à Paris. Avait acheté un appartement avec vue sur la Seine situé quai de Béthune, sur l'île Saint-Louis. L'été, elle louait une maison dans le sud de la France, dans l'espoir d'y attirer ses filles pour quelques semaines. Mais cette année, toutes les trois étaient trop occupées pour venir. Véronique était également propriétaire de la maison de ses parents rue de Varenne, dans le 7e arrondissement. Malheureusement, le logement était inhabité depuis des années. Elle payait quelqu'un pour l'entretenir. Il s'agissait d'un charmant hôtel particulier du XVIIIe siècle. Elle ne souhaitait pas s'en séparer, mais ne supportait pas de s'y rendre. Le lieu réveillait trop de souvenirs. Elle y avait séjourné à de nombreuses occasions avec Paul du temps de leur mariage. Depuis leur divorce, vingt ans plus tôt, elle n'avait pas passé une seule nuit là-bas. Et comme elle n'avait pas besoin de le vendre, elle le gardait, pour les filles.

Le grand-père maternel de Véronique avait été le marchand d'art le plus respecté de Paris. Et son père, Philip Whitman, avait commencé par lui acheter la plupart de ses toiles impressionnistes avant d'épouser Marie-Laure Bovay. Étant donné la différence d'âge entre eux, leur union avait surpris. Mais ils s'adoraient, et Véronique se souvenait de ses parents comme de deux êtres profondément amoureux.

À la mort de son père, Véronique hérita de la collection d'œuvres d'art considérable de sa mère, qui incluait quelques toiles remarquables. Elle hérita également de l'immense fortune paternelle, laquelle, grâce à de judicieux investissements, n'avait fait que croître au fil des ans. À vingt et un ans, jeune et seule, Véronique partageait son temps entre son appartement new-yorkais et son hôtel particulier parisien.

Véronique avait fait la connaissance de Paul Parker lors d'un mariage, quelques mois après la disparition de son père. Il avait alors quarante-neuf ans. Ce fut le coup de foudre, et un an plus tard ils étaient mariés. Qu'elle ait choisi d'épouser un homme beaucoup plus âgé qu'elle était compréhensible : elle avait davantage besoin d'un père que d'un mari. Quant à Paul, sa vie avait radicalement changé. Il était né en effet de parents aristocrates sans le sou, qui étaient des cousins éloignés des Astor... Mais il s'habitua sans difficulté aucune au mode de vie de Véronique. D'ailleurs, cette dernière était bien plus simple et discrète que lui. Paul était un homme extraverti et extravagant, charmant et élégant. Il vécut confortablement à ses crochets, laissant tomber le travail sans intérêt qu'il n'avait jamais aimé pour devenir son époux – un gentleman oisif, donc. Ils furent heureux, surtout à la naissance de leurs filles, mais l'idylle s'acheva avec sa liaison et la découverte de ses nombreuses infidélités. Paul Parker était incapable de résister à une jolie femme. Au bout de dix ans, leur mariage prit fin. Véronique l'aimait encore au moment de leur séparation, et Timmie soupçonnait que c'était toujours le cas, même si sa mère répétait qu'ils étaient simplement amis.

— As-tu entamé les démarches pour l'enterrement ? s'enquit Véronique.

Timmie avoua qu'elle n'en avait pas eu le temps. Le corps de son père reposait à la maison de retraite.

— Je voulais d'abord te l'annoncer, maman.

— Je vais m'en occuper, dit doucement Véronique. Je rentrerai demain. J'appellerai Frank Campbell d'ici.

Frank Campbell était un établissement de pompes funèbres situé dans le haut de Madison Avenue auquel faisaient appel la plupart de leurs connaissances. Véronique pourrait même contacter son fleuriste avant de prendre l'avion, le lendemain matin. Elle fit aussi remarquer à sa fille qu'il faudrait rédiger une notice nécrologique pour le *New York Times*. Timmie eut du mal à réprimer une pensée : il n'y avait pas grand-chose à dire au sujet de son père, hormis que son existence avait été merveilleuse en grande partie grâce à Véronique, laquelle l'avait grassement entretenu. Grâce à elle, il avait été en vacances durant trente ans.

— Je suis désolée, maman, déclara Timmie avec sincérité.

Quels que soient ses propres sentiments envers son père, elle savait que sa mère l'aimait.

— Ne t'inquiète pas, ma chérie. Il n'aurait pas aimé vivre plus longtemps dans un tel état. Il était temps.

Les deux femmes échangèrent encore quelques mots. Puis Véronique appela Juliette et Joy. La première était chez elle et pleurait.

— Je rentre demain, ma chérie, lui dit Véronique.

Sa fille était inconsolable. Elle ne cessait de répéter à quel point son père avait été un homme formidable. Véronique ne chercha pas à la contredire – elle savait bien que Juliette avait nourri ce fantasme pendant des années. Timmie la reprenait sans cesse à ce propos, mais pas elle. Véronique connaissait les défauts de son ex-mari, mais jamais elle ne se serait permis de le critiquer devant ses filles.

Quand Joy décrocha, elle préparait ses valises. Elle paraissait perdue, comme anesthésiée.

— Je prends le vol de nuit, expliqua-t-elle à sa mère.

Véronique rappela ensuite Timmie. Son aînée était encore au bureau, en train de remplir des dossiers de demandes d'allocation.

— J'ai oublié de te demander si quelqu'un avait appelé Bertie, demanda Véronique, inquiète.

C'était le fils de Paul issu d'une première union. Il avait huit ans quand Paul et Véronique s'étaient mariés. Sa mère s'était noyée lorsqu'il avait quatre ans. Véronique l'avait immédiatement traité comme son propre fils, mais il avait été un enfant compliqué. Bertie ressemblait comme deux gouttes d'eau à son père, mais n'en avait pas le charme.

Même s'il avait fallu des années à Véronique pour s'en apercevoir, il était de notoriété publique que Paul l'avait épousée pour son argent. Cependant, il avait été un mari aimant. Paul avait toujours tout fait avec grâce, élégance et style. Dès son plus jeune âge, Bertie, lui, ne s'était intéressé qu'à l'argent ; il était prêt à tout pour s'enrichir. C'était un être profondément sournois. Il avait été exclu des meilleures écoles de New York pour mauvais comportement et pour vol. On l'avait renvoyé de Dartmouth parce qu'il trichait. Et après l'université, il s'était retrouvé impliqué dans des montages financiers douteux censés lui rapporter rapidement de l'argent, mais qui n'avaient pas fonctionné. Désormais âgé de trente-huit ans, il était toujours à court d'argent, prétendait en permanence être sur le point de commettre un meurtre, et passait son temps à occuper le bureau d'un autre ou à dormir sur le canapé de ses amis. Ses arnaques avaient eu raison jusqu'au dernier centime des sommes que Véronique lui avait prêtées. Même Paul lui avait donné de quoi se remettre à flot. Mais Bertie était un flambeur et ses combines se soldaient systématiquement par un procès ou un licenciement.

Véronique reliait ce mauvais comportement à la mort de sa mère et elle avait fait tout son possible pour le soutenir. Heureusement, elle ne lui prêtait plus d'argent depuis des années. Car Bertie était un puits sans fond.

Voilà deux ans qu'elle ne l'avait pas vu, et elle en éprouvait une certaine culpabilité. Bertie avait beau être un personnage éminemment déplaisant, il n'en demeurait pas moins le fils de Paul, et il convenait, bien sûr, de l'informer du trépas de son père. Il n'avait jamais été marié et n'avait pas d'enfants (tout du moins pas d'enfants qu'il ait reconnus). En revanche, il avait toujours une femme louche pendue à son bras. L'homme, en outre, nourrissait une jalousie maladive envers ses demi-sœurs. Il détestait particulièrement Timmie. Voilà pourquoi cette dernière ne souhaitait pas l'appeler. Il avait même essayé de l'escroquer à plusieurs reprises en prétextant ne vouloir lui emprunter de l'argent que pour quelques semaines.

En réalité, Bertie refusait de croire que ses sœurs vivaient du fruit de leur travail. Pourtant, leur mère s'était montrée bien moins généreuse à leur égard qu'avec son beau-fils malhonnête. Véronique avait toujours eu à cœur de leur enseigner la valeur des choses. Elle ne voulait pas que ses filles soient indolentes ou vivent comme des héritières, et ce, même si son immense fortune leur reviendrait un jour. En attendant l'héritage faramineux qu'elles toucheraient après sa mort, elles vivaient grâce à leur salaire. Cela n'empêchait pas Véronique de les aider de temps à autre, comme elle l'avait fait par exemple en prêtant de l'argent à Juliette afin qu'elle puisse monter son affaire.

Quoi qu'il en soit, Véronique appela Bertie au numéro qu'il lui avait laissé. Cela faisait un an, depuis l'attaque de Paul en fait, qu'elle n'avait pas eu de contact avec lui. Bertie n'était presque jamais venu rendre visite à son père à la maison de retraite. Il se trouvait toujours une excuse, arguant qu'il était débordé.

Bertie répondit immédiatement et fut surpris d'entendre la voix de sa belle-mère. Elle lui annonça les choses avec douceur, s'excusant de devoir lui faire part d'une si triste nouvelle.

— Cela ne m'étonne pas, dit-il avec froideur. Est-ce que tu reviens pour l'enterrement ?

Il avait supposé avec raison qu'elle passait l'été en France.

— Bien entendu, répondit-elle d'un ton légèrement indigné.

— Ah, OK. Je suis actuellement à Chicago, mais je devrais être de retour d'ici demain soir.

— Je t'appellerai quand tout sera organisé, promit-elle. Si tu veux, nous nous rendrons ensemble à l'enterrement.

— Je te remercie, mais ce ne sera pas la peine.

31

Ils auraient eu du mal à tous monter dans la même voiture, mais elle s'était sentie obligée de le lui proposer.

Véronique, qui savait très bien que Paul n'avait cessé de se tourmenter au sujet de Bertie, ne pouvait s'empêcher de se demander ce qu'il lui avait laissé par testament. C'était un sujet qu'ils n'avaient jamais abordé ensemble. Il ne restait pas grand-chose à Paul, mais la pension qu'elle lui avait versée, certainement bien entamée, n'avait pas pu complètement disparaître. Et Paul était toujours propriétaire du château en France qu'elle avait acheté pour la famille et qu'elle lui avait laissé au moment du divorce. Il avait vivement insisté pour l'avoir, puis s'en était désintéressé, comme à l'accoutumée. Il n'y avait pas mis les pieds depuis plus de dix ans. Véronique supposait qu'il le léguait à ses quatre enfants et que ses filles devraient le partager avec Bertie. Ils choisiraient certainement de s'en débarrasser. Aucun d'entre eux n'avait besoin de s'encombrer d'un château en France. Le montant de la vente leur profiterait davantage, surtout à Bertie.

Véronique alla se coucher, l'esprit encombré de toutes les tâches qui l'attendaient, pour organiser l'enterrement notamment. Heureusement, Timmie avait promis de l'aider.

Comme il était étrange de se dire que Paul n'était désormais plus parmi eux. Elle savait qu'il lui manquerait. Même après leur divorce, c'était une personne qui avait compté pour elle, avec qui elle avait plaisir à parler. Elle n'était plus amoureuse de lui depuis des années, bien sûr. Mais elle l'aimait comme quelqu'un qui avait occupé une place importante dans son existence. Il serait difficile de se passer de cette relation maintenant. Elle s'endormit en repensant à leurs années de mariage, les plus heureuses de sa vie. Personne n'avait été aussi éblouissant que Paul Parker. Personne ne pourrait le remplacer. Et en dépit de tous ses défauts, ses filles, cette nuit-là, se disaient exactement la même chose. C'était quelqu'un d'unique.

2

Joy avait dit à Timmie qu'elle serait chez elle à 7 heures du matin. Sa sœur l'avait donc attendue, avant de partir travailler, et Joy s'était montrée ponctuelle. À l'instar de Timmie, Joy était organisée et fiable. Juliette, elle, était plus distraite et fofolle. Elle était aussi la plus émotive des trois. Timmie avait parlé avec elle la veille au soir. La pauvre était bouleversée par la mort de leur père, qui était passé du statut de héros à celui de saint. Timmie avait fait de son mieux pour contenir son agacement.

La nuit précédente, une fois rentrée du travail, elle avait rédigé une ébauche de notice nécrologique. Ayant toujours manqué d'indulgence envers son père, elle n'avait pas trouvé grand-chose à dire à son propos. « Un éminent coureur de dots meurt à New York... Une attaque cérébrale survenue un an plus tôt l'avait lourdement handicapé. » Bien entendu, elle ne coucha pas de tels propos sur le papier, mais elle les pensa très fort. Elle écrivit que son père avait fait ses études à Princeton, qu'il avait été marié deux fois et avait eu quatre enfants, qu'elle cita tous. Sa carrière, brève et sans gloire, s'était résumée à quelques postes sans importance dans le secteur de la banque, puis de l'immobilier, jusqu'à sa rencontre avec Véronique – une véritable aubaine pour lui. Celle-ci n'en parlait jamais en

33

ces termes, mais, pour ses filles, c'était un secret de polichinelle. La seule façon que leur père avait trouvée pour faire fortune fut d'épouser leur mère.

S'il faisait sensation lorsqu'il entrait dans une pièce et brillait dans les dîners mondains, Paul n'avait rien accompli de concret au cours de sa vie. En quête perpétuelle de divertissement, il s'était contenté de profiter de l'instant présent et n'avait jamais pensé à l'avenir ou aux conséquences de ses actions. Il en fut ainsi jusqu'à son dernier souffle. Son penchant pour les jeunes femmes insipides n'était pas glorieux. Sa dernière conquête en date, une belle fille russe, s'était évanouie dans la nature dès qu'il était tombé malade. Au moins, il n'y aurait pas à composer avec elle, se dit Timmie. C'était une bonne chose. Déjà qu'elles devraient se coltiner Bertie, lequel ne manquerait pas de se battre pour la moindre miette... Timmie, à l'instar de ses sœurs et de sa mère, ne se faisait aucune illusion à son sujet. La jeune femme avait presque oublié qu'il existait. Ces dernières années, il avait disparu de la circulation, Dieu merci.

Malgré le manque de sommeil, Joy était plus belle que jamais lorsque Timmie lui ouvrit la porte. Elle portait une minijupe blanche et un tee-shirt, et, quoique chaussée de nu-pieds, elle était presque aussi grande que sa sœur aînée. Les deux jeunes femmes ne s'étaient pas vues depuis longtemps. Joy n'était pas très douée pour rappeler les gens ou garder le contact. Et puis, entre les castings, les rencontres professionnelles, les auditions publiques, les rôles qu'elle décrochait et son travail de serveuse, elle était très occupée.

Les deux sœurs se jetèrent dans les bras l'une de l'autre. Joy s'accrocha un long moment à Timmie. Toutes deux étaient très émues.

— Je n'arrive pas à croire qu'il nous a quittés, parvint à dire d'une voix rauque la jeune actrice. Je crois que je pensais qu'il serait là pour toujours.

— Nous le pensions tous, répondit Timmie.

Elle fit signe à sa sœur de la suivre dans la cuisine et lui servit une grande tasse de café. Ce matin-là, elle portait encore une chemise à carreaux, un jean propre et les mêmes Converse que la veille. Une tenue passe-partout, unisexe, semblable à celle de tous ses collègues à la fondation, et pas très différente de celle des sans-abri qu'ils recevaient. Joy, à l'inverse, avait une allure sexy et jeune, très californienne en somme. Timmie lui sourit. Sa petite sœur était sans conteste la beauté de la famille, comme leur père le disait toujours. Elle était le portrait de Véronique, mais en plus grande et avec une bonne dose de sex-appeal en plus. Quoi qu'il en soit, Joy comme Timmie, du haut de leur mètre quatre-vingts qu'elles devaient à Paul, ne passaient pas inaperçues.

— Maman arrive cet après-midi, l'informa Timmie. Elle m'a envoyé un texto en montant dans l'avion à Nice, il y a trois heures. Je lui ai dit que tu restais chez moi.

Rien de surprenant à cela, puisque c'est ce que faisait presque systématiquement Joy lorsqu'elle venait à New York. Les deux sœurs aimaient se retrouver là, dans ce quartier : le sud de Manhattan. C'était pour elles une occasion de reprendre le fil.

— L'enterrement aura probablement lieu dans trois jours. Maman s'en occupera à son arrivée.

— Est-ce qu'elle compte retourner à Saint-Tropez, ensuite ? s'enquit Joy.

La jeune femme se sentait coupable de ne pas avoir trouvé le temps de s'y rendre cet été. Timmie non plus n'y était pas allée. Et Juliette n'avait personne pour la remplacer à la boulangerie. Son assistante ne parlait pas anglais et ne se débrouillait pas assez bien pour qu'elle la laisse aux commandes. Avant la mort de son père, la veille, Juliette n'avait pratiquement pas pris de journées de repos en trois ans. Et voilà qu'elle parlait maintenant de s'absenter de la boutique tout l'été afin de faire son deuil et d'honorer la mémoire de Paul...

— Je ne sais pas, maman ne m'en a pas parlé. Je crois qu'elle n'a loué la maison que jusqu'à la fin du mois. Et puis j'ai l'impression qu'elle s'est sentie seule, là-bas.

Cependant, rien ne l'attendait à New York... Lorsque ses filles étaient plus jeunes, leur éducation lui avait largement donné de quoi remplir sa vie. Mais ces dernières années, Véronique s'était retrouvée désœuvrée.

Elle parlait parfois de se remettre à la peinture, sans pour autant vraiment le faire. Elle avait étudié aux Beaux-Arts de Paris et s'était jadis illustrée avec talent en tant que portraitiste. Mais quand ses filles étaient nées, elle s'était contentée de peindre en dilettante, par manque de temps, disait-elle. Depuis de nombreuses années maintenant, elle aurait eu tout loisir de se consacrer à son art, mais la pratique lui faisait cruellement défaut. Véronique n'avait jamais réfléchi à comment remplir ses journées. Elle lisait beaucoup, se rendait très régulièrement à Paris, faisait un peu de bénévolat – ce qui meublait son temps mais ne l'occupait pas réellement. Après le divorce, elle avait eu quelques aventures, mais rien de sérieux. Les moments qu'elle partageait avec son ex-mari satisfaisaient largement son besoin de compagnie et la dissuadaient de chercher quelqu'un d'autre. La veille, Timmie s'était demandé si la mort de Paul changerait la donne. Serait-elle plus ouverte aux rencontres ? Mais Véronique estimait qu'à cinquante-deux ans elle était trop âgée pour ce genre de choses. Et ce n'était pas Timmie qui la contredirait. Elle-même n'avait que vingt-neuf ans et avait déjà l'impression d'avoir passé l'âge de trouver l'amour. En tout cas, elle n'en avait pas l'envie.

— Je vais essayer de rentrer tôt, promit Timmie. J'ai dit à maman que je l'accompagnerais chez Frank Campbell. Enfin, la connaissant, elle aura tout réglé avant son atterrissage.

Les deux sœurs échangèrent un sourire. Leur mère avait un sens inné de l'organisation et gérait les choses avec minutie.

Timmie déposa un baiser furtif sur la joue de Joy et fila. Sur le chemin entre le métro et la fondation, elle repensa à son père. À bien des égards, il avait été absent de leurs vies, mais en même temps, et étrangement, il était le lien qui les unissait toutes. Il était difficile de croire qu'il n'était plus.

Timmie eut tout juste le temps de classer les dossiers qui jonchaient son bureau. Dès 9 heures, trois personnes déjà attendaient d'être reçues. Grâce à elles, la jeune femme put se détourner des sentiments troublants réveillés par la mort de son père.

Dans l'avion, Véronique avait dressé plusieurs listes. S'occuper des funérailles de Paul lui permettait de ne pas se laisser submerger par le chagrin. Il fallait qu'elle contacte le traiteur, le prêtre, le fleuriste, qu'elle choisisse un cercueil avec Timmie chez Campbell, qu'elle organise les choses au cimetière, soumette une notice nécrologique au *New York Times* et demande à plusieurs connaissances de Paul de porter le cercueil à l'intérieur de l'église. Elle avait pensé à Bertie et Arnold Sands, mais il lui manquait encore six porteurs. Paul n'avait pas vraiment d'amis proches. Il avait toujours préféré la compagnie des femmes, et la plupart des gens qu'il avait fréquentés étaient des mondains qu'il ne voyait qu'en société. Un moment comme celui-ci mettait en pleine lumière ce qu'elle savait déjà : Paul était un être qui avait cruellement manqué de profondeur et de substance. Tout ce qui l'avait intéressé, c'était de s'amuser et d'éviter autant que possible les responsabilités. Hormis Arnold Sands, rares étaient les gens qui se souciaient vraiment de lui.

Un membre du personnel d'Air France vint escorter Véronique à la sortie de l'avion, lui permettant de passer l'immigration et la douane en un clin d'œil. Elle portait une robe noire en coton toute simple qui lui avait semblé de circonstance. Véronique n'était pas la veuve, mais avait presque l'impression de l'être. Elle ne devait pas oublier qu'elle et Paul n'étaient plus mariés, comme le lui avait rappelé Timmie au téléphone. Mais avec son ex-époux, un pan important de son histoire personnelle disparaissait. Son décès faisait remonter à la surface la tristesse déchirante qu'elle avait ressentie à la mort de ses parents, quand elle était plus jeune. Après ce drame, elle n'avait plus eu que Paul, rencontré peu de temps après. Et dorénavant, elle ne devrait plus compter que sur elle-même. Même si, à bien y réfléchir, depuis le divorce et particulièrement ces derniers temps, on ne pouvait pas vraiment dire que Paul lui avait servi de boussole. En revanche, elle l'avait toujours épaulé. Quand il avait besoin de quelque chose, avait un problème ou cherchait conseil, il se tournait vers elle. Elle était de loin la plus sage des deux, et il le savait bien. Elle prenait toutes les décisions concernant leurs enfants ; lui ne voulait pas entendre parler de leurs problèmes. Il ne s'intéressait qu'à leurs succès et à leurs bonheurs. Il était un jouisseur, elle était le roc. Elle constituait les fondations sur lesquelles leurs vies reposaient, la personne sur qui toute la famille pouvait s'appuyer.

Quand Véronique arriva chez elle, elle fut accueillie par sa femme de ménage, Carmina, qui lui présenta ses condoléances.

— Monsieur Paul était un homme bien, dit-elle en se signant.

Elle n'avait pas connu Paul du temps de leur mariage, à l'époque de ses frasques. Et Paul s'était toujours montré agréable à son égard, comme avec tout le monde d'ailleurs. Il n'était pas difficile de l'apprécier quand on n'attendait rien de lui.

Véronique alla dans son bureau pour passer divers appels pendant que Carmina défaisait ses bagages. Puis elle se reposa un instant en buvant la tasse de thé que Carmina lui avait apportée. Celle-ci ne travaillait pour elle que la journée. Véronique n'avait pas besoin de quelqu'un la nuit, et préférait être seule. Quand elle avait faim, elle se préparait quelque chose à manger. Elle n'avait pas du tout envie qu'on s'occupe de ses repas. À Paris, elle s'organisait de la même façon. Lorsqu'elle était encore mariée et que les filles étaient enfants, Paul avait insisté pour qu'ils aient de nombreux employés. Une fois les filles adultes, Véronique s'était simplifié la vie et avait réduit le personnel de maison au minimum, et elle préférait de loin la situation actuelle. En somme, elle n'aimait pas être servie, même si elle était reconnaissante de pouvoir compter sur l'aide de Carmina, car son appartement sur la 5ᵉ Avenue était spacieux.

Véronique avait deux chambres d'amis, ainsi qu'une chambre pour elle avec salle de bains. Son appartement jouissait d'une belle vue sur Central Park et était doté des murs parfaits pour suspendre ses œuvres d'art. Elle détenait toujours des pièces remarquables issues de la collection impressionniste de son grand-père. Certaines avaient été expédiées à Paris. Dans son appartement de New York, il y avait plusieurs toiles de Renoir, deux Degas, un Pissarro, une œuvre de Mary Cassatt qu'elle adorait dans sa chambre, un Chagall dont elle était folle, et un Picasso dans la salle à manger. Il y avait également de nombreux tableaux plus petits de Corot et d'autres artistes, ainsi qu'une série d'esquisses de Renoir. L'appartement était décoré avec goût, dans des tonalités douces. Véronique aimait les choses simples mais de qualité, et nourrissait une véritable passion pour l'art.

Dans le couloir desservant les chambres, elle avait accroché plusieurs toiles de sa main, dont une représentant son père. Ses portraits de femmes en pied rappelaient le style de John Singer Sargent. Son talent était incontestable, et il était dommage qu'elle l'ait laissé en jachère depuis des années. Elle se contentait de dessiner de temps à autre. D'adorables portraits de ses filles ornaient son dressing.

Comme son grand-père en son temps, Véronique s'était passionnée pour l'étude et la recherche de faux. Bien que très douée pour débusquer les copies, voilà un autre talent qu'elle n'avait pas exploité non plus. Sa mère elle aussi était une artiste : ses aquarelles ornaient les murs des chambres d'amis. Elles étaient charmantes et inspiraient un sentiment de paix. L'art était inscrit dans leurs gènes. Pourtant, aucune de ses filles n'avait manifesté l'envie de dessiner ou de peindre. Véronique était sans doute la dernière à porter le flambeau de l'art dans la famille.

Timmie l'appela à 16 heures et lui donna rendez-vous chez Frank Campbell. Joy se joindrait à elles. Elles se retrouvèrent dans le hall d'entrée des pompes funèbres. Véronique était venue à pied. Timmie ne s'était pas changée, alors que Joy portait des talons aiguilles et une jupe encore plus courte que celle avec laquelle elle avait voyagé. On l'imaginait parfaitement en couverture de *Vogue*. Véronique était ravie de voir ses filles, qu'elle embrassa après les avoir remerciées de leur présence.

Le directeur de l'établissement les invita à entrer dans son bureau. Véronique savait exactement ce qu'elle voulait pour les funérailles de Paul, ce qui ne n'étonna pas plus Timmie que Joy. Il y aurait une veillée de prière pour le défunt. Il n'avait jamais vraiment été pratiquant, mais Véronique, elle, l'était. Elle ferait cependant en sorte que la cérémonie reste discrète. Dans l'après-midi, elle s'était entretenue avec le prêtre de l'église Saint-Ignace. La messe d'enterrement aurait lieu deux jours plus tard.

Ce rendez-vous chez Campbell fut éprouvant. Le directeur s'obstinait à vouloir s'adresser à Véronique comme si elle était la veuve de Paul. Il aurait été vain d'expliquer à cet homme qu'ils étaient divorcés depuis vingt ans.

Ensuite, les trois femmes se rendirent chez Véronique, où Juliette les retrouva. Celle-ci n'avait pas eu la force de se joindre à elles aux pompes funèbres. Elle semblait bouleversée et éclata en sanglots dès son arrivée, trouvant refuge dans les bras de sa sœur aînée. Timmie garda pour elle ses remarques acerbes au sujet de son père, mais Joy pouvait lire dans ses pensées. Il fallut une bonne heure à Juliette pour se calmer. Véronique proposa de commander quelque chose à manger, mais personne n'avait vraiment faim. Même les viennoiseries apportées par Juliette ne les tentaient pas, quoique la jeune pâtissière ne pût s'empêcher de grignoter un croissant au chocolat.

— Je n'arrive pas à croire qu'il est mort ! déplora Juliette pour ce qui semblait être la centième fois.

Joy partageait ce sentiment, tout comme Véronique, dont l'esprit était cependant accaparé par l'organisation de la cérémonie. C'était le dernier hommage qu'elle pouvait rendre au père de ses filles, à l'homme qu'elle avait aimé passionnément des années auparavant. Les fleurs seraient magnifiques, et elle avait sélectionné des morceaux de musique que Paul appréciait. Il partirait comme il avait vécu : avec style.

Pendant deux heures, les quatre femmes restèrent assises dans la cuisine, à discuter autour d'un thé. Timmie finit par oser dire à Juliette qu'elle pleurait un père que Paul n'avait jamais été.

— Ce que tu dis est horrible ! s'indigna Juliette. Papa était formidable !

Timmie se garda d'insister. Pour changer de sujet, Véronique évoqua les détails pratiques de l'organisation des funérailles. Elle ne voulait pas que ses filles se disputent, surtout pas maintenant, même si elle partageait plutôt le point de vue de son aînée.

Les trois sœurs rentrèrent chez elles. Elles se rendraient toutes ensemble à la veillée le lendemain soir, et à l'enterrement le jour d'après. Un encart paraîtrait dans le *Times* le matin suivant. Véronique, qui souhaitait simplifier les choses pour ses filles, avait réservé deux véhicules qui passeraient les prendre chez elles. Elle savait ce que c'était que de perdre un père. À l'époque où le sien était mort, elle n'avait pu compter sur personne. Aider ses filles autant que possible était une évidence et, de façon générale, c'était ce que Véronique avait fait tout au long de leurs vies, même si Timmie, Juliette et Joy ne le remarquaient pas forcément. Leur mère s'était toujours pliée en quatre pour les autres, à sa façon discrète.

Après le départ de ses filles, Véronique resta perdue dans ses pensées. Elle aurait tant de formalités à accomplir dans les jours à venir ! Elle ne put s'empêcher de penser qu'une fois de plus Paul lui laissait le soin de consoler leurs enfants, de s'occuper de tout et de payer les factures. De son vivant, il avait considéré ces choses comme acquises. Et il en allait de même dans la mort. Soudain, elle eut terriblement envie de pouvoir lui téléphoner. Elle ne souhaitait partager cette épreuve avec aucun de ses amis. La plupart d'entre eux n'auraient pas compris. Sa relation avec Paul était trop différente de celle des autres divorcés.

La veillée fut simple et formelle. Des gens inconnus de Véronique – parmi lesquels certains ne se présentèrent même pas – défilèrent pour signer le livre d'or laissé à disposition. Il y avait de belles femmes, plus jeunes que ses filles, des couples à la mise élégante, et bon nombre d'hommes de l'âge de Paul – des connaissances et des amis. Quelques-uns vinrent serrer la main de Véronique et lui transmirent leurs condoléances. Plusieurs ne purent s'empêcher de dévisager Timmie, Juliette et Joy, toutes trois vêtues d'une simple robe noire. Elles affichaient une mine sombre aux côtés de leur mère. Une fois la cérémonie terminée, elles rentrèrent toutes chez elles, épuisées.

Le lendemain se déroula à peu près de la même façon, mais à plus grande échelle. À l'immense surprise de Véronique, l'église était comble. Le parfum capiteux des fleurs blanches flottait dans l'air. Elles étaient disséminées aux quatre coins de l'édifice dans d'immenses urnes. De toutes petites orchidées blanches parsemaient le cercueil en acajou sombre. Deux amis de Paul avaient accepté de le porter avec Bertie et Arnold, et les pompes funèbres fournirent les quatre hommes qui manquaient.

Bertie n'était pas venu à la veillée, mais il se présenta à l'église avant la célébration et se joignit à Véronique et aux filles. Une jeune femme se tenait à son bras. Elle portait une minijupe noire, un chemisier en soie décolleté, des talons aiguilles et était outrageusement fardée. Elle affichait une mine morose et ne leur adressa pas la parole. Bertie ne fit pas les présentations, ne s'encombra pas d'explications, et aucune question ne fut posée. Difficile de savoir s'il s'agissait de sa petite amie, ou juste d'une fille qu'il avait traînée avec lui.

Bertie semblait vaguement contrarié d'être là. Il avait tout de même revêtu un costume noir de circonstance, avec une chemise blanche et une cravate Hermès. Ses luxueuses chaussures étaient fraîchement cirées. Le regard qu'il adressa à sa belle-mère et à ses sœurs était froid et calculateur. Véronique l'invita à s'asseoir au premier rang avec elles. Une fois le cercueil en place, Bertie se glissa sur le banc avec sa compagne et lui chuchota quelque chose à l'oreille en attendant le début de la messe.

Tous s'accordèrent à dire que ce fut une belle cérémonie, qui faisait honneur à Paul Parker. La famille fila ensuite au Woodlawn Cemetery, dans le Bronx, où le prêtre prononça quelques mots pour le défunt. Puis le cercueil fut placé dans le caveau de la famille de Véronique. Cette dernière n'avait pas trouvé d'autre endroit où l'enterrer : elle n'avait pas envie de payer pour une tombe solitaire et avait pensé que cela ferait plaisir aux filles qu'il repose auprès du reste de la famille, notamment de leurs grands-parents maternels.

Bertie et Debbie – elles avaient fini par comprendre que son amie se prénommait ainsi – repartirent en voiture chez Véronique. Le traiteur avait disposé un grand buffet dans la salle à manger et disséminé des fleurs blanches un peu partout dans l'appartement. Lorsque Véronique et les filles firent leur apparition, plus d'une centaine de convives étaient déjà réunis autour des mets et discutaient en mangeant. Véronique ne reconnut personne hormis Arnold, dont le visage s'illumina lorsqu'il la vit. Il s'approcha de Véronique et des filles.

— On dirait un mariage, marmonna Timmie à l'oreille de Joy.

Sa sœur hocha la tête.

— Tu penses qu'elle a fait ça pour lui, pour elle-même ou pour nous ? poursuivit Timmie, cette fois-ci en parlant plus fort.

— Sans doute les trois, tu sais....

Arnold, cependant, serrait Véronique dans ses bras. Depuis des années, ses trois filles se doutaient bien qu'il était transi d'amour pour elle et qu'il aurait rêvé que les choses se concrétisent entre eux. Véronique n'en avait pas la moindre envie. Elle le lui avait signifié gentiment mais clairement. Avocat à la carrière florissante, Arnold était pourtant un sexagénaire séduisant, divorcé depuis long-temps. Malheureusement pour lui, Véronique ne voyait en lui que l'homme de loi et le meilleur ami de Paul.

— Bravo pour l'organisation, la félicita Arnold.

Véronique lui sourit et le remercia tout en jetant un coup d'œil à Juliette. Sa fille, encore bouleversée par la cérémo-nie, cherchait du réconfort au buffet. L'Ave Maria avait failli avoir raison d'elle. Joy et Timmie discutaient douce-ment. Elles ne connaissaient personne dans l'assemblée. La mise des convives donnait une bonne idée de ce qu'ils étaient : du beau monde, la jet-set, des gens qui n'avaient connu Paul que de façon superficielle mais étaient tout de même venus lui rendre hommage et profitaient maintenant de l'atmosphère festive dans l'appartement de l'ex-femme du défunt.

— Votre mère a dû dépenser une fortune pour tout ça, fit remarquer Bertie de façon fort déplaisante.

— Apparemment, elle estimait que papa en valait la peine, répliqua sèchement Timmie, le fusillant du regard.

Alors que Joy se demandait si des feux d'artifice allaient bientôt exploser dans l'appartement, Arnold vint s'adresser à elles et à Bertie. Véronique était occupée à donner des instructions à l'un des serveurs, qui abreuvait les invités de vin blanc et de champagne.

— Je profite de votre présence ici pour me permettre une suggestion, déclara Arnold d'un ton neutre. Les lec-tures de testament ne se font plus de façon formelle, mais puisque Joy est à New York, pourquoi ne pas se retrouver tous demain dans mon bureau pour prendre connaissance ensemble du document ? Nous pourrions ainsi discuter des différents points, et je répondrais à vos questions.

L'idée paraissait bonne, et les propos d'Arnold n'avaient rien d'alarmant. Aucun d'entre eux ne s'attendait à ce que leur père leur ait légué une fortune. Le seul bien dont ils avaient connaissance était le château en France. Ils espéraient juste qu'il ne soit pas complètement hypothéqué.

— Je vote pour, dit Bertie, intrigué.

Les filles hochèrent la tête d'un air surpris. Jusque-là, elles n'avaient même pas pensé au testament.

— Vous êtes tous disponibles ? s'enquit Arnold tandis que Véronique les rejoignait.

— Disponibles pour quoi ? demanda-t-elle.

— J'ai pensé que nous pourrions lire ensemble le testament de Paul demain afin de nous débarrasser de la question, lui expliqua calmement l'avocat. Cela serait bien que tu viennes aussi.

Véronique parut étonnée. Elle ne pensait pas que Paul lui avait laissé quoi que ce soit, puisque tout ce qu'il avait lui venait d'elle. Et de toute façon, il léguerait sûrement tous ses biens aux filles et à Bertie.

— Ma présence vous semble-t-elle vraiment justifiée ? lâcha-t-elle.

Ses filles répondirent par l'affirmative, tandis que Bertie, pour sa part, s'en moquait. On voyait bien qu'une seule question le taraudait : quel serait le montant de son héritage ?

Après avoir reçu l'assentiment de tous pour un rendez-vous le lendemain à 9 heures, Arnold s'en alla. Bertie lui emboîta le pas. Timmie eut tout juste le temps de lui dire de ne pas venir chez le notaire avec Debbie.

— Bien sûr que non ! s'indigna-t-il en lui jetant un regard dédaigneux.

Timmie avait le don de le faire enrager, et elle y prenait un malin plaisir d'ailleurs. Elle ne le supportait pas, elle non plus. Debbie quitta la réception sans un mot à Véronique ni aux filles.

Deux heures plus tard, tous les invités étaient partis. Il ne restait pas grand-chose sur les tables du buffet, et le champagne avait coulé à flots. D'après Timmie, les gens étaient venus pour boire et manger à l'œil plus que pour rendre un dernier hommage à leur père. En entendant sa remarque, Véronique lui lança un regard désapprobateur.

Une fois seule dans son appartement déserté, Véronique eut l'impression qu'un bus lui avait roulé dessus. Elle regrettait d'avoir accepté le rendez-vous dans le cabinet d'Arnold le lendemain. Elle n'avait aucune raison d'y aller. Elle se sentait tellement vidée qu'elle ne rêvait que d'une chose : faire la grasse matinée. Mais elle s'était engagée à venir, alors elle ne voulait pas annuler. Elle se dévêtit et s'allongea sur son lit. Elle avait le sentiment du devoir accompli. Paul avait été enterré exactement comme il l'aurait souhaité, et comme il aurait pensé le mériter : en grande pompe. Véronique s'endormit sans même prendre la peine d'éteindre la lumière.

3

Le lendemain matin, Véronique se rendit dans le cabinet d'Arnold pour le dernier chapitre du supplice. L'enterrement avait été si éprouvant... Une fois les détails du testament énoncés, chacun pourrait reprendre le fil de sa vie. Timmie et Joy en avaient bien l'intention. Juliette, elle, prévoyait de fermer sa boulangerie tout le mois d'août. Chemin faisant, Véronique se demanda quand elle retournerait en France. La maison près de Saint-Tropez était louée jusqu'à la fin du mois, mais elle n'avait plus le cœur d'y aller. Paris, ville morte en été, ne la tentait pas non plus. Et New York était étouffante en cette saison. Son programme pour les semaines suivantes était donc très flou. Elle atteignit sa destination avant d'avoir pu arriver à une quelconque conclusion. Elle était la première. Elle ne s'était pas attendue à si peu de circulation.

Arnold l'accueillit en l'embrassant sur les deux joues, à la mode française, avant de la serrer un peu trop fort dans ses bras. Il était toujours un peu trop amical au goût de Véronique. Ils parlèrent un peu des filles, puis les autres arrivèrent presque tous en même temps. Bertie portait un très beau costume, une chemise claire et une cravate bleu foncé qui lui donnait un air très professionnel. Il avait l'allure d'un banquier qui a réussi, pas d'un arnaqueur.

Arnold les conduisit dans une salle de réunion, où une secrétaire leur proposa café et thé. Tous déclinèrent. Ils voulaient se débarrasser au plus vite des formalités liées au décès de Paul. Joy avait déjà réservé son billet pour Los Angeles et partait dans l'après-midi. Elle avait une audition pour un petit rôle dans une série, et le restaurant où elle travaillait cinq soirs par semaine avait besoin d'elle. C'était un endroit très couru, et les pourboires étaient généreux. Elle préférait ne pas se mettre ses employeurs à dos et éviter qu'ils trouvent quelqu'un pour la remplacer.

Arnold arborait une expression sérieuse.

— L'année dernière, votre père et moi avons beaucoup discuté de son testament, commença-t-il. À l'époque, son état de santé ne s'était pas encore détérioré, et je souhaite introduire ce qui va suivre en précisant que les dispositions qu'il a prises ne sont pas tout à fait orthodoxes, mais ont été mûrement pensées. Nos points de vue s'opposaient quant à la façon dont ces choses-là doivent être menées. Je dois admettre que sa vision est bien plus créative que la mienne. Le fait de savoir qu'un jour vous toucherez un gros héritage de votre mère l'a beaucoup influencé. Votre avenir est assuré grâce à elle, ce qui lui a permis d'envisager son propre testament différemment. Son but était de pourvoir à vos besoins immédiats, pas à vos besoins sur le long terme, lesquels sont déjà couverts.

Arnold savait, tout comme Paul de son vivant, que la philosophie de Véronique était que les filles devaient gagner leur vie et être autonomes. Elle pouvait être leur filet de sécurité en cas de situation spéciale ou d'urgence, mais elle ne voulait pas être la source d'argent qui leur permettait de vivre. Ses filles devaient s'assumer financièrement – et elles le faisaient chacune avec énergie.

Paul aurait préféré qu'elle se montre plus généreuse, mais Véronique craignait qu'elles ne deviennent des êtres oisifs, riches et gâtés – en d'autres termes, qu'elles suivent l'exemple de leur père en dépensant l'argent d'une tierce personne. Arnold était impressionné par les leçons que

48

Véronique essayait de leur enseigner, n'en déplaise à Paul. Elle avait contribué à les rendre indépendantes en dépit de sa fortune et de l'héritage qu'elle leur laisserait un jour. Et même si Véronique n'approuvait pas forcément leurs choix de carrière, ses filles n'étaient ni paresseuses ni gâtées.

— Le testament de Paul est le reflet de cette philosophie, poursuivit le notaire. Il veut faire la différence pour vous maintenant. Et c'est dans cette optique qu'il a laissé à chacun des sommes différentes, ce qui n'est pas très orthodoxe, je vous l'accorde, mais ce qui correspond selon lui à vos besoins dans le contexte de vos activités présentes. Ces montants ne reflètent en aucun cas, et il l'exprime dans son testament, quelque disparité que ce soit dans l'amour qu'il avait pour vous.

Le regard d'Arnold se posa tour à tour sur les quatre enfants. Véronique décela de l'espoir et une légère impatience sur le visage de Bertie. Le raisonnement de son père lui importait peu. Tout ce qui l'intéressait était de savoir ce qu'il allait se mettre dans les poches.

— Votre père tenait à ce que chacun reçoive ce qui lui bénéficierait le plus. Il était très clair à ce propos.

Les trois filles hochèrent la tête. Arnold prit le testament de Paul. Il avait photocopié le document pour eux, mais pour l'heure, il ne le distribua pas. Il préférait d'abord leur expliquer les choses. Il commença :

« À ma fille Timmie, que j'aime et que j'admire énormément, je lègue la somme suivante... »

Arnold énonça le montant, et Timmie écarquilla les yeux. Ce legs lui parut considérable – aux autres aussi, d'ailleurs.

« Je souhaite qu'avec cette somme elle achète une maison dans le quartier de son choix et y ouvre sa propre structure d'accueil pour les gens démunis avec lesquels elle travaille aujourd'hui. Je souhaite qu'ainsi elle puisse créer sa propre fondation et que, forte de cette liberté, elle puisse faire un maximum de bien autour d'elle. Je suis intimement convaincu qu'elle gérera à merveille cette structure.

À travers elle, je serai en mesure d'aider des personnes à qui je n'ai jamais tendu la main de mon vivant. J'espère que cet argent contribuera à redorer un peu l'image qu'elle a de moi, laquelle, malheureusement, correspond effectivement à ce que j'ai été – un homme terriblement égoïste. Aujourd'hui, je souhaite l'aider, et aider ainsi les gens dans le besoin. »

Les yeux de Timmie étaient emplis de larmes. Jamais elle ne se serait attendue à un tel geste de la part de son père. Ses sœurs et sa mère souriaient d'un air approbateur. Elles aussi étaient fort émues.

— Je ne sais pas quoi dire, murmura Timmie.

— Je me suis renseigné avec ton père : la somme qu'il te laisse semble suffisante pour couvrir le coût de l'achat immobilier et les frais nécessaires pour lancer un tel projet.

Et puis, afin de préparer les autres à ce qui allait suivre, Arnold ajouta :

— Ce legs est le plus important.

Tous hochèrent la tête. Cette annonce ne sembla pas ébranler les filles. En revanche, Bertie se crispa. Ce montant lui paraissait toutefois démesuré, et il se doutait que son père n'avait pas quatre fois cette somme, loin de là.

Arnold reprit sa lecture :

« À Juliette, ma fille chérie, je souhaite faire le don du temps. Je souhaite qu'elle embauche du personnel dans sa boulangerie, notamment un manager afin qu'elle puisse s'absenter, voyager, et vivre vraiment, ce qu'elle n'a pas été en mesure de faire depuis des années. Avec l'argent que je lui lègue, elle pourra payer des employés et réaliser quelques travaux d'aménagement dans sa boulangerie – et peut-être l'agrandir, si elle le désire. Mais Juliette, ma chérie, je veux que tu sortes et que tu vives. Tu es une femme formidable, et il faut que tu voies du pays. »

La somme qu'il lui léguait, bien qu'inférieure à celle qu'il avait laissée à Timmie, était tout de même importante, et Juliette laissa échapper des sanglots de gratitude. Ce montant lui paraissait plus que généreux. Elle sourit à travers ses larmes en regardant ses sœurs et serra la main de Timmie, assise à ses côtés. Elle n'éprouvait aucune jalousie envers son aînée : elle n'aurait su que faire de la somme que cette dernière avait reçue. Et si Timmie ouvrait un foyer pour sans-abri, aussi petit soit-il, elle aurait besoin de beaucoup plus d'argent que ce qu'il faudrait à Juliette pour réaliser des travaux dans sa boulangerie et recruter du personnel. Comme l'avait souligné Arnold, les calculs de son père étaient justes et correspondaient à leurs besoins respectifs. Visiblement, il y avait soigneusement réfléchi.

L'avocat continua :

« Pour ma magnifique fille cadette, Joy, et bien que je sache que sa mère n'approuve pas sa carrière d'actrice, j'aimerais être l'ange grâce auquel elle réalisera son rêve, car je suis convaincu de son talent. Je lui offre les services d'un bon manager et d'un bon agent, à vrai dire les meilleurs de tout Los Angeles, j'espère, afin qu'ils fassent décoller sa carrière. Je lui laisse aussi de quoi suivre les cours du professeur d'art dramatique le plus réputé de cette même ville. Je lui laisse, enfin, assez d'argent pour qu'elle puisse vivre pendant deux ans sans avoir à travailler comme serveuse. Elle aura tout loisir, ainsi, de se consacrer pleinement à sa carrière d'actrice et elle obtiendra le succès qu'elle mérite. »

Les dispositions de Paul permettraient à Joy de s'engager dans des voies qui, faute d'argent, lui avaient été inaccessibles jusqu'alors. La jeune femme écoutait, un grand sourire aux lèvres. Elle regarda sa mère d'un air confus. Mais Véronique souriait également, comme ses sœurs d'ailleurs. Joy savait que ce que son père lui avait légué était amplement suffisant pour donner un bon coup de pouce à sa carrière. C'était exactement ce qu'il lui fallait.

Bertie, cependant, ne cachait pas son impatience et ne tenait plus en place sur son siège. Il était las d'entendre parler des autres et de leurs rêves. Il n'avait qu'une hâte : savoir ce que son père lui avait réservé. Mais son heure n'était pas encore venue...

« En plus de cela, poursuivit Arnold, je lègue mon château près de Saint-Paul-de-Vence en quatre parts égales à mes trois filles Timmie, Juliette et Joy, et... »

Arnold hésita un instant avant de reprendre :

« ... la quatrième part revient à ma fille Sophie Agnès Marnier, fille d'Élisabeth Marnier, avec qui j'ai entretenu une relation amoureuse pendant plusieurs années. Je me doute bien que l'existence de Sophie et de sa mère constituera un choc pour mes enfants et Véronique, et je m'en excuse. Mais sachez que cela ne diminue en rien mon amour pour mes trois filles aînées, pas plus que celui que j'ai eu pour Véronique quand nous étions mariés. C'est arrivé il y a très longtemps, et, au moment de mourir, je souhaite reconnaître ma fille la plus jeune et faire quelque chose pour elle. Je souhaite donc qu'elle hérite avec ses sœurs d'une part égale du château, à savoir un quart, et je lui lègue également tout ce qui restera de mon héritage après distribution à mes trois filles aînées. Cela ne représentera pas grand-chose, mais cela aidera Sophie et sa mère. C'est le moins que je puisse faire pour elles. »

Un ange passa. Personne ne bougea, ne pipa mot, n'osa respirer. Véronique était pétrifiée sur sa chaise. Cependant, c'était Joy qui paraissait le plus choquée. Jusque-là, elle avait toujours cru être le bébé de son père, sa préférée, alors qu'en fait il avait une fille plus jeune. Ils étaient tous abasourdis.

— Quel âge a-t-elle ? demanda Véronique, la voix brisée de stupeur.

Arnold savait que la réponse ne lui ferait pas plaisir.

— Sophie a vingt-trois ans. Trois ans de moins que Joy.

Tous comprirent ce que cela signifiait. À l'époque où il avait fréquenté la mère de cette fille, Paul était encore l'époux de Véronique. Sophie était née trois ans avant le divorce, quand tout était censé aller très bien entre eux. Si Véronique avait eu vent de ses aventures extraconjugales après leur séparation, le nom d'Élisabeth Marnier ne lui disait rien. Paul était parvenu à garder cette liaison secrète jusqu'à ce jour. Et clairement, leur relation avait été sérieuse, puisqu'ils avaient eu un enfant ensemble. Elle n'en revenait pas. Dire qu'il lui avait caché cette histoire pendant toutes ces années !

Les filles en étaient bouche bée. Quant à Bertie, son visage était cramoisi. Il avait écouté attentivement et pouvait en arriver tout seul à la conclusion qui s'imposait : son père ne lui laissait rien.

L'avocat poursuivit :

« En ce qui concerne mon fils Bertrand, j'ai financé par le passé une bonne dizaine de ses projets d'entreprise. Ils ont tous périclité à cause d'erreurs de jugement, d'un manque de bonnes pratiques et de business plans solides. J'ajoute que sa belle-mère a fait preuve d'encore plus de générosité que moi, mais là aussi, pendant quinze ans, cela ne s'est soldé que par des échecs. Je pense donc, Bertrand, que tu as bénéficié de bien plus d'avantages que tes sœurs et reçu plus d'argent que je ne leur en laisse. En effet, avant ce jour, je ne leur avais jamais versé un seul centime. D'après mes calculs, tu as déjà touché une part très généreuse de mon héritage, sans compter ce que t'a donné Véronique. Surtout, je crains que si je te laisse de l'argent, il soit dilapidé de la même façon que toutes les fois précédentes. J'ai bien conscience que c'est pour toi une leçon difficile, mon fils. Sache que je t'aime, mais maintenant, à toi d'agir. Gagne ton pain de façon honnête, apprends la leçon que Véronique et moi avons essayé de t'enseigner sans grand succès. Tu dois construire ta carrière et ton avenir toi-même, sans aide ni raccourcis pour parvenir à tes fins. Le succès n'a de sens qu'à ces conditions. J'espère qu'à l'avenir tu travailleras dur et agiras avec sagesse. Que tu feras preuve de discernement. Je t'ai soutenu autant que j'ai pu lorsque j'étais là. Maintenant, je nourris l'espoir que tu te débrouilleras mieux tout seul. Ma décision te paraîtra sans doute sévère, mais sois assuré d'une chose : je t'aime, mon fils. »

Quand Arnold termina sa lecture, Bertie bondit rageusement de son siège. Furieux, il fusilla les filles et Véronique du regard.

— Vous êtes des sales garces, toutes autant que vous êtes. Vous lui avez tout piqué ! Vous lui avez léché les bottes chaque fois que vous alliez lui rendre visite, pleurnichant et crachant sur moi ! Et toi ! s'écria-t-il en se tournant vers Véronique avec un regard mauvais. Toi et tes airs de sainte nitouche, toi qui veux que chacun se débrouille tout seul, qui obliges tout le monde à ramper devant toi pour avoir de l'argent et qui fais semblant d'être pauvre... C'est toi qui as manigancé tout ça. Tu l'as convaincu de m'escroquer pour que tes filles récupèrent tout son fric !

Évidemment, ces allégations étaient fausses. Jamais aucune d'elles n'avait médit de Bertie, ni œuvré de quelque manière pour que leur père le déshérite. Quant à Véronique, elle n'avait jamais prétendu être pauvre, pas plus qu'elle n'avait exigé que l'on se mette à genoux devant elle pour lui demander de l'argent. Son seul désir avait été que ses filles aient un emploi honnête et travaillent pour gagner leur vie. Et comme Paul l'avait écrit dans son testament, Véronique avait été bien plus généreuse et tolérante à l'égard de Bertie qu'avec ses propres filles. Mais le jeune homme était aveuglé par la colère de n'avoir rien hérité de son père.

— C'est vraiment tout, pour moi ? hurla-t-il.

Arnold hocha la tête.

— Oui, Bertie, je suis navré. Il pensait vous aider en agissant de la sorte.

Arnold avait soutenu ce choix, ce qu'il se garda bien de dire. Bertie était un dépensier de la pire espèce. Lui donner de l'argent, même une somme infime, n'aurait rimé à rien. Les filles feraient un bien meilleur usage de l'héritage de Paul – elles construiraient quelque chose.

— Vous ne vous en tirerez pas comme ça ! les menaça-t-il. Je ne vais pas en rester là. Ah ça, non !

Sur ce, il quitta à grands pas la salle de réunion et claqua la porte. Les filles restèrent assises sans bouger, muettes de stupéfaction.

En ce jour, leur père leur avait réservé bien des surprises. Entre la découverte de l'existence d'une fille illégitime, l'absence de Bertie dans le testament et, pour finir, tout ce venin que leur demi-frère leur avait lancé à la figure, les chocs étaient violents. Véronique, très pâle, était profondément ébranlée. Tout à coup, les filles se mirent à parler en même temps, interrogeant Arnold au sujet de Sophie.

Mais l'avocat n'avait pas terminé sa lecture.

« Enfin, à mon ex-épouse Véronique, que j'ai aimée énormément et qui est la femme la plus extraordinaire que je connaisse, je lègue mon amour, mon cœur, nos souvenirs, et une requête. Ma requête est qu'elle se remette à la peinture. Tu as un talent immense, et tu devrais te consacrer de nouveau à ton art. Je te laisse le tableau que nous avons acheté lors de notre lune de miel à Venise. Une toile dont on pensait qu'il s'agissait d'un Bellini, ce qui n'a jamais été prouvé. Toi, tu pensais qu'il s'agissait d'un faux. Quelle qu'en soit la valeur, nous adorions ce tableau. Tu m'avais promis de l'authentifier, mais tu ne t'en es pas occupée. Fais-le, s'il te plaît. S'il ne vaut rien, j'espère néanmoins qu'il fera rejaillir en toi des souvenirs heureux, comme c'est le cas pour moi lorsque je le contemple. Toutes ces années, il m'a procuré beaucoup de joie. »

Véronique lui avait cédé cette toile à contrecœur au moment du divorce. Elle avait pour elle une grande valeur sentimentale, mais plus encore pour Paul, alors elle la lui avait laissée.

« S'il s'avère qu'il s'agit d'un Bellini, je te le lègue avec plaisir en remerciement pour tout ce que tu as fait pour moi au cours de ma vie. Par ailleurs, je te présente mes excuses au sujet de cet enfant dont tu ignorais tout. Je t'en prie, crois-moi lorsque je te dis que jamais je n'ai aimé sa mère comme je t'ai aimée, toi. Tu as été mon seul véritable amour. Je m'excuse d'avoir été un tel imbécile de mon vivant. Je t'aime, Véronique, même si je n'ai pas été le mari que tu méritais. »

Arnold leva les yeux de son document. Véronique était en larmes.

— Ensuite, il y a sa signature, dit doucement l'avocat.

Dans la mort, Paul faisait preuve de bien plus de discernement que de son vivant. Véronique songea que l'héritage qu'il laissait à ses enfants serait bénéfique aux filles, et à Bertie également. Elle se demanda si celui-ci chercherait à faire annuler le testament. De toute façon, Paul n'avait nullement l'obligation de lui laisser quoi que ce soit. Contrairement à la loi française, le droit américain n'impose pas aux parents de léguer quelque chose à leurs enfants. Et Paul avait expliqué on ne peut plus clairement pourquoi il ne laissait rien à Bertie.

En ce qui la concernait, Véronique était très touchée qu'il lui donne le tableau. Par ce geste, il rappelait les bons moments qu'ils avaient passés ensemble et les premiers temps passionnés de leur amour. Elle ne pensait cependant pas qu'il s'agissait d'un vrai Bellini. Cela n'avait jamais vraiment eu d'importance à leurs yeux – ils aimaient cette toile, dont ils étaient tombés amoureux au premier regard. Véronique était également émue qu'il l'encourage à peindre de nouveau. Depuis que les filles étaient adultes, elle l'avait envisagé à plusieurs reprises, sans jamais s'en donner réellement les moyens. Elle ne savait pas encore si elle suivrait les conseils de Paul. Elle n'avait pas touché à un pinceau depuis des lustres, et il n'était pas aisé de s'y remettre.

Pour l'heure, elle avait d'autres questions plus urgentes à régler, comme Sophie Agnès Marnier. Les filles avaient été profondément ébranlées par cette révélation, et leur réaction était bien compréhensible. Ce n'était pas sa part dans l'héritage qui les dérangeait, mais le simple fait qu'elle existe et que leur père ne leur ait jamais parlé de cet enfant de l'amour. Les filles voulaient qu'Arnold leur raconte tout ce qu'il savait à son propos.

L'avocat expliqua qu'elle habitait à côté de Saint-Paul-de-Vence, non loin du château. C'était comme cela que Paul avait rencontré sa mère. Il ajouta qu'à sa connaissance leur père n'avait pas revu son autre famille depuis treize ou quatorze ans. Ne l'ayant aidée que très peu, il avait cherché à le faire à travers son testament. Ce n'est qu'à l'approche de la mort, alors que sa conscience le taraudait, qu'il avait choisi de faire de Sophie une de ses héritières. Arnold affirma ne rien connaître de plus à son sujet hormis son adresse, que lui et Paul avaient vérifiée pour les besoins du testament. Leur père ne l'avait pas contactée avant sa mort, pas plus que sa mère. Véronique ne put s'empêcher de penser qu'une fois de plus Paul avait fui ses responsabilités et ses obligations. Et maintenant, il tentait de réparer certains dégâts de façon posthume.

Lorsqu'elles quittèrent le cabinet d'Arnold, Timmie proposa qu'elles dînent ensemble ce soir-là. Joy accepta volontiers de reporter son vol au lendemain. Son avenir au restaurant n'était plus un problème. Elle démissionnerait à son retour et pourrait enfin se consacrer pleinement à sa carrière. Toutes quatre avaient tant de choses à se dire, tant de décisions à prendre. Les sœurs devaient par exemple réfléchir à ce qu'elles feraient au sujet du château. Et une question se posait : comment agir avec Sophie ? Car désormais, Timmie, Juliette et Joy partageaient le château avec elle.

Elles décidèrent donc de se retrouver à 20 heures au restaurant Da Silvano, près de chez Timmie. Alors qu'elle était seule dans le taxi qui la ramenait chez elle, Véronique ne put s'empêcher de penser que, même après sa mort, Paul avait réussi à lui faire beaucoup de mal. C'était aussi bien, peut-être : cela lui permettait de ne pas oublier qui il était vraiment. Égoïste et narcissique, il avait toujours agi selon son bon plaisir. Peu importait s'il blessait des gens autour de lui ou si ses actes avaient des conséquences dans le futur. Il ne s'était jamais soucié que d'une seule personne : lui-même.

4

Véronique arriva à l'heure dite au restaurant. Joy et Timmie étaient là depuis quelques minutes à peine. Juliette suivit sa mère de peu. C'était une chaude soirée de juillet, et elles s'installèrent à l'extérieur. Timmie commanda tout de suite une bouteille de vin. La journée avait été longue et éprouvante. Leur père, tout en leur laissant un héritage mûrement réfléchi qui témoignait de son amour pour elles et leur offrait la liberté de poursuivre leurs rêves, les avait aussi abasourdies en leur révélant l'existence de son enfant illégitime. Sans compter les menaces et les accusations de Bertie. En l'espace de quelques minutes, c'est comme si elles avaient perdu un frère et gagné une sœur. Ni l'une ni l'autre de ses réalités ne leur plaisaient, même si l'existence de Sophie Marnier les perturbait davantage – Bertie était une cause désespérée depuis des années.

— Bon, les filles, que vous inspire cette histoire de petite sœur ? lâcha Timmie d'un ton sarcastique après avoir dégusté une gorgée de vin.

Toute la journée, cette révélation l'avait hantée. De plus, elle s'inquiétait pour leur mère, qui était pâle comme un linge.

— On dirait bien que je ne suis plus le bébé de la famille, voire que je ne l'ai jamais été, ou alors très brièvement, dit Joy d'un air morose.

Elle savait que c'était ridicule, mais cela la contrariait.

— Sa mère est sûrement une espèce de croqueuse de diamants, poursuivit-elle. Et maintenant, jackpot, elles se retrouvent avec un quart du château. Comment fait-on si Sophie s'oppose à la vente ?

Véronique secoua la tête.

— Elle ne peut pas faire une chose pareille. Vous êtes trois contre une, les filles. Dans ce genre de situation, c'est la majorité qui l'emporte. Et rien dans le testament de votre père ne laisse entendre qu'il faut l'accord de toutes pour vendre le château. Seul un quart du montant que vous obtiendrez à la vente lui reviendra. Cela ne représente certainement pas grand-chose. Je doute que votre père ait entretenu le château au cours de ses dernières années. Déjà que cela n'a jamais été Versailles...

C'était un joli château de campagne, et Véronique en avait pris grand soin jusqu'à ce qu'elle le cède à Paul. Ensuite, la bâtisse avait été négligée. Quand il avait compris que c'était à lui de l'entretenir et de le gérer, Paul s'en était rapidement désintéressé, et Véronique ne l'avait pas entendu en parler depuis des années. Bien s'occuper d'un tel actif nécessitait beaucoup de travail et exigeait des sommes d'argent que Paul n'avait pas à sa disposition ou ne souhaitait pas dépenser pour quelque chose dont il ne jouissait pas. C'était lui tout craché : loin des yeux, loin du cœur. Et loin du portefeuille...

— Eh bien moi, je peux vous dire d'emblée que je souhaite vendre, déclara Timmie sans hésiter une fois qu'elles eurent commandé leurs plats. Être copropriétaire d'un château en France, avec toutes les prises de tête que cela implique, non merci ! Ce truc m'a tout l'air d'être un gouffre financier.

— Ça l'a toujours été, confirma Véronique.

Elle savait bien que ses filles n'avaient aucune raison de garder le château. Elles ne venaient en France qu'une semaine en été pour lui rendre visite – et encore, cette année, elles dérogeraient à la tradition. L'époque où elles passaient leurs vacances ensemble était révolue. Chacune vivait sa vie de son côté désormais, avec des emplois du temps, des obligations et des besoins différents. Quand on savait tout l'entretien que cela nécessitait, garder un château pour seulement quelques jours dans l'année paraissait absurde.

— Moi non plus, je ne veux pas d'un château en France, dit Joy d'un air affolé. Je n'habite même pas sur la côte Est. C'est à Los Angeles que je peux faire carrière. En plus, je n'ai pas les moyens de payer un truc pareil.

Surtout, elle n'en avait pas envie.

— Vous ne pensez pas qu'il faudrait aller le voir avant de prendre une décision ? suggéra Juliette avec prudence.

Aucune d'elles n'y était retournée depuis vingt ans. Elles n'en avaient que de vagues souvenirs d'enfance.

— On ne sait jamais… Peut-être qu'il vaut la peine qu'on le garde. Nous pourrions le louer, ce qui nous permettrait de l'entretenir, voire même d'en tirer un peu d'argent.

— Il faudrait dépenser des fortunes pour arriver à ce résultat, répliqua Timmie pour clore le débat. Or, moi, c'est dans mon foyer que je veux investir, pas dans un château en France où je ne mettrai jamais les pieds !

Joy partageait son point de vue.

— J'aimerais aller voir à quoi il ressemble avant que nous le vendions, insista Juliette. Je pourrais m'y rendre en août, puisque la boutique sera fermée.

Elle regarda alors avec insistance sa sœur cadette.

— Tu viendrais avec moi, Joy ?

Elle savait que Timmie n'abandonnerait pas les gens qui avaient besoin d'elle. De toute façon, elle avait décidé de vendre le château, quel que soit l'état dans lequel il se trouvait.

— Je ne sais pas. Peut-être. Si je ne travaille pas, répondit vaguement Joy.

Elle espérait qu'avec un nouveau manager et un nouvel agent, elle décrocherait très vite un rôle quelque part…

— Et toi, maman ?

Juliette voulait organiser un voyage de reconnaissance. Elle y avait réfléchi tout l'après-midi.

— Je pourrais vous retrouver sur place, répondit Véronique, songeuse.

Jamais elle n'aurait pensé revoir un jour cet endroit où elle avait tant de souvenirs. Ce serait pour elle une expérience douce-amère.

— Et Sophie ? demanda Juliette. Nous devrions la rencontrer, non ?

Ses sœurs et sa mère parurent choquées.

— Il faut bien que nous sachions à qui nous avons affaire. Et après tout, c'est notre sœur.

— Demi-sœur, la corrigea Timmie en prenant un air solennel, par égard pour leur mère.

Depuis la révélation de la matinée, Timmie était désolée pour sa mère. Cela ressemblait tellement à leur père de partir avec une nouvelle qu'il n'avait pas eu le courage de leur annoncer de son vivant. Ce faisant, il était parvenu à faire voler en éclats le peu d'illusions que Véronique entretenait encore au sujet de leur mariage. Quelle claque pour elle ! pensait Timmie. D'une main, il leur avait donné à chacune un rêve, et de l'autre, il leur avait ôté tout espoir de le respecter en tant que mari et père.

Timmie lisait la douleur dans les yeux de sa mère. Son chagrin n'était pas lié uniquement à la perte qu'elle subissait. Il était également dû à la trahison, plus cruelle encore. Timmie n'était pas une personne particulièrement affectueuse, et elle n'était pas proche de sa mère. Mais elle la respectait, et lui était loyale. Aussi ce coup final lui était-il insupportable. Et la toile que Paul lui avait léguée par sentimentalisme ne pouvait en aucun cas le racheter.

— Je n'ai pas envie de rencontrer cette Sophie, déclara Timmie sans ambages.

Joy réfléchissait. Elle aimait sa mère, mais leur demi-sœur était bel et bien une réalité.

— Je ne sais pas si j'en ai envie ou pas, lâcha-t-elle. Que fera-t-on si elle est abominable, ou si elle essaie d'obtenir plus d'argent ? s'inquiéta-t-elle.

— Ah non, laissons ça à Bertie, répondit Timmie. Lui, je suis presque certaine qu'il n'acceptera pas gentiment les choses. On n'a pas fini d'entendre parler de lui... Il ne manquerait plus qu'on ait les deux sur le dos ! L'un ici et l'autre en France.

— Est-ce que tu as les moyens d'en savoir plus sur cette fille, maman ? eut la bonne idée de demander Joy.

— J'imagine que je pourrais faire appel à un détective. Cela ne devrait pas être trop compliqué de dégoter deux ou trois informations sur elle.

Véronique se demandait si Sophie et sa mère attendaient davantage d'elles... Il est vrai que les deux femmes n'avaient jamais cherché à les contacter, pas plus qu'elles n'avaient entamé de démarches judiciaires à l'encontre de Paul. Si cela avait été le cas, Véronique le saurait. Dans son testament, Paul soulignait qu'il n'avait jamais aidé sa fille. Cependant, avoir quelques éléments supplémentaires sur elle ne pourrait pas faire de mal. De plus, Véronique était curieuse : combien de temps avait duré la liaison de Paul avec cette Élisabeth ? Comment s'étaient-ils rencontrés ? Elle était encore sous le choc. Dire qu'elle n'avait rien soupçonné...

— En rentrant, je passerai quelques coups de fil, promit-elle.

— Ce testament est un peu fou, lança soudain Joy.

— Oui... En tout cas, c'est certainement ce que Bertie s'est dit, répliqua Timmie avec un sourire en coin.

Elles ne purent s'empêcher de rire en évoquant son esclandre dans le bureau d'Arnold. Même Véronique s'en amusa.

— Vous savez, moi, je crois que je me suis retrouvée en état de choc, dut reconnaître Juliette.

La jeune femme se sentait plus détendue grâce au vin et à ce bon repas.

— Pareil, dit Joy.

— C'est peut-être une fille bien, cette Sophie, soupira Véronique en s'efforçant de se montrer clémente.

— Peu probable, quand on sait quel genre de femmes papa fréquentait.

Timmie avait raison. Après sa mère, il n'avait pas eu une seule relation durable ou sérieuse. Ses aventures étaient déterminées par son ego et par le physique de ses conquêtes. Il avait soixante ans quand Véronique l'avait quitté. Il se serait remarié s'il avait trouvé une femme suffisamment fortunée, mais sa réputation le précédait déjà, à l'époque. Personne n'avait voulu succéder à Véronique. De toute façon, grâce à l'accord auquel ils étaient parvenus après le divorce, il menait une vie si confortable qu'il s'en moquait.

Les quatre femmes se quittèrent avec le vague projet de se retrouver en France en août, selon ce que Véronique parviendrait à trouver au sujet des Marnier. Elles s'accordaient sur le fait qu'il était nécessaire de voir le château afin de prendre la bonne décision à son sujet. Seule Timmie campait sur ses positions.

— Quand penses-tu retourner en France, maman ? s'enquit-elle en sortant du restaurant.

— Je ne sais pas encore. Sans doute dans quelques jours.

Rien ne la retenait à New York, et elle s'aperçut qu'elle avait envie de passer le reste de l'été en Europe. Elle n'avait pas d'idée particulière en tête. Paris était certes très calme en été, mais finalement, cette torpeur s'accordait plutôt bien avec son humeur du moment. Elle n'avait pas le cœur à la fête. Et la capitale française aurait l'avantage d'être moins étouffante que New York en cette saison.

— Et ce tableau que papa t'a laissé ? demanda Juliette.

Elles avaient passé tout le repas à parler de Bertie, de Sophie et du château.

— C'est un vrai Bellini ?

— Je ne pense pas, répondit Véronique tranquillement. Mais il est vrai qu'avec les toiles de la Renaissance, c'est difficile à dire. Le tableau a pu être peint par un de ses élèves, voire par plusieurs, mais aussi par le maître en personne ou par un faussaire de talent. J'ai toujours voulu me pencher sur la question, mais je ne l'ai jamais fait. Quoi qu'il en soit, c'est une œuvre ravissante, même s'il s'agit d'une copie.

Véronique prit un air songeur. Les souvenirs remontaient à la surface.

— Tu devrais étudier ça de plus près, lui dit doucement Joy.

Depuis ce matin, la jeune femme éprouvait un regain d'affection envers sa mère. Cette dernière, en effet, ne s'était permis aucun commentaire désagréable au sujet du coup de pouce que son père avait choisi de donner à sa carrière. Elle respectait ses décisions et était par ailleurs ébranlée d'avoir découvert l'existence de Sophie. Cette nouvelle avait eu pour effet de resserrer les liens entre elle et ses filles. Malgré leurs différences, elles faisaient front face à l'adversité et face à une étrangère qu'elles voyaient comme une ennemie potentielle. Sans parler de Bertie, qui leur avait déclaré la guerre. Bref, on les attaquait de toutes parts.

— Je vais regarder ce tableau de plus près, oui, répondit Véronique d'un ton las. Je pourrais peut-être aller en Italie plutôt qu'en France...

Elle adorait passer du temps à Rome, Florence et Venise, et visiter églises et musées. Ce soir-là, alors qu'elle s'apprêtait à se coucher, l'idée d'un tel voyage lui traversa de nouveau l'esprit. Toutefois, engager un détective pour enquêter sur les Marnier lui paraissait prioritaire, pour elle comme pour ses filles.

Le lendemain matin, Arnold l'appela pour prendre de ses nouvelles et s'excusa pour le choc occasionné la veille par la lecture du testament.

— Je l'avais supplié de t'en parler, dit-il doucement. Mais il n'a pas voulu m'écouter. Il voulait que ce soit moi qui gère la situation. Il n'était pas très doué pour ce genre de choses.

Arnold soupira. Tous deux savaient qu'il avait raison. À choisir, Paul prenait toujours le chemin le plus simple.

— Cela n'a plus d'importance désormais, répondit Véronique poliment.

Elle aurait tellement aimé le penser vraiment ! Mais l'attitude de Paul avait suscité de l'amertume chez elle. Elle en disait long sur l'homme qu'il était. Il l'avait déçue bien trop souvent, et cette fois-ci, il avait fait du mal à ses filles, et ce même s'il leur laissait un héritage généreux et bien pensé.

— Je vais tâcher d'oublier tout ça, Arnold. Ne t'inquiète pas... J'y pense : tu crois que tu pourrais me trouver une photo du tableau qu'il m'a légué ? Je suis sûre qu'il y en a une quelque part dans le dossier.

— Je ferai mieux, même : le tableau te sera livré dans un délai très court, dit-il gentiment.

Mais Véronique n'était pas prête. Il s'agissait d'une toile imposante, et elle ne voyait pas où l'accrocher pour le moment. Il faudrait qu'elle déplace certains meubles pour lui faire de la place, et elle ne savait pas si elle en avait envie, surtout pour ce qui était probablement une copie.

— Non, merci, Arnold. Pour l'heure, je me contenterai d'une photo.

— Bon, je vais regarder, promit-il. Ça te dirait que je te remette cette photo autour d'un bon repas ? demanda-t-il, plein d'espoir.

Décidément, il ne s'avouait jamais vaincu.

— Pour être sincère, Arnold, je me sens encore trop remuée. Il faut que nous digérions ce que tu nous as révélé hier. Et dans quelques jours, je repars en France. Je dois m'organiser et préparer mes affaires.

Elle n'était pas d'humeur à accepter les avances délicates mais persévérantes d'Arnold.

— Je vais faire appel aux services d'un détective privé à Paris afin d'obtenir des informations au sujet des Marnier, lui apprit-elle pour changer de sujet.

Il trouva que son idée était bonne. Les filles étant liées à Sophie par le biais du château, autant savoir à quoi s'attendre.

— Et sur le Bellini, tu vas enquêter aussi ? s'enquit-il.

— Peut-être. Un jour. Je ne pense pas que j'en aurai le temps tout de suite. À Venise, il existe un monastère où sont archivés des documents incroyables sur l'authenticité des tableaux, tout particulièrement ceux dont l'attribution est douteuse. Mon grand-père évoque ce monastère dans l'un de ses livres, et j'y suis allée une fois avec ma mère. Elle a toujours été fascinée par les faux. Elle m'a transmis le virus. Si je vais en Italie, je ferai peut-être un saut à Venise.

— Quand seras-tu de retour chez nous ?

— Je ne sais pas. Fin août. Ou en septembre. Je vais visiter le château avec les filles.

— Ah ? Ont-elles l'intention de le garder ? demanda-t-il avec curiosité.

— J'en doute. Elles ne veulent pas s'encombrer d'un château en France. Elles sont trop accaparées par leur vie ici.

Véronique aurait certes pu prendre la responsabilité du château pour ses filles, mais elle ne le souhaitait pas. Elle l'avait donné à Paul, et c'était une relique d'une histoire ancienne pour elle.

— Tu auras la photo avant ton départ, promit Arnold. Cette énigme est fascinante. Tiens-moi au courant de l'avancée de ton enquête. Et au sujet de Sophie et de sa mère aussi.

Paul avait indéniablement laissé dans son sillage des problèmes et des mystères, un drôle de mélange de joies et de peines.

Arnold se manifesta deux jours plus tard, alors que Véronique était en pleins préparatifs de son voyage. Il venait de recevoir une lettre de l'avocat de Bertie, où il était question du fort mécontentement de son client quant aux dispositions prises par son père dans son testament. Il proposait à ses sœurs de réparer le préjudice qu'il avait subi en l'incluant dans le partage du château : il voulait parvenir à une situation équitable et attendait tout particulièrement un geste de Timmie, laquelle avait obtenu la part la plus importante. S'ils n'arrivaient pas à s'entendre, il avait l'amabilité de les prévenir qu'il les attaquerait chacune individuellement, ainsi que la succession. Bref, il les poursuivrait en justice pour faire invalider le testament.

Véronique soupira. Pourtant, elle n'était pas surprise par ce qu'elle entendait.

— Je me doutais bien qu'il n'en resterait pas là. C'est maintenant le seul espoir qu'il lui reste d'obtenir quelque chose de Paul, dit-elle d'une voix dépitée.

— Tu serais toi aussi concernée par ce courrier si tu avais une part du château ou si tu avais hérité d'une somme d'argent de Paul. Visiblement, Bertie ne s'intéresse pas à ce tableau dont tu penses de toute façon qu'il s'agit d'un faux.

— C'est idiot de sa part. Si c'est un Bellini, il vaut une fortune.

— Il préfère prendre un pari moins risqué et cherche l'argent facile. Ce qu'il veut vraiment, c'est un arrangement, pas un procès. Il essaie d'impressionner les filles.

Véronique partageait ce point de vue : cela lui semblait évident.

— Tu penses que les filles lui donneront un os à ronger pour se débarrasser de lui ? demanda Arnold.

— Ça ne risque pas, répondit Véronique avec assurance.

Elles détestaient leur demi-frère depuis des années. Et elles étaient bien moins charitables que Véronique.

— Et elles ont raison, poursuivit-elle. Bertie ne mérite pas un centime. Paul lui a déjà suffisamment donné, et il a tout jeté par les fenêtres. Bon, que faisons-nous, maintenant ?

— Nous attendons de voir s'il mène une action en justice. Nous aviserons à ce moment-là. Paul avait le droit de faire ce qu'il voulait de ses biens. Au pire, Bertie harcèlera les filles afin d'obtenir un arrangement. Avec un procès, il irait droit dans le mur, étant donné son passif. Mais cela ne l'empêchera pas d'essayer.

Véronique l'en savait capable, en effet.

Ses trois filles l'appelèrent plus tard ce jour-là, après avoir reçu d'Arnold le fax de la lettre. Elles étaient outrées, mais certainement pas surprises.

— S'il nous fait un procès, on le clouera au mur, lâcha Timmie.

Véronique la croyait sur parole : ses filles étaient impitoyables à son égard, surtout Timmie, qui le traitait de larve et le haïssait depuis l'enfance. Elle avait toujours su lire dans son jeu, dans ses mensonges et ses flatteries. Arnold avait dit que Bertie réclamerait peut-être une part de l'héritage de Sophie étant donné que cette dernière n'avait jamais été reconnue par leur père de son vivant. Mais il doutait que le jeune homme parvienne à ses fins avec une telle approche, à moins de menacer Sophie et de la faire craquer. Bertie n'avait rien dans le ventre, hormis la jalousie, le fiel et la cupidité, qui ne seraient pas payants au tribunal.

Juliette, quant à elle, paraissait très angoissée par la question. Elle se passerait volontiers de la pression d'un procès. Véronique s'efforça de la rassurer et alla lui rendre visite à Brooklyn le jour suivant. Elle passa un agréable moment dans l'appartement de sa fille et promit de lui donner des nouvelles de l'enquête.

Ce soir-là, Véronique alla également saluer brièvement Timmie chez elle. Habituellement, avant de partir en voyage, elle se contentait d'un coup de fil, mais comme ses filles venaient de perdre leur père, elle voulait les voir en personne avant son départ. Le lendemain, elle s'envolait pour Paris, neuf jours seulement après avoir quitté Nice. Elle avait pourtant l'impression que son séjour avait duré dix ans : il avait été pénible, empli d'émotions douloureuses, de bonnes et de mauvaises surprises, de la tourmente que Paul laissait derrière lui. Elle avait hâte de retrouver son paisible appartement sur l'île Saint-Louis.

Arnold trouva une photo du Bellini pour elle. Si elle allait en Italie, elle essayerait de mener son enquête. Dans son bagage à main, elle prit la photo, ainsi que des photocopies de la lettre de Bertie et du testament de Paul.

Véronique appela Joy à Los Angeles. La jeune femme était affairée et de bonne humeur. Sitôt arrivée en Californie, elle avait laissé tomber son emploi de serveuse. Elle était ravie. Elle devait rencontrer des professeurs d'art dramatique ainsi que des agents. Véronique lui assura qu'elle était très heureuse pour elle. Enfin, elle acceptait le choix de carrière de sa fille, prenant exemple sur Paul qui avait toujours fait montre d'enthousiasme à cet égard. Joy n'en revenait pas d'un tel changement.

Véronique avait réfléchi. Joy avait vingt-six ans, après tout. Elle travaillait dur depuis cinq ans pour faire ce métier, ce qui prouvait son engagement. Elle avait un vrai talent et était prête à tout mettre en œuvre pour avancer. Véronique sentait qu'elle n'avait plus le droit de lui barrer la route. C'était la vie de Joy, son rêve.

Lorsque Véronique embarqua le lendemain après-midi, elle avait le cœur lourd. Il s'était passé tant de choses ; les dernières illusions qu'elle avait pu avoir au sujet de Paul et de leur mariage avaient volé en éclats. Le seul point positif dans toute cette affaire était qu'elle se sentait plus proche que jamais de ses filles. Mais lorsque l'avion décolla, elle éprouva un étrange sentiment de solitude. Paul n'était plus là désormais, il ne restait plus rien de lui à quoi elle puisse se raccrocher, que ce soit en tant qu'époux ou en tant qu'ami. Et elle avait beau aimer ses filles, elles étaient adultes et avaient leur vie. Elle comprit qu'elle avait trop longtemps dépendu de leur affection. Après Paul, elle n'avait pas reconstruit sa vie. Les filles étaient alors très jeunes, et elle s'était cramponnée à elles – à Paul aussi, quoique différemment. Désormais, avec sa mort, le cordon ombilical était coupé. Et tandis que New York rapetissait en dessous d'elle, Véronique fut envahie par un sentiment de solitude d'une puissance inédite.

5

L'avion atterrit à l'aéroport Charles-de-Gaulle le lendemain matin à 6 heures. Véronique prit un taxi jusqu'à Paris. L'aube pointait tout juste, parant le ciel au-dessus de la Ville lumière de teintes roses et orangées. On aurait dit un tableau impressionniste. La beauté de ce spectacle et la joie d'être là lui firent monter des larmes aux yeux. Paris avait le don de l'apaiser et de la consoler. Elle avait vécu dans d'autres villes, à New York pendant de nombreuses années par exemple, mais quand elle posait le pied ici, elle avait le sentiment d'être de retour chez elle.

Véronique avait laissé un message à sa femme de ménage pour la prévenir de son arrivée. Quand elle entra dans son appartement au plancher légèrement incliné, tout était en ordre. Une baguette fraîche l'attendait dans la cuisine, un panier de fruits semblable à une nature morte trônait sur la table et le frigo était rempli de ses produits préférés. Son lit était fait, et les draps, parfaitement repassés, avaient été repliés, prêts à l'accueillir si elle avait envie de se reposer un peu. Aucun endroit au monde n'égalait son appartement parisien quand sa femme de ménage le préparait pour sa venue.

Véronique mangea une pomme, se fit un café et, assise à la table de la cuisine, contempla la vue époustouflante sur la Seine qui s'offrait à elle. Elle se sentait déjà mieux que la nuit précédente. Après avoir pris sa douche, elle s'allongea un moment. Elle avait de nombreuses tâches à accomplir, mais elle voulait d'abord se détendre. Elle sentait déjà que ce serait une chaude journée. Son appartement n'avait pas l'air conditionné, mais elle s'en moquait. Elle aimait la chaleur, et la ville à moitié désertée en ce mois de juillet lui semblait paisible, avec un rythme moins frénétique que d'ordinaire. Presque la moitié du pays prenait ses vacances en juillet, et l'autre moitié en août, un mois encore plus calme à Paris. Bon nombre de commerces et de restaurants étaient alors fermés.

Confortablement installée entre ses draps frais, elle dormit près de deux heures. Lorsqu'elle rouvrit les yeux, il était presque midi. Elle appela un avocat qu'elle connaissait afin qu'il lui recommande un détective. Lorsqu'elle téléphona au numéro qu'il lui avait indiqué, elle fut soulagée que l'homme ne soit pas en vacances. Elle lui expliqua la situation, précisant que Sophie Agnès et Élisabeth Marnier habitaient à Saint-Paul-de-Vence ou dans les environs. Il lui promit de la contacter par e-mail dès qu'il aurait des éléments à lui fournir – leur adresse exacte, leur métier, si elles étaient mariées, et autres détails de leur vie. L'enquête ne semblait pas lui poser de problème particulier. Il fallait juste que Sophie et sa mère n'aient pas déménagé ou disparu, ce qui n'était pas le cas, d'après les informations qu'Arnold avait communiquées à Véronique.

Après ce coup de fil, elle se sentit soulagée, comme si elle venait d'accomplir une mission. Elle envoya un message à ses trois filles afin de leur annoncer que l'enquête sur les Marnier venait officiellement de débuter. Ensuite, elle décida de ne plus y penser et alla se promener.

Elle flâna autour des étals des bouquinistes le long de la Seine, admirant les gravures et autres photos de Paris. Elle s'arrêta ensuite dans un café pour boire un expresso et grignoter quelque chose en regardant les passants. Puis elle rentra chez elle à pied, après un crochet par Notre-Dame.

L'hôtel particulier où avaient vécu ses grands-parents et, après eux, ses parents était à proximité. Elle ne s'y rendait toutefois que lorsqu'elle devait prendre une décision quelconque ou que quelque chose avait besoin d'être remplacé ou réparé. Elle gardait cette maison un peu comme s'il s'agissait d'un temple à la gloire de son passé, mais elle préférait de loin son appartement surplombant la Seine.

Une fois chez elle, Véronique essaya d'organiser les semaines à venir. Elle avait du temps devant elle et aucune obligation. Cela l'incita à sortir de son sac la photo du tableau légué par Paul. Elle l'examina longuement et méticuleusement. L'idée de séjourner à Venise et d'aller consulter les archives de ce monastère afin d'enquêter sur l'histoire et l'authenticité de la toile la séduisait. La Cité des Doges était très fréquentée en été, il y faisait chaud, mais cela serait pour elle l'occasion de se consacrer à un projet qui lui plaisait. Et maintenant que l'œuvre lui appartenait, elle avait vraiment envie de savoir s'il s'agissait d'un authentique Bellini. Elle voulait le découvrir pour les filles.

Véronique rangea le cliché, puis, sur un coup de tête, décida que sa prochaine étape serait Rome. Elle adorait cette ville et s'y amusait toujours bien, même seule. De là-bas, elle rejoindrait Venise et mènerait à bien ses recherches. L'Italie avait toujours un effet positif sur son moral, et en ce moment, cela ne pouvait que lui faire du bien. Elle avait du mal à se remettre de la mort de Paul. Cependant, bizarrement, son décès et la révélation de son ultime trahison l'avaient en quelque sorte affranchie des liens qui l'unissaient à lui. Paul lui manquait, bien entendu, mais elle se sentait libre, plus libre que jamais depuis le divorce. Elle avait envie de faire quelque chose pour elle. Et Rome était un excellent point de départ. Elle y passerait quelques jours avant de poursuivre sa route jusqu'à Venise.

Véronique réserva une chambre à l'hôtel Cipriani à Venise, et au Hassler à Rome, puis acheta un billet d'avion pour le lendemain. Voyager seule lui procurait un sentiment de liberté. Elle n'avait à s'ajuster au programme de personne et n'avait à se soucier que de ses propres envies. Elle prépara un petit sac, dans lequel elle n'omit pas de mettre le cliché du tableau. La perspective de son passage au monastère l'enthousiasmait. De toute façon, le simple fait d'aller en Italie suffisait à la réjouir. L'aventure commençait.

Son avion atterrit à l'aéroport de Fiumicino et elle prit un taxi pour se rendre à Rome. Le Hassler était situé en plein cœur de la ville, à proximité des plus belles boutiques, au sommet des escaliers qui partaient de la place d'Espagne, non loin de la fontaine de Trevi. Les chambres de l'hôtel avaient un charme suranné, et elle adorait cet endroit, même si elle y avait toujours séjourné avec Paul. Elle chassa cette pensée de son esprit tandis qu'une employée lui montrait sa chambre. La pièce avait une jolie vue et était tendue de satin jaune ; le lit était à baldaquin.

Véronique ne s'y attarda pas. Une demi-heure après son arrivée, elle sortit se promener. Les rues étaient bondées et il faisait chaud. Elle portait une robe blanche en coton et des sandales. Après la lecture du testament de Paul, elle avait laissé tomber le noir. Elle voulait refermer la porte du passé derrière elle, mais ignorait ce qui l'attendait de l'autre côté.

Véronique marcha pendant des heures, visitant les petites églises qui se trouvaient sur son chemin, s'arrêtant dans ses magasins préférés. Elle s'acheta de jolies chaussures qu'on lui livrerait à l'hôtel. Partout, il y avait des couples enlacés, des familles avec des enfants en bas âge. Quand elle arriva à la fontaine de Trevi, un vif sentiment de solitude s'était emparé d'elle. Elle aurait aimé partager tout cela avec quelqu'un, mais ce temps-là était révolu pour elle. Cette idée sombre en tête, elle resta debout devant la fontaine à contempler les gens qui faisaient des vœux.

Un petit mendiant se précipita vers elle et lui proposa de lui faire de la monnaie. Elle lui sourit et échangea un billet contre des pièces, lui en laissant une au passage.

Les pièces stagnèrent dans le creux de sa main : elle n'avait pas d'idée de vœu... Le petit garçon lui expliqua alors que la tradition voulait que l'on jette la première pièce pour la chance, la deuxième pour l'amour véritable, et la troisième pour revenir un jour à Rome. Elle maîtrisait suffisamment l'italien pour le comprendre.

Alors qu'elle hésitait toujours, elle remarqua un homme en jean et chemise bleue qui l'observait. Son expression était empreinte de gravité. Il avait le doigt sur le déclencheur de son gros appareil photo, lequel était braqué sur elle. Il le baissa soudain. Leurs yeux se rencontrèrent furtivement, et elle détourna le regard. Son visage paraissait juvénile alors que ses cheveux étaient poivre et sel. Il ressemblait à un Européen, avec quelque chose de très singulier.

Véronique retourna à ses vœux. Elle suivit les recommandations du garçon en jetant ses pièces dans l'eau. Un sentiment de mélancolie s'empara d'elle pendant quelques instants. Puis elle laissa la fontaine derrière elle. Déambula encore un peu dans les rues de Rome. La circulation était dense et chaotique, les piétons affluaient de toutes parts, une demi-douzaine de langues différentes résonnaient autour d'elle... Les rues étaient si vivantes qu'elle n'avait pas le cœur de retrouver la solitude de sa chambre. Rome était le genre de ville qu'on avait envie de parcourir accompagné. Ne pas pouvoir le faire l'attristait. Elle était entourée de tant de beauté !

Elle se laissa aller au hasard des rues pendant encore une heure, tomba sur deux petites églises absolument charmantes et se dirigeait vers son hôtel quand elle se retrouva bloquée au milieu de la rue, en pleine circulation tonitruante. Les voitures et les scooters passaient à toute allure de chaque côté d'elle. Elle se sentit paralysée, incapable de bouger. Une Ferrari rouge fonçait droit vers elle. Véronique la regarda comme s'il s'agissait d'un taureau enragé. Pétrifiée, elle savait que la voiture allait la percuter et sans doute la tuer. Elle était envoûtée, toujours parfaitement immobile. Elle vit le conducteur dans son bolide, et soudain, elle se moqua bien de ce qui pouvait lui arriver. Paul l'avait trahie, ses filles n'avaient plus besoin d'elle – plus rien ne lui faisait envie. Vivre ou mourir, peu lui importait. Elle vit sa vie défiler devant elle...

Elle entendit un cri, et alors qu'elle avait décidé de ne pas bouger pour des raisons qu'elle serait incapable de comprendre plus tard, elle sentit quelque chose la pousser avec une force extraordinaire. Elle vola dans les airs avant d'atterrir sur ses mains et ses genoux. La Ferrari continua quelques instants sa course folle, puis s'arrêta un peu plus loin dans un crissement de pneus. Un immense vacarme s'ensuivit : klaxons, piétons qui hurlaient... Et soudain, un grand brun solidement bâti se pencha au-dessus d'elle. L'air terrifié, il tentait de l'aider à se relever. C'était le conducteur.

Véronique avait les jambes qui flageolaient. Les écorchures sur ses mains et ses genoux saignaient abondamment, souillant sa robe blanche. C'était un spectacle glaçant, mais la situation aurait pu être bien pire : elle avait failli être écrasée par une Ferrari, avec, pour ainsi dire, son consentement. Quelque chose avait empêché que le drame se produise en l'écartant de la trajectoire de la voiture. Elle ignorait complètement ce que c'était. Le conducteur, qui paraissait tout aussi ébranlé qu'elle, la guida jusqu'au trottoir et elle s'assit sur le rebord. Il lui tendit un mouchoir afin qu'elle nettoie le sang qui coulait de ses plaies. Elle était trop abasourdie pour ressentir une quelconque douleur. L'inconnu se pencha vers elle et lui dit en anglais, avec un accent à couper au couteau :

— J'ai failli vous tuer, c'est horrible.

Sa main tremblait. Il était vêtu d'une élégante veste en lin et d'un pantalon gris. Une grosse montre en or ornait son poignet. Véronique eut la quasi-certitude qu'il était russe.

— Je vais vous emmener à l'hôpital.

Autour d'eux, les voitures klaxonnaient parce qu'il bloquait la circulation.

— Non, non, je vais bien, lui assura Véronique d'une voix à peine audible.

Elle leva les yeux vers lui. Elle ressentait une gêne profonde. Non seulement elle était dans un piteux état, mais en plus, et surtout, elle l'avait presque laissé la renverser... Pourquoi ? Jamais elle n'avait été mue par une telle impulsion de mort.

— Je suis navrée. Vraiment. J'ai été pétrifiée par la peur.

Elle avait envie de croire que la terreur seule expliquait sa paralysie passagère.

— Vous avez besoin d'un médecin, insista-t-il en montrant du doigt le mouchoir maculé de sang sur ses jambes.

Son visage était taillé à la serpe, ses yeux, d'un bleu perçant, et sa voix, grave. Il avait dans la cinquantaine et son allure était celle d'un homme habitué à donner des ordres, un homme de pouvoir.

— Non, ce n'est pas la peine, ce ne sont que des égratignures, dit-elle faiblement.

Mais Véronique avait beau essayer de se ressaisir, elle tremblait de la tête aux pieds.

— Si. Je vous emmène à mon hôtel, nous appellerons un médecin depuis le Hassler.

Véronique esquissa un sourire. Une femme à l'air amical lui tendit le sac en toile d'un rose éclatant qu'elle avait choisi pour faire du shopping. Il lui avait échappé lors de sa chute. Sa robe était déchirée et couverte de sang. Elle devait offrir un bien triste spectacle. Elle se sentait pathétique, assise là, par terre, mais elle était mal en point et souffrait de légers vertiges. Voir un médecin n'était pas une mauvaise idée...

— C'est aussi mon hôtel, expliqua-t-elle.

Il la mena jusqu'à sa Ferrari. Elle tamponna de nouveau ses genoux à l'aide de son mouchoir. Elle ne voulait pas salir son siège. L'homme ne semblait cependant pas s'en inquiéter. Il était si reconnaissant qu'elle soit encore en vie !

— Rome est une ville très dangereuse, lâcha-t-il en démarrant le moteur. Trop de circulation, trop de voitures et de scooters. Les gens conduisent comme des fous, ici.

Trois minutes plus tard, ils arrivaient à l'hôtel. Il lui prit le bras pour traverser le hall et se rendre jusqu'à la réception, où il fit quérir un médecin. Le sous-directeur le regardait avec respect et s'adressait à lui en l'appelant « monsieur Petrovich ». Quand il vit les plaies sanglantes de Véronique, il parut inquiet. Petrovich lui expliqua la situation :

— Nous avons eu un accident de la circulation.

Le Russe escorta Véronique jusqu'à sa chambre, lui présenta une nouvelle fois ses plus plates excuses et lui demanda si elle se sentait en mesure de rester seule. Elle lui assura que oui, et il sembla soulagé.

— J'ai vraiment cru que je vous avais tuée, dit-il d'un ton affligé. C'est la première fois que j'ai un accident.

— C'était de ma faute, répéta-t-elle pour le rassurer. Je vais bien.

C'était loin d'être vrai. Mais elle lui avait déjà causé assez de soucis comme cela pour l'après-midi.

— Je vais demander au médecin de venir dans ma chambre, reprit-il. Je vous appellerai quand il sera là.

L'idée lui déplut, mais elle n'avait pas la force de discuter avec lui. Elle ouvrit sa porte. Tout ce qu'elle voulait maintenant, c'était ôter sa robe ensanglantée, asperger son visage d'eau fraîche et s'allonger. Elle aurait préféré voir le docteur dans sa chambre à elle. Mais M. Petrovich était déjà parti. Quelque chose dans son visage lui paraissait familier... Elle n'arrivait toutefois pas à savoir quoi ; elle n'était pas en état de réfléchir comme il faut.

En voyant son reflet dans le miroir de la salle de bains, Véronique fut horrifiée. Elle n'était vraiment pas belle à voir. Elle retira sa robe, qu'elle laissa tomber sur le sol. Elle aurait aimé prendre une douche mais avait encore trop de vertiges. Elle craignait de s'évanouir. Alors elle se lava les jambes et les mains au lavabo, avant de s'allonger sur son lit, en proie à une migraine effroyable. Cinq minutes plus tard, le téléphone sonna. M. Petrovich lui faisait savoir que le docteur l'attendait dans sa suite. Le docteur avait été rapide comme l'éclair. Qui que soit ce Russe, il était évident que la direction de l'hôtel le traitait avec une immense déférence.

L'appartement de M. Petrovich se trouvait au cinquième, soit deux étages au-dessus de sa chambre. Véronique enfila une robe en coton et se dirigea vers l'ascenseur. Petrovich l'attendait dans le couloir. Il la conduisit jusqu'à une suite spectaculaire, dont la terrasse filante offrait une vue panoramique sur Rome. C'était la suite présidentielle. Un médecin se tenait dans le salon, et une belle femme était installée sur le canapé. Petrovich s'adressa à elle en russe. Elle jeta un regard à Véronique avant de disparaître sans un mot dans la chambre. Elle paraissait très jeune. Vêtue d'un short et d'un dos-nu, elle avait un corps de déesse.

Véronique se sentait légèrement perdue. Petrovich lui enjoignit de s'asseoir. Cet homme avait, à l'évidence, l'habitude de diriger les autres. Véronique eut le sentiment qu'il la traitait comme une enfant – à l'instar de la fille qu'il avait envoyée dans la pièce voisine. Le médecin écouta le Russe raconter l'accident, lui aussi visiblement impressionné par le personnage. Il examina les mains et les genoux de Véronique et lui demanda si elle s'était blessée à la tête ou si elle avait perdu connaissance.

Non, ce n'était pas le cas. Elle avait été projetée en l'air, puis était tombée sur les mains et les genoux. Elle ne savait pas comment décrire les faits, car elle ne comprenait toujours pas ce qui s'était passé. Quelque chose ou quelqu'un derrière elle l'avait écartée de la trajectoire de la Ferrari avec une force surhumaine. Si ce n'était pas une personne, c'était le destin.

Le médecin nettoya ses plaies avec un antiseptique et affirma qu'elle n'avait pas besoin de points de suture. Les coupures étaient superficielles, peu profondes, et les saignements provenaient essentiellement des égratignures. Il ajouta qu'elle ne s'était rien cassé.

Le grand Russe parut soulagé.

— J'ai bien failli la tuer, confia-t-il d'un air désolé au médecin.

L'homme les regarda en souriant. Il voyait bien qu'ils étaient l'un et l'autre profondément secoués par cette mésaventure, mais il leur assura que Véronique se remettrait vite et qu'elle n'avait rien de grave.

— Tout ira bien, dit-il d'un ton joyeux.

Véronique sourit aux deux hommes. Elle était mortifiée d'avoir provoqué un tel remue-ménage. Le médecin lui demanda son nom, pour son compte rendu. Le Russe saisit l'occasion pour se présenter à son tour : Nikolaï Petrovich. Elle comprit immédiatement pourquoi il lui avait semblé familier. C'était l'un des hommes les plus puissants de Russie, un multimilliardaire qui possédait des yachts aux quatre coins du globe, des pied-à-terre à Paris et à Londres, et qui était connu pour sa grande collection de voitures et pour les belles filles qu'il comptait à son tableau de chasse. C'était le fruit du hasard, mais Véronique n'avait pas été renversée par n'importe qui. Le médecin s'éclipsa discrètement tandis que Nikolaï débouchait une bouteille de champagne.

— Buvez, dit-il à Véronique en lui tendant une coupe. Cela vous aidera à aller mieux. Je m'en veux terriblement de vous avoir blessée.

— Et moi… je m'en veux terriblement de mon imprudence.

Il pointa son index vers la terrasse et se dirigea vers la porte qui y menait. Coupe en main, elle le suivit. Elle fut époustouflée par le panorama. C'était probablement la plus belle vue de la ville. Ils firent le tour de la terrasse avant de prendre place sur deux chaises longues. Le champagne aidant, Véronique commença à se détendre un peu.

— Je m'installe toujours ici, pour la vue, dit-il.

Il regarda Rome, puis se tourna vers elle.

— Vous avez de très beaux yeux, fit-il remarquer. On dirait des saphirs.

Malgré ses goûts de luxe, l'homme dégageait quelque chose de brut. Il était simple et direct au point de paraître parfois brusque.

— Où habitez-vous ?

— La plupart du temps à New York, et parfois, à Paris.

— Vous voyagez seule ?

Véronique hocha la tête.

— Vous n'êtes pas mariée ?

Il posa le regard sur sa main, probablement à la recherche d'une alliance.

— Non.

— Moi non plus, dit-il d'un ton neutre.

Véronique avait supposé qu'il était célibataire, à cause de la fille qu'elle avait aperçue sur le canapé en entrant. D'ailleurs, celle-ci avait disparu.

— J'ai divorcé, poursuivit-il presque fièrement, comme s'il s'agissait d'une espèce de signe extérieur de richesse. Mon ex-femme me déteste, ajouta-t-il à brûle-pourpoint.

Sa façon de le dire amusa Véronique.

— J'étais un époux déplorable, expliqua-t-il.

Paul lui aussi avait été un très mauvais époux, mais elle garda cette information pour elle.

— Mon ex-mari vient de mourir. Je suis encore sous le choc, et sans doute est-ce la raison pour laquelle je n'ai pas fait attention en traversant la rue. Nous étions de bons amis.

— Cette amitié avec votre ex-mari tend à prouver que vous êtes une femme bien, déclara Petrovich en la scrutant.

— Nous avons divorcé il y a des années de cela.

Sans s'en rendre compte, ils échangeaient des détails intimes de leurs vies. Peut-être que le fait qu'elle soit presque morte sous ses roues avait créé entre eux un lien immédiat. Il semblait vouloir tout connaître d'elle.

— Avez-vous des enfants ?

Elle lui paraissait jeune – plus jeune qu'elle ne l'était en réalité.

— J'ai trois filles. Deux d'entre elles vivent à New York, et la troisième est à Los Angeles.

— Vous ne devriez pas voyager seule, vous savez. C'est trop dangereux pour une belle femme comme vous.

— Merci, dit-elle avec un sourire.

Véronique ne précisa pas qu'elle n'avait pas le choix. Et elle ne se sentait pas belle, mais échevelée. Ses mains et ses genoux la faisaient davantage souffrir que tout à l'heure ; l'antiseptique avait brûlé sa peau.

— Moi, j'ai quatre filles, avança-t-il. J'aurais voulu un fils, aussi.

Véronique hocha la tête et pensa avec mélancolie à Bertie. Ce dernier l'avait tant déçue.

— Les filles aiment toujours leur père, dit-elle doucement.

Son sourire laissa entendre qu'il partageait son analyse.

— Que pensez-vous des bateaux ? s'enquit-il soudain.

Véronique parut perplexe.

— Si, si, il faut absolument que vous veniez dîner sur l'un de mes bateaux, poursuivit-il. Vous allez dans le sud de la France ?

— J'y serai dans quelques semaines avec mes filles. En août.

— Venez toutes dîner, alors !

Il rit.

— Nous fêterons le fait que je ne vous ai pas tuée !

— Avez-vous vu quelque chose ? C'est comme si quelqu'un m'avait écartée du chemin, lâcha Véronique, pensive.

— Votre heure n'était pas venue, c'est tout, déclara-t-il de façon solennelle. Maintenant, il ne vous reste plus qu'à profiter davantage de votre existence, car vous auriez pu mourir... Chaque jour doit être vu comme un cadeau.

Véronique n'avait pas envisagé les choses de cette façon, mais Petrovich avait raison : une deuxième chance de vivre lui avait été donnée. Si quelque chose ne l'avait pas forcée à bouger, ses filles seraient en train de l'enterrer, elle aussi. Cette idée donnait à réfléchir.

Ils admirèrent tous deux un long moment la vue, dont la beauté sous le ciel romain au couchant était apaisante. Petrovich marcha jusqu'à la rambarde, bientôt suivi par Véronique, et ils regardèrent l'endroit, tout en bas, où elle avait bien failli perdre la vie. La circulation paraissait chaotique, tandis que la fontaine Trevi était plus belle que jamais.

— J'ai fait trois vœux aujourd'hui.

— Je suis certain qu'ils vont se réaliser, dit-il avec un sourire. Les vœux sont magiques. Vous êtes quelqu'un de bien, c'est pour cette raison que vous avez été sauvée.

— Je ne sais pas, murmura-t-elle avec un sourire prudent.

Elle commençait à sentir les effets du champagne. Il lui avait resservi une coupe.

— Je crois juste avoir eu de la chance.

— Nous avons la chance que nous méritons.

Il posa son verre et la regarda.

— Que diriez-vous de dîner avec moi ce soir ?

Son invitation la prit de court. Elle se demanda où était passée la fille qui s'était éclipsée dans la chambre. Mais il ne paraissait pas s'en inquiéter.

— Je ne suis pas en état de sortir, répondit-elle en montrant ses genoux et ses mains meurtris et la robe froissée qu'elle avait sortie à la hâte de sa valise.

— Nous pouvons dîner ici. La nourriture est excellente, insista-t-il.

Malgré sa voiture de luxe et tous les signes extérieurs de richesse qu'il affichait, il était sans artifice et très agréable. Il faut dire qu'il prenait plaisir à lui parler. Jamais il ne rencontrait de femmes comme elle, passant tout son temps avec des filles qui ne le fréquentaient que pour son argent. Véronique appartenait à un autre monde. Il lui tendit le menu du *room service*, puis passa la commande.

Ils restèrent sur la terrasse à parler de Rome et d'art. Ils évoquèrent Venise et le tableau que Paul lui avait légué. Une demi-heure plus tard, trois personnes firent leur apparition pour les servir. Parce qu'il avait insisté, Véronique avait commandé des pâtes à la truffe et une salade de homard. Et il avait choisi leur plat principal : du caviar. Ce fut un repas de rois, accompagné d'un Chassagne-Montrachet suggéré par le sommelier.

À la fin du dîner, Véronique se sentait complètement détendue. Elle avait adoré discuter avec Petrovich et était très légèrement éméchée. Une sensation fort plaisante. Sa tête tournait un peu. Cette journée avait pris un tour des plus inattendus. Elle avait failli mourir dans les rues de Rome, et maintenant, elle dînait sur la terrasse la plus extraordinaire du monde, en compagnie de l'un des hommes les plus puissants de la planète. Elle ne savait même pas comment elle allait raconter tout cela à ses filles. Et ce qu'il avait dit était vrai : il fallait qu'elle saisisse la vie à pleines mains et savoure chaque instant de son existence. Petrovich, quant à lui, semblait appliquer cette règle parfaitement, avec ses yachts, ses avions et ses maisons, ses voitures de luxe et ses femmes pleines de piment.

Lorsque les serveurs s'en allèrent avec les plateaux, Véronique le remercia pour le dîner. Il était plus raisonnable pour elle d'aller se coucher. Cette journée avait été riche en émotions, et Petrovich lui avait dit qu'il repartait tôt le lendemain matin à bord de son jet privé. Il était attendu à Londres pour affaires.

Il la raccompagna jusqu'à sa suite, lui donna sa carte de visite, avec ses différents numéros de téléphone, et lui demanda ses coordonnées. Il lui promit de l'appeler et lui rappela son invitation dans le sud de la France.

— Et attention en traversant la rue ! la mit-il en garde en adoptant fugitivement une posture paternelle.

Véronique sourit.

— J'ai passé une très belle soirée, Nikolaï. Je vous remercie. Et désolée de vous avoir causé tant d'ennuis.

Elle se sentait coupable de la catastrophe qu'ils avaient frôlée. Et lui avait fait plus que le nécessaire pour se rattraper. Il lui avait donné son temps sans compter, avec gentillesse et générosité. Et quel dîner ! Tout cela avait été impromptu, ce qui était encore plus plaisant.

— Oui, on peut dire que vous n'êtes pas entrée dans ma vie de façon anodine. Vous m'avez secoué, lui dit-il en agitant le doigt. Et vous êtes dangereuse, qui plus est, avec vos yeux bleus.

Sa remarque l'étonna. Jamais personne ne l'avait qualifiée de dangereuse jusque-là. Quoi qu'il en soit, cette journée qui avait bien failli tourner au drame se concluait par une soirée parfaite. Véronique s'était fait un nouvel ami.

— Nous nous reverrons bientôt, Véronique, dans le sud de la France, ou avant peut-être. Je vous donnerai de mes nouvelles.

Elle ouvrit la porte de sa chambre et il la serra dans ses bras. Cet homme-là avait la carrure d'un ours.

— Prenez soin de vous, je vous en prie, ajouta-t-il.

Sur ce, Petrovich se dirigea à grands pas jusqu'à l'ascenseur. Véronique le salua d'un geste de la main avant de refermer la porte.

Au cours de ces dernières heures, elle avait le sentiment d'avoir vécu dans la peau de quelqu'un d'autre. Elle ne savait pas dans la peau de qui, mais en tout cas, pas la sienne. Plus tard, alors qu'elle dormait presque, elle reçut un SMS – Petrovich lui souhaitait de faire de beaux rêves. Véronique suivit ses instructions à la lettre. Lui se trouvait dans les bras de la fille qui l'avait attendu dans sa chambre pendant des heures sans s'en plaindre. Il venait de passer une excellente soirée en compagnie de Véronique.

6

Quand Véronique se réveilla le lendemain matin, Nikolaï avait déjà quitté l'hôtel. En voyant son reflet dans le miroir, elle émit un grognement. Ses genoux ressemblaient à du steak haché, et ses jambes étaient couvertes de bleus. Ses mains la faisaient souffrir, et elle avait mal au crâne à cause du champagne.

— Regarde dans quel état tu es ! lança-t-elle à son image.

Elle plongea dans un bain pour soulager son corps endolori et se détendre. Alors qu'elle repensait à la soirée merveilleuse qu'elle avait passée sur la terrasse de la suite présidentielle la veille au soir, Véronique sourit. Nikolaï était un homme remarquable. Elle se demanda si elle le reverrait un jour. C'était peu probable, mais s'il se rendait effectivement dans le sud de la France, cela serait amusant de le présenter aux filles. Elles n'en reviendraient pas quand elle leur raconterait cette rencontre. Elle-même y croyait à peine. Sa vie paisible ne lui donnait pas l'occasion de croiser ce genre de personnes.

Sur le papier, ils n'avaient rien en commun. Pourtant, Véronique avait pris plaisir à discuter avec lui, et sa vision de l'existence était empreinte d'une certaine sagesse. Il faisait partie de ces êtres qui vivent chaque jour comme si c'était le dernier, et il lui avait enjoint de suivre son exemple. Même s'il n'y avait rien eu entre eux à part un léger flirt, Véronique devait admettre qu'il était un homme intrigant et séduisant. Elle n'imaginait pas cependant entretenir une relation amoureuse avec lui : ils étaient bien trop différents. De toute façon, à en croire la réputation de Nikolaï, elle était trop âgée pour lui.

Véronique quitta l'hôtel de bonne humeur. Le concierge avait loué pour elle une voiture, et elle conduisit jusqu'à Venise. Elle aurait pu prendre l'avion, mais elle avait envie de profiter du paysage toscan. Le trajet, essentiellement de l'autoroute, se déroula sans encombre, et elle contourna Florence et Bologne. Un bateau affrété par l'hôtel Cipriani l'attendait à la sortie du parking à Venise et lui permit de rejoindre sa suite. C'était une belle soirée estivale, et, après avoir défait ses bagages, Véronique se rendit sur la place Saint-Marc, en bateau toujours. Elle était impatiente d'explorer Venise, qu'elle n'avait pas visitée depuis des années.

La place était encore plus belle que dans son souvenir, avec l'immense basilique, le palais des Doges, les cafés à la terrasse desquels les touristes dînaient et buvaient du vin. Ces derniers étaient partout, mais cela ne dérangea pas Véronique. Elle se sentait bien, en sécurité. Elle marcha pendant deux heures, acheta un *gelato* à un vendeur de rue, admira les églises illuminées dans la nuit, et observa les gens qui montaient dans des gondoles pour passer sous le pont des Soupirs. C'était vraiment la ville la plus romantique au monde. Les souvenirs de sa lune de miel avec Paul affluèrent. Elle essaya de les chasser. Comme l'avait dit Nikolaï la veille, le passé était le passé, et il était temps de regarder droit devant, vers l'avenir, et de profiter de l'instant présent. C'était un conseil avisé. Lorsqu'elle monta dans le bateau qui la ramenait à l'hôtel, Véronique éprouva une douce fatigue. Il était si bon de contempler les lumières de la Sérénissime.

Sur le petit balcon de sa chambre qui donnait sur la lagune, elle se remémora l'incroyable vue sur Rome de la veille. Elle repensa à Nikolaï, au dîner qu'ils avaient partagé, à la catastrophe qu'ils avaient frôlée. Puis elle alla se coucher. Alors qu'elle allait sombrer dans le sommeil, elle reçut un SMS du milliardaire russe. Véronique ne put s'empêcher de sourire. Il espérait qu'elle se sentait mieux et n'avait pas de séquelles de l'accident. Elle répondit immédiatement en le rassurant sur son état de santé et en lui disant qu'elle profitait pleinement de Venise. Elle ajouta qu'elle espérait avoir l'occasion de le revoir.

Le lendemain matin, Véronique se leva de bonne heure, prit son petit déjeuner sur le balcon et retourna sur la place Saint-Marc. Cette fois-ci, elle explora la ville en profondeur. Venise était un dédale de ruelles étroites, mais chaque fois qu'elle pensait être perdue, elle retrouvait un endroit familier. Les rues se croisaient et semblaient revenir à leur point de départ. Petit à petit, elle commença à se repérer. Elle entra dans de belles petites églises, où elle contempla des bas-reliefs en marbre finement ouvragés et des fresques magnifiques. Elle allait de découverte en découverte. Cette ville était tellement emplie d'art que le simple fait d'être là était excitant. Après avoir marché pendant des heures, Véronique s'installa sur un banc au milieu d'une place. Elle regarda autour d'elle. Elle ne savait pas du tout où elle était, mais elle ne s'en inquiéta pas. Elle finirait par retrouver la place Saint-Marc, et nul doute qu'en chemin d'innombrables trésors s'offriraient à sa vue.

Elle était assise là depuis quelques minutes lorsqu'un homme s'installa à côté d'elle. Il portait son appareil photo en bandoulière. Elle n'aurait su dire pourquoi, mais il lui parut vaguement familier. Ce visage, elle l'avait déjà vu, mais où ? Elle croisa son regard, et il grimaça en voyant ses genoux meurtris qui dépassaient de sa petite robe rose. On aurait dit qu'elle avait été traînée sur les rotules par des chevaux. Ses blessures avaient cependant bien meilleur aspect que la veille et ne lui faisaient plus aussi mal. Elles ne l'avaient pas empêchée de marcher. En voyant ses mains, l'inconnu ne put retenir une nouvelle grimace.

— Ça a dû être une bien vilaine chute, dit-il d'un air compatissant.

L'homme avait un accent britannique. Il savait qu'elle parlait anglais car il avait remarqué le guide posé à côté d'elle sur le banc. Véronique lui sourit. Son visage était juvénile, ses cheveux, poivre et sel, et ses yeux, marron foncé, étaient empreints de gravité.

— Je me suis un peu trop approchée d'une voiture à Rome, répondit-elle sans réticence. Mais ce n'est pas aussi grave que ça en a l'air.

Le Britannique, qui contemplait les ecchymoses aux teintes violacées sur ses jambes, sembla dubitatif. Cette femme avait de sacrées blessures mais prenait les choses avec philosophie. En fait, Véronique était bien trop happée par le magnifique spectacle qui s'offrait à elle pour penser à ses plaies.

— Au moins, ici, vous ne risquez pas d'être renversée par une voiture ! plaisanta-t-il.

Il lui parla ensuite d'une église qu'il venait de visiter et qui, d'après lui, valait le détour. Elle le remercia et la chercha dans son guide. Quelques instants plus tard, l'homme se leva et partit. Véronique avait toujours l'impression de l'avoir déjà vu quelque part, mais, croyant à un tour de son imagination, elle décida de ne plus y penser. Elle envisagea de revenir sur ses pas jusqu'à l'église, mais craignit de se perdre une nouvelle fois. D'après le plan, l'édifice se trouvait à quelques ruelles de là, simplement il fallait suivre un itinéraire assez compliqué pour y parvenir. Alors elle continua son chemin, et se retrouva finalement place Saint-Marc. Sa matinée d'exploration avait été un succès ; elle avait vu des choses merveilleuses. Les nombreuses églises minuscules et les chapelles regorgeaient d'œuvres d'art de la Renaissance typiques de Venise.

Véronique fit une halte à la terrasse d'un petit café, où elle commanda une glace et un expresso. Elle sortit un carnet de son sac et se mit à dessiner. Elle avait eu la chance d'admirer tant de belles choses depuis son arrivée en Italie que l'envie de griffonner la démangeait. Elle se laissa totalement absorber par son activité, sirotant son café, prenant quelques cuillerées de glace à intervalles plus ou moins réguliers. Elle ne leva les yeux que lorsqu'elle eut terminé sa petite esquisse d'une femme assise non loin de là. Quand elle posa son carnet et regarda autour d'elle, elle remarqua l'homme à l'appareil photo. Il se trouvait à deux tables de là et lui sourit lorsque ses yeux rencontrèrent les siens. Il la pointa du doigt d'un air perplexe.

— Vous me suivez, ou quoi ? lâcha-t-il.

Véronique secoua la tête en riant. C'était la deuxième fois que leurs routes se croisaient, mais Venise était une toute petite ville, et tous les chemins menaient à la place Saint-Marc.

— Je crois plutôt que c'est vous qui me suivez, l'accusa-t-elle pour plaisanter.

Il nia, évidemment. Lorsque la table qui les séparait se libéra, il s'y installa. Sans lui demander la permission. Il observa avec admiration son croquis.

— Vous êtes très douée.

Son compliment embarrassa Véronique, qui referma son carnet. Elle ne dessinait qu'en de rares occasions, et cela la gênait de montrer son travail.

— Trêve de plaisanterie, reprit-il avec sérieux. Pourquoi vous amusez-vous à me suivre à travers toute la ville ? Vous êtes de la CIA ? du KGB ?

Une étincelle de malice brillait dans ses yeux, et une expression vaguement moqueuse apparut sur son visage. Véronique se mit à rire.

— Avez-vous déjà visité le palais des Doges ? lui demanda-t-il sans transition.

— J'y suis allée ce matin. C'est spectaculaire. J'ai essayé de visiter la basilique, mais il y avait une queue de plusieurs kilomètres.

Véronique n'avait pas l'habitude de parler avec des inconnus, mais cet homme avait quelque chose d'avenant et de simple. De toute façon, ils ne faisaient que bavarder.

— J'ai une astuce pour entrer dans la basilique, lui dit-il en parlant tout bas comme un conspirateur. Si vous expliquez aux gardiens que vous venez pour la messe, ils vous laisseront entrer tout de suite. C'est un ami qui m'a donné le tuyau. Je l'ai essayé aujourd'hui, et ça marche !

— Vous êtes sérieux ? Ou vous plaisantez encore ?

Véronique le regardait d'un air étonné, reconnaissante qu'il partage avec elle cette information. L'idée d'attendre pendant des heures en pleine chaleur ne la tentait pas le moins du monde.

— Absolument ! Essayez, vous verrez bien.

L'homme plongea ses yeux dans les siens.

— Très bien, je vais suivre votre conseil.

Véronique lui sourit, et cette impression de l'avoir déjà vu quelque part avant aujourd'hui la reprit avec force. Son regard se posa soudain sur son appareil photo, et elle se souvint : elle l'avait aperçu près de la fontaine de Trevi, à Rome, tandis qu'elle s'apprêtait à faire ses trois vœux.

— Ça alors, lâcha-t-elle d'un ton songeur. Nous nous sommes croisés il y a deux jours à Rome. Vous vous apprêtiez à me prendre en photo, devant la fontaine de Trevi.

L'homme hocha la tête. Il l'avait reconnue dès le départ. Il avait été frappé par sa grande beauté et par la couleur singulière de ses yeux, entre le lavande et le bleu.

— Oui c'est vrai, mais ce n'est pas tout : j'ai bien peur d'être responsable de ça, dit-il avec une expression coupable en lui montrant du doigt ses genoux.

Elle secoua la tête.

— Ça ? Mais non, c'est à cause d'une voiture !

Puis elle se souvint de la force qui l'avait poussée hors de la trajectoire de la Ferrari.

— J'ai peur de m'être un peu emporté. J'ai cru que la voiture allait vous écraser.

Il ne la quittait pas des yeux.

— C'est vous qui m'avez poussée ?

L'homme hocha la tête d'un air penaud. Véronique n'en revenait pas.

— J'ai bien pensé que quelqu'un avait dû me pousser, mais je n'en étais pas sûre. J'ai même cru que c'était la main du destin ! lança-t-elle en lui souriant avec reconnaissance.

— Eh bien non, ce n'était que moi ! Vous ne bougiez pas. La peur semblait vous paralyser. Mais vous êtes plus légère que je ne le pensais, et vous avez volé dans les airs. Je vous ai poussée sacrément fort... Lorsque j'ai vu vos genoux ce matin, je m'en suis terriblement voulu.

— Vous m'avez sauvé la vie, dit-elle, ébahie. Pourquoi ne vous êtes-vous pas manifesté après ? J'ai regardé partout autour de moi.

— J'ai vu que le conducteur de la voiture venait à votre secours. Et toute une foule s'est attroupée autour de vous. Vous ne risquiez plus rien, expliqua-t-il doucement.

— Ça vous arrive souvent de sauver la vie des gens ?

Véronique n'en revenait pas de rencontrer son sauveur, ici, à Venise. Elle pouvait le remercier en personne.

— Jamais. Je suis un affreux personnage. J'ai plutôt l'habitude de pousser les vieilles dames dans les escaliers.

Véronique sourit. Il n'était absolument pas crédible dans le rôle du méchant.

— Et puis, vous étiez juste devant moi, alors j'ai pensé que s'il vous renversait, il me renverserait aussi. C'était un geste purement égoïste.

— Arrêtez de raconter n'importe quoi !

Ils éclatèrent de rire tous les deux.

— En tout cas, c'est à moi que vous devez ces jolis genoux, ainsi que vos mains. Je m'excuse de ma brutalité.

— Je n'ai même pas mal. Si la voiture m'avait renversée, là, j'aurais vraiment souffert...

— Certainement. Et vous auriez occasionné un vrai bazar, ajouta-t-il d'un ton on ne peut plus britannique.

— Je me suis littéralement envolée, vous avez vu ? Le pauvre conducteur de la voiture a eu la peur de sa vie.

— Il y a de quoi ! Surtout, il roulait trop vite !

Son sauveur fronça les sourcils.

— Les gens conduisent tous trop vite à Rome, insista-t-il.

— Non, c'était de ma faute. Je suis restée en plein milieu de la chaussée. Je ne sais pas pourquoi, mais j'étais paralysée, lui confia-t-elle.

— Oui, c'est pour cela que je vous ai poussée aussi fort. Je ne pensais pas que l'atterrissage serait si brutal. Je suis soulagé de voir que vous ne vous êtes rien cassé. Au fait, je ne me suis pas présenté : je m'appelle Aidan Smith.

Il tendit le bras, et ils se serrèrent la main.

— Véronique Parker.

— Ravi de faire votre connaissance, dit-il aimablement.

Puis, d'un air faussement sérieux, il ajouta :

— Maintenant, arrêtez de me suivre, Véronique Parker.

Sur ce, il se leva et paya son café. Elle aussi s'apprêta à partir.

— Je vais essayer, promit-elle. Je rentre à l'hôtel, alors vous n'avez rien à craindre.

— Dans quel hôtel êtes-vous ?

— Le Cipriani.

L'homme ne sembla pas surpris. C'était l'un des meilleurs établissements de Venise, et il ne s'attendait pas à moins en la voyant.

— Quelle classe ! Moi, je suis logé dans un petit hôtel de la Calle Priuli dei Cavalletti. C'est une auberge de jeunesse améliorée qui a l'avantage d'être bon marché.

L'antithèse du Cipriani.

— Êtes-vous photographe ? s'enquit-elle tandis qu'ils traversaient la place ensemble.

Son appareil photo faisait très professionnel.

— Oui. Je chronique les maux de ce monde, et Dieu sait qu'il y en a beaucoup...

— Alors pourquoi étiez-vous en train de me prendre en photo près de la fontaine ? Je ne faisais rien de mal.

— Vous étiez très belle, répliqua-t-il simplement. Je voulais immortaliser cet instant. Le soleil soulignait la couleur de vos yeux, et il y avait quelque chose de poignant dans votre expression. Moitié espoir, moitié tristesse, alors que vous réfléchissiez à vos vœux. J'espère qu'ils se réaliseront.

Aidan lui sourit. Son visage dégageait à cet instant beaucoup de douceur. Elle avait remarqué qu'à d'autres moments son expression était au contraire très sérieuse et intense. Elle le soupçonnait d'avoir de multiples facettes et d'être quelque peu lunatique.

— Bon, je vais vous laisser, Véronique. Tâchez de ne pas être renversée par une gondole.

Ils étaient arrivés à l'endroit d'où partait la navette du Cipriani.

— J'y veillerai ! Merci encore de m'avoir sauvée à Rome, répondit-elle avec sincérité.

Oui, il l'avait bel et bien sauvée d'elle-même dans cette fraction de seconde où, dépassée par les événements récents, elle s'en était remise au destin. Et il était intervenu.

— Pas de quoi ! C'était un plaisir. La prochaine fois, s'il y en a une, j'essayerai tout de même d'être moins brusque.

— J'espère bien qu'il n'y en aura pas d'autre !

— Moi aussi. On se croisera peut-être demain.

— Je vous promets de ne pas vous suivre.

— Vous savez, je n'ai cessé de voir les mêmes têtes toute la journée. Sans doute parce que j'étais perdu une grande partie de l'après-midi, admit-il.

Tous deux se mirent à rire. Véronique monta sur le bateau.

Tandis que la navette s'éloignait, elle lui fit signe de la main. Il lui rendit la pareille, se demandant s'il la reverrait un jour. Jusqu'à présent, le destin avait frappé trois fois. Une fois à Rome, deux fois à Venise. Peut-être était-ce trop exiger de lui que d'attendre une quatrième occasion. Aidan doutait que celle-ci se présente. Avoir autant de chance était impossible, se dit-il en marchant, obsédé par la couleur des yeux de Véronique. Cette femme était encore plus belle que dans son souvenir. Il la voyait comme un ange aux cheveux noir de jais. Comme il était étrange que le destin et le hasard la remettent sans cesse sur sa route… Il savait désormais où elle séjournait, mais il ne voulait pas se montrer trop envahissant. Tout ce qu'il pouvait souhaiter, c'était que, quelque part dans les rues de Venise, leurs chemins se croisent à nouveau.

7

Très tôt le lendemain matin, Véronique parvint à entrer dans la basilique Saint-Marc grâce à la ruse suggérée par Aidan. Lorsqu'elle dit à l'un des gardiens qu'elle était venue assister à la messe, il souleva immédiatement la corde et la laissa passer. Finalement, elle assista à la cérémonie, qui fut simple et belle, dans un décor extraordinaire. Véronique ne pouvait s'empêcher de contempler les plafonds et les œuvres qui l'entouraient. Avant de sortir de l'édifice, elle alluma un cierge pour Paul et ses filles et se rendit compte qu'indirectement elle était revenue dans cette ville grâce à son ex-mari, afin d'essayer d'authentifier le tableau au sujet duquel ils s'étaient tant interrogés trente ans auparavant.

Elle visita encore de nombreuses petites églises, mais aussi Santa Maria della Salute, l'un des lieux incontournables de la ville, et le cloître San Gregorio, qui se trouvait à proximité. Elle se rendit également à Santa Maria dei Miracoli, qu'elle se souvenait avoir visitée avec Paul. Quand vint l'heure du déjeuner, Véronique avait eu sa dose de lieux saints, et elle fit une halte dans une trattoria pour déguster une part de pizza. Ensuite, elle erra à travers les ruelles étroites, s'arrêtant parfois devant les vitrines des magasins. Les bijoutiers sur le pont du Rialto l'occupèrent un bon moment, tout comme le ballet incessant des gondoles qui glissaient sur l'eau juste en dessous.

Alors qu'elle sortait d'une autre chapelle minuscule, elle tomba sur Aidan. Il était en train de manger une glace au chocolat, laquelle dégoulinait sur son menton. En la voyant, il lui adressa un grand sourire. Aidan savait qu'ils venaient de deux univers très différents qui n'avaient pas l'habitude de se mélanger, mais le hasard faisait bien les choses, et il en était ravi.

— Grâce à vous, lui dit-elle, j'ai pu entrer dans la basilique Saint-Marc ce matin.

Véronique le regarda essuyer son menton avant d'engloutir ce qui restait du cône. Il ne pouvait pas encore parler, mais il plongea ses yeux dans les siens.

— J'ai cependant décidé d'être honnête, ajouta-t-elle. J'ai vraiment assisté à la messe. Quel endroit incroyable ! Et vous, quel a été votre programme ?

On aurait dit deux vieux amis.

— J'ai photographié des fresques et des gens dans la rue. Les visages ici sont parfaits, presque autant que les œuvres d'art.

Comme toujours, il avait son appareil photo sur lui.

— Est-ce que vous vendez vos clichés à des magazines ou à des journaux ?

Il avait piqué au vif la curiosité de Véronique.

— Oh non ! Je ne suis pas ce genre de photographe, répondit-il en souriant. Mon travail est exposé dans des galeries, et j'espère qu'un jour on pourra le voir dans les musées. J'essaie de capturer dans mon viseur des choses décalées, mystérieuses, et même sinistres. Ça me fascine. J'expose bientôt à Berlin. J'ai un très bon agent, grâce à qui je participe à des événements intéressants.

Véronique n'était jamais allée à Berlin mais savait que la scène artistique y était très avant-gardiste. De nombreux artistes américains étaient exposés là-bas.

— J'ai exposé à Londres l'année dernière, poursuivit-il. Les critiques étaient plutôt bonnes. Enfin, ça ne veut pas forcément dire grand-chose. Il y a des gens mesquins, jaloux, dénués de talent et à l'esprit étriqué. Ceux-là ne mâchent pas leurs mots.

Il soupira, agacé.

— Avez-vous déjà exposé, vous ?

Le croquis qu'il avait aperçu la veille dénotait un vrai talent. Comme lui, elle semblait vouloir dépeindre la condition humaine, la beauté et la misère de la vie.

— Juste une fois, il y a très longtemps. Ce n'était pas une exposition à proprement parler. Mon père avait organisé un petit événement pour ses amis. Et moi, j'étais encore étudiante aux Beaux-Arts. J'étais affreusement gênée. J'ai eu quelques commandes ensuite, mais c'est tout.

Véronique était très modeste lorsqu'il s'agissait de son travail, dont elle faisait peu de cas.

— Je n'ai pas peint depuis des années, ajouta-t-elle.

— Et pourquoi avoir arrêté ? lui demanda Aidan d'un ton étonné, voire désapprobateur.

Depuis l'adolescence, il ne quittait plus son appareil photo, dont il disait toujours que c'était son œil et que, sans lui, il ne voyait rien. Il imaginait que sans ses crayons et ses pinceaux, Véronique elle aussi était aveugle. Pour lui, quand on avait un talent, il fallait s'en servir. Il était extrêmement exigeant envers lui-même et envers autrui.

— J'ai été occupée. Le mariage, les enfants… Et maintenant, je suis trop paresseuse.

Sa réponse superficielle ne satisfit pas Aidan. Véronique ne le savait pas encore, mais il aimait aller au fond des choses, ce qui transparaissait dans ses photos. Il ne se contenta pas de la réponse certes franche de Véronique, mais pas forcément suffisamment réfléchie.

— Ce ne sont que des excuses médiocres pour ne pas utiliser votre talent, lâcha-t-il d'un ton critique. Peut-être que ce n'est pas de la paresse, mais de la peur.

Ses propos laissèrent Véronique sans voix. Ils marchèrent en silence un petit moment. Puis elle leva les yeux vers lui.

— Vous avez sans doute raison.

Véronique était une femme honnête, particulièrement vis-à-vis d'elle-même ; elle ne prétendait jamais être ce qu'elle n'était pas.

— Je pense que j'ai peur de peindre depuis longtemps, mais surtout depuis que mes filles sont adultes. En tout cas, je ne peux plus dire que c'est de leur faute si je ne peins plus.

— Qu'est-ce qui vous fait peur ?

— De manquer de talent, sans doute. Et d'être un imposteur. C'est facile de peindre un portrait qui plaît aux gens : vous corrigez leurs défauts les plus apparents, vous faites en sorte de les idéaliser. Si vous peigniez la vérité et ce que leur âme recèle, ils auraient trop peur et n'achèteraient jamais. J'ai toujours été clémente dans mon travail et peint l'idéal plutôt que le réel. Or ça ne m'intéresse plus. En réalité, ça ne m'a jamais vraiment intéressée. Je ne voulais pas être une artiste commerciale, et pourtant, a-t-on vraiment le choix ? Alors j'ai arrêté.

— Il est temps que vous évoluiez : peignez ce que vous voyez réellement et ce que vous ressentez, répondit-il simplement.

Cela lui paraissait évident, mais les sujets de ses photographies étaient des criminels et des prisonniers, les prostituées, les drogués et les gens de la rue. Ils ne voyaient jamais ses clichés. Aidan n'avait aucune obligation de les contenter, de leur renvoyer une image positive d'euxmêmes.

— Et pour qui peindrais-je, Aidan ? demanda-t-elle en le regardant en face, ses yeux semblables à deux rayons laser violets.

L'intensité qu'il voyait dans ses pupilles fascinait le photographe qu'il était.

— Vous peignez pour vous, pas pour vos modèles.

— Cela n'est pas vrai quand on fait des portraits. Sinon, plus personne ne pose pour vous. Les gens n'ont pas envie d'être terrifiés par l'image qu'on leur renvoie d'eux-mêmes.

— Vous ne pouvez pas faire les deux ? Être honnête, réaliste, tout en proposant aux gens quelque chose qui les interpellera mais ne les fera pas fuir ?

— Peut-être. Je n'ai jamais trouvé la solution à ce problème. J'étais très jeune quand j'ai arrêté de peindre.

— À vous entendre, on croirait que vous êtes vieille…

— Je suis plutôt vieille, en effet, dit-elle avec sincérité.

Malgré les quelques notes de gris disséminées dans la chevelure noire d'Aidan, elle se doutait qu'il était plus jeune qu'elle.

— Je suis plus âgée que vous, en tout cas, ajouta-t-elle.

Cette conversation était bien sérieuse pour deux étrangers qui venaient à peine de se rencontrer. Mais Aidan n'était pas quelqu'un de futile. Il aimait discuter du fond des choses, artistiques ou autres.

— J'ai quarante et un ans, lui apprit-il avec une pointe de défi dans la voix.

Il était persuadé qu'elle était un peu plus jeune que lui.

— J'en ai cinquante-deux, onze de plus que vous.

Il en resta bouche bée.

— Ce n'est pas possible ! Je vous donnais trente-cinq ans. En tout cas, moins de quarante.

Il est vrai que Véronique avait quelque chose de juvénile. Les années n'avaient pratiquement pas laissé leur empreinte sur son visage. Sa douceur la rajeunissait. Et sa façon de s'habiller était intemporelle.

— Je suis impressionné.

— Merci, dit-elle avec un large sourire.

— De toute façon, l'âge n'a pas d'importance, reprit-il. Ce qui compte, c'est ce qu'on fait et ce qu'on pense, la vivacité de l'esprit, pas la date écrite sur un passeport. J'ai connu des gens deux fois plus jeunes que moi qui étaient déjà morts à l'intérieur. Et l'année dernière, j'ai photographié un centenaire dont l'esprit était plus jeune que le mien.

— Malheureusement, je ne vois pas mon esprit quand je me regarde dans la glace, lâcha-t-elle en riant. Je vois mon visage, ce qui est parfois légèrement effrayant.

— Vous avez l'air d'une gamine, Véronique, plaisanta-t-il en la dévisageant. Combien avez-vous d'enfants ?

Cette femme le fascinait à bien des égards – tout aussi bien physiquement que spirituellement. Il voulait en apprendre davantage sur sa vie. Et l'intérêt était réciproque. Pour Véronique, Aidan était entouré d'un halo mystérieux et sombre, lequel se dissipait tels des nuages lorsqu'il plaisantait ou disait quelque chose de sympathique. Le soleil illuminait alors son sourire.

— J'ai trois filles, répondit-elle. Elles ont une vingtaine d'années. Elles travaillent dur et ont des vies bien remplies.

— Que font-elles ?

— L'une est dans le social, l'autre dans la restauration, et la dernière est actrice.

Véronique se rendit compte que, présenté de la sorte, le mélange paraissait détonnant. Pourtant, c'était la vérité.

— Intéressant. Vous avez dû leur laisser une grande latitude de choix.

— Oh ! Ce sont juste de fortes têtes qui n'en font qu'à leur guise !

On sentait bien qu'elle les admirait pour cette qualité.

— Elles tiennent cela de vous ? demanda-t-il en la sondant du regard, désireux de découvrir qui elle était.

— Non. Je n'ai pas leur obstination. C'est une qualité propre à la jeunesse, quand on n'a pas de responsabilités et qu'on ne doit de comptes à personne. Et vous ?

— Je suis impossible à vivre, déclara-t-il fièrement.

Véronique rit. Disait-il la vérité ? Elle n'avait certes aucun mal à l'imaginer comme un être difficile. Il avait des opinions bien à lui, et il n'avait pas peur de les exprimer, même avec quelqu'un qu'il connaissait à peine.

— Je n'ai jamais été marié, je n'ai pas d'enfants et je n'en veux pas. Je crois que je serais un très mauvais père. Je suis trop indépendant, voire trop égoïste pour ça. J'ai vécu avec deux femmes. Pas en même temps, bien sûr... L'une me hait parce que je ne l'ai pas épousée au bout de cinq ans. L'autre est devenue une bonne amie. Nous avons partagé notre existence pendant huit ans. J'ai mis fin à notre histoire parce que je m'ennuyais – elle aussi, d'ailleurs. Nous ne nous apportions plus rien, et j'ai préféré tout arrêter avant que nous en venions à nous détester. Ce n'est pas simple de faire fonctionner une relation, et nous étions très différents. Elle était avocate, issue d'une famille aristocratique très riche. J'étais trop bohème pour elle, ou du moins c'est ce que pensait son clan. Elle a fini par épouser un type de la Chambre des lords, pour le plus grand bonheur des siens. En fait, elle s'était encanaillée avec moi avant de retrouver le droit chemin et de fonder un foyer.

Véronique perçut de l'amertume dans ses propos, dans sa voix.

— Vous n'aimez pas les aristos ? demanda-t-elle sans ambages.

Une telle franchise ne lui ressemblait pas, mais la sincérité d'Aidan était une invitation à la spontanéité.

— Ah ça non ! Ils me donnent des boutons, s'emporta-t-il. Surtout s'ils ont de l'argent. J'ai grandi dans la pauvreté, et je crois en l'honnêteté du peuple. Quand j'étais gamin, j'étais jaloux des riches. Je pensais qu'ils étaient plus heureux que nous, et puis j'ai découvert qu'ils étaient tout aussi malheureux que n'importe qui. Ils ont juste des bonnes manières et un vocabulaire plus étoffé.

Ses propos amusèrent Véronique.

— Les riches ne sont pas toujours des gens mauvais, même si certains le sont, admit-elle.

Elle pensait à Bertie, dont l'âme avait été corrompue par la cupidité.

— Et les pauvres ne sont pas toujours des gens bien, concéda-t-il à son tour. En revanche, ils ont tendance à être plus francs. S'ils vous détestent, vous le saurez tôt ou tard, car ils vous diront d'aller vous faire voir. Je ne supporte ni la prétention ni l'hypocrisie. La famille d'Arabella me rendait fou – ils faisaient preuve d'une mauvaise foi permanente, mais restaient toujours polis. Plutôt me prendre le crachat d'un pauvre dans la figure que serrer la main à ce genre de riches. Mon père venait d'une famille de mineurs du nord de l'Angleterre ; ma mère, elle, avait des origines un peu moins modestes. Leurs deux familles se détestaient, et ils ont été malheureux pendant presque toute la durée de leur mariage. Le jour et la nuit, comme on dit. Quand on est si différents, ça ne marche jamais.

Aidan semblait avoir des idées très arrêtées sur la question. Véronique se demanda ce qu'il penserait de sa famille et de Paul. Ce dernier l'avait épousée pour son argent et avait vécu sans honte à ses crochets pendant trente ans. Cela n'avait rien d'admirable, et pourtant ils avaient partagé dix années heureuses ensemble. Leurs trois filles en étaient la preuve vivante. Et cela suffisait à convaincre Véronique que le jeu en avait valu la chandelle.

— Vous avez divorcé ? s'enquit Aidan.

Véronique hocha la tête.

— Oui. Mais nous sommes restés proches. Paul est mort il y a deux semaines, et nous en avons été très affectées. La situation n'est pas simple. Il n'était ni un bon mari ni un bon père, mais cela ne fait pas de lui une mauvaise personne.

— Il est mort jeune... Accident ou crise cardiaque ?

— En fait, il était bien plus âgé que moi. Il est parti à quatre-vingts ans. Il a fait une attaque cérébrale l'année dernière. Mes filles ont du mal à s'en remettre. Il leur faudra du temps.

Comme il était étrange de parler à un inconnu de ses proches.

— Vous devez me prendre pour un communiste, lâcha Aidan en souriant.

Ils s'assirent sur un banc. Juste en face, il y avait des arbres et un square où des enfants jouaient sous le regard attentif de leur mère.

— Non, vous avez juste des opinions très tranchées. Et vous n'appréciez pas particulièrement les gens qui ont de l'argent, dit-elle en lui rendant son sourire. Parfois, moi non plus, je ne les aime pas trop. Et je déteste aussi l'hypocrisie et les mensonges. Mais je ne pense pas qu'ils soient l'apanage des riches.

— C'est vrai. Les pauvres mentent. C'est dans la nature de l'homme, et de la femme, parfois.

Ils restèrent assis un long moment sans rien dire. Véronique observait les bambins. La scène lui rappelait les jours heureux où les filles étaient petites. Il lui était difficile de ne pas être nostalgique de cette époque.

— Vous pensez à vos enfants ? lui demanda-t-il comme s'il lisait dans ses pensées.

Véronique hocha la tête et se tourna vers lui. Aidan en voyait des choses... Il sentait qu'elle était très seule dans la vie, qu'elle n'était pas pleinement heureuse.

— Qu'est-ce qui vous a poussée à venir ici ? reprit-il tout en regrettant de ne pouvoir la prendre en photo à cet instant précis.

Mais il ne voulait pas l'embarrasser. Il devinait qu'elle n'aimait pas être au centre de l'attention. Lui non plus, en tant que photographe, n'aimait pas beaucoup cela.

— J'avais du temps et je suis venue effectuer des recherches sur un tableau que mon ex-mari m'a légué. Nous l'avons acheté ici pendant notre lune de miel. Il croyait qu'il s'agissait d'un Bellini, alors que moi, je suis convaincue que c'est un faux. C'est probablement l'œuvre de l'un de ses élèves, ou bien celle d'un faussaire particulièrement doué. Il y a un monastère qui enquête sur les origines des tableaux de la Renaissance. J'ai toujours eu envie de m'y rendre afin de résoudre ce mystère, sans jamais le faire. Et enfin, me voici !

— Mais c'est passionnant, tout ça ! Peut-être pourrais-je vous accompagner ?

— Ils possèdent l'une des plus grandes bibliothèques d'art au monde, avec essentiellement des ouvrages datant de la Renaissance, des manuscrits enluminés, mais aussi des écrits plus récents permettant d'établir la provenance des œuvres. Ils ont retrouvé bon nombre de tableaux volés, ils sont parvenus à authentifier des toiles restées longtemps un mystère et ils ont mis en évidence l'existence de copies au sein de collections prestigieuses privées ou muséales. J'ai apporté une photo du tableau afin qu'ils m'aident à en savoir plus à son sujet. Je me dois de mener ces recherches pour mes filles.

— Vous l'aimerez encore si c'est une copie ?

— Pour moi, il a une valeur sentimentale. C'est différent.

Aidan était impressionné par ses connaissances en art, par sa passion pour le sujet. Il voulut savoir d'où elle tenait une telle culture.

— Mon grand-père était un célèbre marchand d'art à Paris et ma mère m'a tout appris. Elle m'a transmis sa passion.

Aidan comprenait sa fascination pour la peinture. Lui-même vivait pour la photographie depuis toujours.

— Avez-vous faim ? lui demanda-t-il soudain.

Elle acquiesça.

— Hier, je suis tombé par hasard sur une chouette petite trattoria. Cela vous tente ?

— Avec plaisir, répondit-elle en souriant.

Elle était amusée par leur amitié naissante. Leur rencontre était très romanesque. Cela ferait une belle anecdote à raconter à ses filles. Cependant, songea-t-elle tout à coup, cette histoire ne les passionnerait pas. Elles étaient bien trop occupées par leur propre vie. Elles ne s'intéressaient à elle que lorsqu'elles avaient besoin d'aide ou de conseils, mais la vie de tous les jours de leur mère ne les captivait pas. Véronique était seule, désormais, ce qui rendait une rencontre comme celle-ci d'autant plus palpitante.

La trattoria où l'emmena Aidan était bruyante et pleine de vie. Elle était essentiellement fréquentée par des locaux, et la nourriture y était divine. Tous deux choisirent les pâtes au pesto accompagnées de mozzarella, une grosse salade verte et un *granite di limone* en dessert. C'était le repas idéal en cette journée estivale. Véronique aurait aimé rentrer à l'hôtel pour profiter de la piscine, mais il leur restait encore beaucoup à voir. Ils arpentèrent les rues pendant de longues heures et ne s'arrêtèrent sur la place Saint-Marc qu'en fin d'après-midi. Tous deux avouèrent être épuisés. Ils avaient hâte de retrouver leur hôtel, mais avaient passé un excellent moment en compagnie l'un de l'autre. Véronique proposa à Aidan de l'accompagner au monastère le lendemain, et il accepta avec grand plaisir.

— Après Venise, j'ai prévu d'aller à Sienne et Florence, dit le photographe tout en sirotant sa citronnade.

Ils s'étaient attablés à la terrasse d'un café en attendant la navette du Cipriani.

— Cela vous dirait de vous joindre à moi ?

Véronique n'avait pas d'obligations autres, mais elle songea qu'elle ne connaissait que très peu Aidan. Pourtant, ils s'entendaient bien. Elle savait que ses filles auraient été horrifiées d'apprendre qu'elle voyageait avec un inconnu. La veille au soir, à l'hôtel, elle avait cherché des informations à son sujet sur Internet. Il était bel et bien photographe et avait un grand nombre d'expositions à son actif. Au moins, il n'avait pas menti sur ce qu'il était.

— J'ai du temps libre devant moi avant mon exposition à Berlin, expliqua-t-il. Je dois me rendre sur place le mois prochain pour la préparer, mais d'ici là j'ai décidé de faire une pause et de voyager en Italie. Je voulais revoir Venise et quelques-unes de mes villes préférées. Sienne est un endroit merveilleux. Si vous n'y êtes jamais allée, vous adorerez. Et en matière d'art, rien ne vaut Florence.

Véronique y avait séjourné à de nombreuses reprises et aimait beaucoup cette ville.

— Oui. Cela me plairait, finit-elle par répondre avec prudence.

Sans trop savoir pourquoi, elle avait décidé de lui faire confiance. Elle pourrait toujours lui fausser compagnie s'il commençait à se comporter bizarrement et qu'elle se sentait mal à l'aise. En tout cas, jusqu'à présent, cela n'avait pas été le cas, et malgré certaines de ses idées radicales, il était agréable, intéressant, poli et respectueux, en plus d'être franc et intelligent.

— Très bien ! L'Italie est merveilleuse en cette saison, il faut en profiter.

Véronique partageait entièrement son point de vue et n'avait rien de prévu avant son voyage à Saint-Paul-de-Vence le mois prochain pour voir le château de Paul. Elle aussi avait du temps.

Ils se donnèrent rendez-vous sur la place Saint-Marc le lendemain matin à 11 heures. Ils se rendraient d'abord au monastère, puis poursuivraient leur visite de la ville. Aidan suggéra qu'ils dînent ensuite au Harry's Bar, une institution de la ville. L'idée plaisait bien à Véronique. Le surlendemain, ils partiraient pour Sienne. Aidan était venu en voiture, une vieille Austin-Healey qu'il entretenait depuis des années. C'était moins impressionnant que la Ferrari de Nikolaï, mais Véronique trouvait amusant de voyager à bord d'un tel véhicule. C'était comme une aventure, et cela cadrait parfaitement avec la philosophie qu'elle tâchait de suivre depuis la mort de Paul : la vie était courte, il fallait la saisir à deux mains tant qu'on en avait encore la possibilité. Aidan semblait vivre de la même manière.

Il l'accompagna jusqu'au ponton où se trouvait la navette. Une fois au Cipriani, Véronique alla se rafraîchir dans la piscine, puis dîna dans sa chambre. La journée avait été agréable de bout en bout, et Aidan avait été un excellent compagnon.

Elle sortit la photographie du tableau et la posa sur son bureau en prévision du lendemain. Elle était impatiente de connaître l'avis des moines. Et aussi peu probable que lui paraisse cette hypothèse, elle songea qu'il serait formidable qu'il s'agisse d'un vrai Bellini !

8

Le lendemain matin, Véronique retrouva Aidan sur la place Saint-Marc, où il savourait un expresso dans son café préféré. Lorsqu'il la vit s'avancer vers lui, il lui fit signe de la main et lui commanda la même chose. Après avoir discuté quelques minutes au soleil de tout et de rien, il voulut voir la photo du Bellini. Il l'étudia sans rien dire, concentré.

— Beau tableau ! Pour moi, c'est un vrai.

Véronique elle aussi trouvait qu'il avait tout d'un vrai Bellini – un peu trop, toutefois, ce qui avait dès le début éveillé ses soupçons.

— Trop de perfection, ce n'est pas normal, expliqua-t-elle. La plupart des œuvres qui ont cette précision sans défaut sont dans les musées depuis deux cents ans. Ce tableau est peut-être celui d'un peintre de l'école de Bellini, peut-être même de plusieurs de ses élèves, mais je ne pense pas qu'il soit de la main du maître lui-même. Je suis sûre que les moines voudront voir l'original, mais ils pourront déjà commencer à essayer d'en établir la provenance et l'histoire au cours des six cents dernières années.

Il y avait peu de doutes sur le fait que la toile avait été peinte au XVe siècle. En revanche, l'énigme sur l'identité de celui qui l'avait réalisée restait entière.

Ils terminèrent leur café. Le monastère de San Gregorio de la Luce était situé plus loin que la plupart des endroits où ils s'étaient aventurés dans Venise jusqu'à présent. Ils estimèrent qu'il leur faudrait une vingtaine de minutes pour s'y rendre s'ils ne se perdaient pas en route. Ce monastère grégorien datait du xve siècle, comme une grande partie de la ville. C'était un peu l'aventure : Véronique n'avait pas pris rendez-vous, pas plus qu'elle ne savait si les moines parlaient anglais ou français. Elle se débrouillait en italien, mais pas suffisamment pour leur donner tous les détails pertinents sur le tableau.

Quand Aidan lui rendit la photo, Véronique eut l'impression d'avoir le Saint Graal entre les mains. Il fallait cependant qu'elle se prépare à entendre les moines lui annoncer qu'il s'agissait d'une copie. Paul et elle l'avaient acheté dans un magasin d'antiquités qui n'existait même plus. Le propriétaire l'avait sorti de l'arrière-boutique et le leur avait cédé à l'époque pour une somme modique.

Tandis qu'ils marchaient, Aidan lui raconta que, la veille au soir, il s'était encore promené et avait fait de nombreuses trouvailles autour de son hôtel. Il avait notamment déniché un petit restaurant où la nourriture était fabuleuse. Mais ils avaient réservé une table au Harry's Bar, et Véronique comptait bien déguster leur risotto Milanese – le meilleur au monde, d'après elle. Aidan n'y était jamais allé, mais avait hâte de découvrir ce légendaire établissement avec elle.

Il leur fallut un peu plus de temps que prévu pour atteindre le monastère. De lourdes portes en bronze étaient ouvertes sur une vaste cour. Des moines discutaient là. Véronique s'approcha d'eux et demanda s'il était possible de consulter quelqu'un concernant la provenance d'un tableau. La question de son authenticité était un tout autre sujet, bien trop compliqué à expliquer pour le moment. L'un des frères comprit immédiatement ce qui l'amenait et leur indiqua une petite porte. Ils sonnèrent. Au bout de quelques minutes, un moine en habit marron vint leur ouvrir. Il les considéra tous les deux. Véronique réexpliqua l'objet de sa requête, et l'homme les invita à le suivre. À cet instant, les cloches de la chapelle retentirent et tous les moines rassemblés dans la cour rentrèrent.

Le religieux les conduisit dans une salle d'attente qui ressemblait presque à une cellule monacale. Peu après, un jeune moine en habit et sandales de l'ordre fit son apparition et les entraîna encore plus au cœur du monastère. Véronique avait déjà sorti la photographie de son sac.

Ils traversèrent un long couloir étroit, puis découvrirent une vaste pièce. Il s'agissait d'une bibliothèque avec des dalles de pierre au sol, des boiseries au plafond et des rayonnages aux murs chargés d'énormes livres anciens auxquels on accédait grâce à deux grandes échelles. Plusieurs moines époussetaient et nettoyaient méticuleusement les ouvrages. Un homme très âgé était assis derrière un bureau. En voyant Véronique et Aidan approcher, il leur sourit. L'atmosphère avait quelque chose de sacré, et une merveilleuse odeur de vieux parchemin se mêlait à celle du cuir des livres.

Le vieux moine se leva. Il était petit et rondouillard. Son crâne était rasé, comme l'exigeait l'ordre auquel il appartenait, et il avait une barbe blanche comme neige. Sans son habit monacal, on aurait pu aisément le prendre pour le père Noël. Il les invita à s'asseoir sur deux chaises au dossier droit.

— Qu'est-ce qui vous amène ici, chers visiteurs ? leur demanda-t-il en anglais, les ayant entendus échanger quelques mots entre eux.

Il avait un accent mais parlait bien. Son regard allait de l'un à l'autre. Véronique lui expliqua à voix basse l'histoire du tableau, lui faisant part de ses doutes. Elle lui tendit ensuite la photo.

Il chaussa des lunettes à la monture invisible, approcha le cliché tout près de son visage et fronça les sourcils. Il fit pivoter doucement la photo, l'observant pendant un bon moment dans cette position. Véronique lui décrivit les traits de pinceau et s'attarda sur ses défauts, causés pour la plupart par le passage du temps. Elle était intimement convaincue que le tableau datait bien de la Renaissance. C'était l'artiste qui posait problème, pas la période à laquelle l'œuvre avait été peinte. Véronique lui donna une description technique du tableau très précise. Son expertise en la matière ne faisait aucun doute. Finalement, frère Tommaso reposa le cliché sur le bureau.

— Je vois bien que cette toile vous intrigue beaucoup, madame. Et pour cause, l'œuvre est très intéressante. C'est un sujet que Giovanni Bellini a peint à de nombreuses reprises, mais jamais de cette façon.

Il s'agissait d'une représentation de la Vierge à l'Enfant, entourée d'anges si nombreux qu'ils semblaient remplir les cieux au-dessus de Venise, à l'aube. Les détails étaient exquis, et le visage de la Madone, d'une beauté époustouflante.

— Si ce tableau n'est pas une copie, reprit frère Tommaso avec prudence, il a été peint par Jacopo Bellini, élève de Gentile da Fabriano et père de Giovanni Bellini, ainsi que de Gentile. Les fils de Jacopo n'aimaient pas les anges autant que leur père et n'avaient pas une approche aussi éthérée.

Véronique l'écoutait avec fascination. Elle s'était renseignée sur les Bellini, et ces noms lui étaient donc familiers. Elle avait aussi entendu parler du gendre de Bellini, Andrea Mantegna, qui faisait partie de cette communauté d'artistes.

Paul avait toujours aimé ce tableau parce qu'il disait que la Vierge qui y était représentée lui rappelait Véronique. Frère Tommaso le fit lui aussi remarquer à cette dernière, qui s'en trouva fort surprise. La ressemblance ne la frappait pas. Mais elle n'était pas au bout de ses surprises : le moine lui apprit qu'il avait un tableau du même style à lui montrer.

Il les conduisit dans une autre immense salle de bibliothèque, puis dans d'autres encore, tapissées du sol au plafond de rayonnages munis d'échelles. Dans la cinquième pièce, il demanda à un jeune moine d'aller lui chercher un livre tout en pointant son index vers une étagère très en hauteur. Il savait exactement où se trouvait l'ouvrage.

— Voilà, dit frère Tommaso quelques minutes plus tard en montrant à Véronique la reproduction d'un tableau. Soit votre artiste a été inspiré par cette œuvre, soit il s'agit de l'une des toiles de la même série peinte par Jacopo Bellini lui-même, dont nous aurions simplement perdu la trace au fil des ans. Vous nous soumettez, madame, un sujet de recherche très intéressant. Je vais d'abord tâcher d'établir la provenance de cette œuvre, puis vous me ferez parvenir l'originale afin que je puisse l'étudier de plus près.

Il les emmena alors dans une salle remplie de tableaux que leur avaient envoyés des musées et des collectionneurs. De là, il les conduisit dans une petite pièce pour le moins surprenante quand on pensait à tous les livres anciens qu'ils avaient vus dans les bibliothèques. C'était la salle informatique, grâce à laquelle les moines avaient accès à des moyens de recherche modernes. Ils pouvaient notamment contacter les musées et consulter tous les centres de documentation spécialisés à travers le monde. Ils avaient même une connexion directe avec Interpol, pour retrouver des tableaux volés. Plusieurs jeunes moines travaillaient là, concentrés derrière leur écran. Le projet de Véronique était entre de bonnes mains...

Frère Tommaso les invita ensuite à s'attarder dans les salles de bibliothèque. Il les quitta en leur disant qu'il n'avait pas de date précise à leur donner, mais qu'il contacterait Véronique ultérieurement pour l'étape suivante. Quand ils partirent, Aidan et Véronique n'en revenaient toujours pas. Ils auraient pu passer des années à fourrager dans les vieux ouvrages.

— Merci de m'avoir emmené, Véronique. C'était passionnant.

Ils s'en allèrent nonchalamment en direction de leur petite trattoria. Le restaurant se trouvait sur leur chemin vers la place Saint-Marc.

— Dans combien de temps pensez-vous qu'ils vous contacteront ? demanda Aidan en savourant un délicieux plat de pâtes.

— Sans doute d'ici plusieurs mois, répondit-elle pensivement. Peut-être plus. Rien ne va vite dans le monde de l'art. Et ils vont d'abord devoir creuser dans six siècles d'histoire avant d'examiner la toile en vrai et tâcher d'en déterminer l'authenticité. S'il n'y a aucune trace de cette toile, ce sera plus compliqué. Cela peut signifier qu'il s'agit d'une copie, ou bien d'une œuvre encore plus rare. On ne peut savoir...

— En somme, c'est comme un mystère qui attend d'être révélé. Comment aviez-vous entendu parler de ce monastère ?

— Mon grand-père en parle dans un livre qu'il a écrit il y a presque soixante-dix ans. Ces moines ont un long passé d'authentification des œuvres. Tous les musées les connaissent et ont recours à leurs services. J'ai eu de très bons échos de leur travail lorsque j'étais étudiante aux Beaux-Arts.

— Incroyable ! s'exclama-t-il en lui souriant.

Dans l'après-midi, ils visitèrent quelques églises. Aussi étonnant que cela soit, certaines leur avaient encore échappé... Puis Véronique laissa Aidan pour faire quelques achats. Le photographe voulait quant à lui réaliser des clichés de crânes et autres reliques aperçus dans une église. Il voulait également se procurer des cartes routières en vue de leur voyage à Sienne, le lendemain. Ils se donnèrent rendez-vous sur le ponton pour aller dîner ensuite.

Véronique était ravie de ses achats, parmi lesquels se trouvaient un sac à main Prada et une jolie petite broche Nardi représentant une tête de Maure typiquement vénitienne. Elle savait que ce n'était pas politiquement correct, mais cet objet faisait partie de l'histoire de Venise. Le personnage portait de minuscules boucles d'oreilles en diamants, et Véronique se dit que la broche irait bien sur un tailleur noir. Elle était sûre que ses filles n'approuveraient pas cet achat, même si les Parisiennes branchées portaient des broches Nardi depuis des années.

De retour au Cipriani, elle eut tout juste le temps de s'habiller pour le dîner. Puis elle retrouva Aidan sur le ponton. Il portait un costume en lin beige bien taillé, une chemise et une cravate, ainsi que des souliers de ville. Véronique avait mis une petite robe rouge et chaussé des talons. Ses genoux et ses jambes avaient bien meilleur aspect. Tous deux formaient un joli couple dans le bateau-taxi les menant au restaurant.

Le dîner au Harry's Bar fut à la hauteur de leurs espérances. Véronique prit le risotto Milanese dont elle avait tant rêvé, avec des fleurs de courgette en entrée. Aidan choisit des *linguini alle vongole*, suivies d'un steak qu'il trouva délicieux. Leur conversation fut très animée.

Tous deux avaient vécu à Hong Kong lorsqu'ils étaient plus jeunes, et ils parlèrent de leur expérience là-bas. Aidan était ensuite allé à Shanghai et Singapour avant de revenir à Londres. Il avait aussi séjourné à New York et Paris. Ainsi, en dépit de leurs origines différentes, ils avaient une géographie commune. Alors qu'ils discutaient à bâtons rompus de tout cela, le photographe changea soudain de sujet : il était encore étonné que Véronique se soit mariée si jeune, avec un homme de plusieurs années son aîné.

— Quand mon père est mort, j'étais perdue, expliqua-t-elle en buvant une gorgée de Chianti. J'étais orpheline. Je me suis retrouvée seule dans une immense maison, sans personne pour me guider. Paul a endossé le rôle de père et de mentor. Il a veillé sur moi. Quand nous nous sommes mariés, tout a été plus simple.

— N'auriez-vous pas pu prendre soin de vous-même toute seule ? demanda doucement Aidan.

— En fait, je suis vite devenue la proie de personnes très bizarres. Et Paul m'a protégée de tout cela. Nous nous sommes mariés, avons eu nos filles. J'étais folle amoureuse de lui… Je me sentais en sécurité à ses côtés. Cette période de bonheur a duré un peu plus de dix ans. Avec le recul, cela paraît court, mais nous avons été très heureux. Ces années ont été les meilleures de ma vie.

— Et ensuite ?

— Après le divorce, ça a été difficile. J'étais seule, avec trois enfants. C'était tout nouveau. Heureusement, je n'avais pas le temps de m'ennuyer. Et soudain, sans que je m'en aperçoive, elles étaient devenues des adolescentes, puis elles sont allées à la fac. Le temps a passé si vite. Je me suis réveillée un beau matin, et elles n'étaient plus là. La benjamine a quitté la maison il y a huit ans. Depuis, je mène une vie très calme.

— Aucun homme dans votre vie pendant tout ce temps-là ?

Aidan avait du mal à croire qu'une si belle femme soit restée seule aussi longtemps.

— Quelques-uns, mais personne de sérieux. Mes filles n'appréciaient pas, en plus. Elles ne manquaient jamais de me dire ce qu'elles pensaient de mes fréquentations. À leurs yeux, aucun homme n'était assez bien pour moi. Aucun n'arrivait à la cheville de leur père. Mais la vérité, c'est que je n'ai jamais rencontré quelqu'un dont j'étais follement amoureuse. J'aurais peut-être pu, c'est vrai, reconstruire ma vie avec l'un d'entre eux. Mais il avait des enfants difficiles et une ex-femme compliquée à qui je n'avais pas envie d'avoir affaire. Quand on a des enfants, il n'est pas si facile de rencontrer de nouvelles personnes.

Véronique avait accepté cette réalité, qu'Aidan trouvait fort malheureuse.

— Et puis Paul n'était jamais très loin, prêt à me donner des conseils et à me tenir compagnie lorsque j'en avais besoin. Entre deux de ses aventures amoureuses, nous faisions des choses ensemble. Et il passait ses vacances avec nous. Je crois que cela ne m'a pas aidée à m'investir de façon sérieuse dans une relation. Ensuite, j'ai eu le sentiment d'être trop vieille pour une rencontre. Les hommes veulent sortir avec des femmes qui ont l'âge de mes filles, pas le mien.

— C'est n'importe quoi, Véronique, et vous le savez bien ! objecta Aidan. Vous n'avez même pas essayé. Et de quel droit vos filles vous dictaient-elles vos fréquentations ? C'est incroyable !

La question amusa Véronique.

— Vous savez, Aidan, les enfants n'hésitent pas à vous dire comment agir. Et mes filles étaient très loyales envers Paul, même s'il ne le méritait pas. En grandissant, elles se sont rendu compte qu'il n'était pas toujours un bon père. Sauf ma cadette, qui a toujours cru qu'il était parfait. En revanche, ses manquements en tant qu'époux ne les ont jamais frappées. Je ne leur en parlais pas, par respect pour lui. Alors elles comparaient tous les hommes à lui, et ce n'était jamais en la faveur de mes prétendants, ou même des leurs d'ailleurs. Tout a changé il y a quelques jours.

— Ah bon ? Que s'est-il passé ?

— À la lecture du testament, il y a eu des révélations choquantes, montrant clairement que Paul n'avait pas été un très bon père. Lui-même l'admettait dans son testament. Nous avions divorcé parce que j'avais découvert qu'il me trompait. Mais j'avais essayé de préserver son image. Là, les filles ont compris qu'il m'avait encore plus trahie que nous ne le pensions. Paul avait l'œil pour repérer les jolies femmes.

— Êtes-vous restée avec lui pour l'argent ? demanda Aidan abruptement.

Il cherchait à la connaître vraiment. Véronique s'étouffa presque de rire en entendant sa question. Cependant, elle ne voulait pas dire à cet homme qu'elle connaissait à peine que Paul n'avait jamais eu un sou en poche et que c'était lui qui l'avait épousée pour son argent. Elle avait décidé d'éluder cet aspect par respect pour la mémoire de Paul, mais aussi parce qu'elle ne souhaitait pas spécialement que Aidan sache qu'elle était à la tête d'une immense fortune.

— Non, pas pour l'argent. Par amour. Nous avons vécu dix très belles années ensemble avant qu'il ne s'éprenne d'un top model. Il ne s'en est tellement pas caché que les dommages causés sont devenus irréparables. Je lui ai pardonné avec le temps, mais il était trop tard pour sauver notre mariage. Et au vu de ses nombreuses autres liaisons, notre séparation était la meilleure chose qui puisse nous arriver.

Il n'y avait nulle amertume dans ses propos. Juste de la tristesse et de la lucidité. Aidan trouva cela touchant.

— C'est pour cette raison que je ne me suis jamais marié, dit-il tandis qu'ils finissaient de boire leur café. Les gens se font tellement de coups bas. J'ai trouvé plus facile de ne pas prendre de risques.

Véronique acquiesça. Elle aussi avait du mal à défendre l'institution du mariage ces derniers temps. À l'époque, se marier avait du sens, mais maintenant qu'elle savait à quel point Paul lui avait menti, leur union lui paraissait une vaste mascarade.

Elle proposa de payer le dîner, ou, tout au moins, de partager la note. Mais Aidan s'y opposa catégoriquement. Il prit l'addition et laissa un généreux pourboire. En dépit de ce qu'il appelait « ses origines misérables », il se comportait avec elle en gentleman et avait d'excellentes manières – le tout avec un naturel désarmant.

Lorsqu'ils quittèrent le restaurant, Aidan proposa d'aller faire un tour au casino. L'établissement était situé dans la Ca' Vendramin Calergi, en plein cœur de Venise. Il fallait prendre le bateau-taxi, et en cinq minutes, ils y seraient. Véronique trouva l'idée amusante et originale, et accepta.

Le bâtiment Renaissance était typiquement vénitien. L'entrée était élégante, et les salles de jeux étonnamment dépouillées. Elles étaient peuplées de femmes en robe de soirée et d'hommes en costume. Aidan voulut jouer au blackjack et gagna mille euros. Il avait l'air d'être un joueur chevronné. Ensuite, ils s'essayèrent au poker. Mais il était tard, et ils décidèrent de rentrer. Aidan, cependant, voulut montrer quelque chose à Véronique avant de la raccompagner à son hôtel.

Il refusa de dire de quoi il retournait. Ils montèrent à bord du bateau-taxi, et Aidan demanda simplement au chauffeur de les conduire place Saint-Marc. Là, il commanda une gondole. Véronique n'avait pas encore eu le temps de se promener sur l'une de ces embarcations alors qu'elle s'était juré chaque jour de le faire. Elle avait été trop occupée à parcourir la ville à pied.

Leur gondolier portait le pull rayé traditionnel, et la gondole était particulièrement belle. Cette soirée clôturait de façon parfaite leur séjour à Venise. Ils s'installèrent sur le siège. La lune brillait au-dessus de leurs têtes et le gondolier chantonnait doucement. La scène était empreinte d'un vrai romantisme. Véronique leva les yeux vers Aidan et le remercia. Il avait pensé à tout, et elle s'était amusée de bout en bout.

Elle n'avait toutefois pas l'impression qu'il lui faisait la cour – il voulait juste qu'elle passe un bon moment. Quand ils approchèrent du pont des Soupirs, le gondolier leur expliqua qu'ils devaient s'embrasser en passant dessous s'ils voulaient vivre ensemble à jamais. Véronique se mit à rire : c'était incongru, ils venaient tout juste de se rencontrer !

— Quoi, pourquoi est-ce si drôle ? lui demanda Aidan.

— Oh, arrêtez de me taquiner. Vous n'avez aucune envie d'être coincé avec moi « à jamais », répliqua Véronique. En plus, vous ne connaissez même pas mes nombreuses petites manies, ni mes piètres talents de cuisinière.

Aidan se contenta de sourire. Quelques instants plus tard, ils étaient sous le pont, et le gondolier leur jouait une sérénade. Véronique ferma les yeux pour savourer cet instant, et tandis qu'elle écoutait la mélodie, elle sentit soudain de douces lèvres se poser sur les siennes. Elle regarda Aidan avec stupéfaction, puis referma les paupières. C'était un baiser sérieux, le premier depuis fort longtemps. Et qui dura jusqu'à ce qu'ils eussent dépassé le pont. Véronique rouvrit les yeux dans le clair de lune éblouissant et scruta Aidan.

— Je vous ai sauvé la vie, dit-il calmement. Pourquoi n'essaierais-je pas de vous garder auprès de moi pour toujours ? Sinon, à quoi bon ?

Il gesticula à la mode italienne, et Véronique ne put s'empêcher de rire. Pourtant, ce baiser la laissait perplexe. Fallait-il vraiment y voir une déclaration ? Aidan se comporta ensuite comme si de rien n'était. Mais l'épisode la troubla, et le Chianti qu'ils avaient dégusté ensemble n'arrangeait pas les choses. Aidan l'aida à sortir du bateau et laissa un généreux pourboire au gondolier.

Il la raccompagna jusqu'au Cipriani, et Véronique l'invita à boire un dernier verre au bar. Cette fois-ci, elle voulut absolument payer, car Aidan avait tout pris en charge jusque-là. Elle lui dit qu'elle avait passé un excellent moment en sa compagnie. Ni l'un ni l'autre n'évoquèrent ce qui s'était passé sous le pont des Soupirs. Véronique était persuadée qu'il l'avait embrassée pour se plier à la tradition. Ce baiser l'avait pourtant emportée très loin. Aidan dégageait quelque chose de très sensuel, même s'il lui souhaita bonne nuit en lui déposant un chaste baiser sur la joue. Il ne voulait pas qu'elle s'inquiète pour le voyage à Sienne ou pense qu'il cherchait à la séduire. Il appréciait sa compagnie, plus que celle de toutes les femmes qu'il avait fréquentées récemment.

— Bonne nuit, Aidan. J'ai passé une soirée fantastique.

Elle était sincère. Aidan avait contribué à rendre son séjour à Venise infiniment plus agréable à bien des égards.

— Moi aussi, Véronique. À demain matin.

Et puis Aidan prit une mine inquiète. Il se demandait soudain si elle ne voyageait pas avec une montagne de bagages.

— Au fait, combien de sacs avez-vous ?

Son Austin-Healey possédait un coffre minuscule et un semblant de banquette arrière sur laquelle on pouvait à peine faire tenir un petit chien. Une fois son sac à dos posé, il ne restait plus vraiment de place pour autre chose.

— Quatre grosses valises et deux malles, dit-elle innocemment, ses grands yeux écarquillés. Est-ce que ça ira ?

Aidan parut paniqué. Il allait falloir qu'il loue une voiture pour le voyage. C'est alors qu'il vit qu'elle se payait sa tête.

— Détendez-vous, Aidan. J'ai juste un petit sac de la taille d'un bagage à main et un fourre-tout, le rassura-t-elle.

Il rit.

— Ouh là ! Pendant quelques secondes, j'ai eu très peur.

Il lui souhaita de nouveau bonne nuit, l'accompagna jusqu'à l'ascenseur et s'en alla. Il prit le bateau qui s'arrêtait à la place Saint-Marc et rejoignit son hôtel à pied. Un grand sourire égayait son visage. Véronique était le genre de femme dont il avait toujours rêvé, même si, sur le papier, elle semblait très loin de son idéal. Visiblement, elle venait d'une famille fortunée, avait été mariée à un homme sans doute riche et elle était de onze ans son aînée. Mais il se moquait de tout cela. Jamais dans sa vie il n'avait rencontré quelqu'un d'aussi sympathique, d'aussi intelligent et sexy. Les moments qu'ils avaient partagés à Venise avaient été formidables. Plus il avait passé de temps avec elle, plus il l'avait appréciée. Véronique avait quelque chose de gracieux et de racé, une forme d'élégance rare. Peu importait d'où elle venait : Véronique Parker était la femme de ses rêves. Quand il arriva devant son minuscule hôtel situé dans une petite rue, il souriait jusqu'aux oreilles. Aidan avait adoré leur premier baiser. Et il était parvenu à le lui donner sous le pont des Soupirs. Il ressentait une joie enfantine – un pur bonheur. Il monta dans sa chambre en sifflotant et eut presque envie de faire un saut de cabri en pensant au voyage qui les attendait le lendemain.

9

Le lendemain matin, ils prirent la navette du Cipriani jusqu'à l'immense parking réservé aux habitants de Venise et aux gens de passage. Il fallut quelques minutes à Aidan pour localiser son Austin-Healey. Véronique tomba immédiatement sous le charme de la voiture. Elle était d'un vert bouteille très british, et était parfaitement assortie à son propriétaire. Ils remplirent le coffre et la minuscule banquette arrière avec leurs affaires. Véronique avait pensé à prendre un panier pique-nique avec des sandwichs, au cas où ils décideraient de ne pas faire de halte pour déjeuner. Elle portait un jean rose, un tee-shirt blanc et des sandales achetées à Venise. Malgré la chaleur de cette journée de juillet, Véronique était fraîche et belle. Aidan avait mis une chemise dont il avait retroussé les manches, et un jean. Il décapota la voiture, et tous deux chaussèrent leurs lunettes de soleil avant de monter dans le véhicule. Ils étaient totalement à l'aise et détendus. Personne n'aurait pu deviner qu'il existait une différence d'âge entre eux, ou qu'ils ne se connaissaient que depuis peu. Les filles auraient été surprises de les voir ensemble. D'ailleurs, Véronique n'en revenait pas elle-même.

— Prête ? lui demanda-t-il en souriant.

Véronique hocha la tête, et ils entamèrent leur voyage de trois heures en direction de Sienne. Ils profitèrent du paysage, bavardant à l'occasion. Au bout d'une heure de trajet, elle lui proposa un sandwich. Il en mangea la moitié, et elle grignota une pomme. Véronique pensa à leur baiser de la veille, mais ne dit rien. Il se comportait avec une telle décontraction qu'elle se demanda s'il y en aurait d'autres. Il agissait comme s'ils étaient de vieux amis. La nuit précédente, quand il l'avait embrassée, elle avait compris qu'elle attendait probablement plus de lui. Ce n'était toutefois pas clair dans son esprit ; elle n'était pas sûre de ce qu'elle voulait, de la direction qu'elle souhaitait faire prendre à leur amitié. Tout était si nouveau.

Ils arrivèrent à Sienne peu de temps après l'heure du déjeuner. Ils décidèrent de visiter la ville avant de trouver un hôtel. Aidan évoqua sans avoir l'air d'y toucher « les deux chambres » qu'ils prendraient. Il ne voulait pas que cette question la tourmente. Et en effet, Véronique put admirer en toute décontraction les merveilles qu'il y avait à voir.

Ils se promenèrent sur la Piazza del Campo, visitèrent l'immense Palazzo Pubblico et la cathédrale à la remarquable façade striée. La cité avait été bâtie au Moyen Âge et au XIIIe siècle, et paraissait plus ancienne que Venise. Ils avaient manqué de peu les festivités du Palio, qui avaient lieu chaque année en juillet, et puis un peu plus tard en août. Elles rassemblaient des milliers de spectateurs autour d'un tourbillon de trompettes, de costumes et de courses de chevaux incroyables. Aidan y avait déjà assisté. L'événement valait réellement le détour : toute la ville vivait au rythme de la fête ; les gens venaient de partout en Italie et en Europe pour y participer.

Aidan et Véronique étaient tous deux des amoureux de l'Italie, ce pays au charme unique. Même la France ne dégageait pas quelque chose d'aussi chaleureux et séduisant. Aidan s'arrêtait à peu près tous les mètres pour prendre des photos – dont beaucoup de Véronique.

En fin d'après-midi, ils se dirigèrent vers un petit hôtel que connaissait Aidan. Ils prirent deux chambres contiguës. L'établissement était coquet, et le propriétaire, aux petits soins. Il leur recommanda un restaurant pour le dîner. Aidan et Véronique se régalèrent. Sur le chemin qui les ramenait à l'hôtel, Véronique confia à Aidan que, même si Sienne était charmante et valait le détour, le clou du voyage pour elle restait Venise.

— Devrais-je arrêter tout de suite d'essayer de vous séduire en vous montrant le reste de l'Italie ? lâcha-t-il d'un air découragé.

Véronique ne put s'empêcher de rire. Tous deux tombèrent d'accord sur un point : il leur fallait visiter Florence absolument.

Le lendemain, ils mirent donc le cap sur cette ville après un café accompagné de viennoiseries à l'hôtel. Chacun paya pour sa chambre. Aidan proposa de régler l'ensemble, mais Véronique refusa. Ils voyageaient en amis. Et pourtant, le photographe prenait à son compte la plupart des repas. Elle ignorait quels étaient ses revenus, mais était touchée par sa générosité. Il la traitait avec beaucoup d'élégance.

Aidan fut amusé de voir que Véronique tenait à peine en place à l'approche de Florence. On aurait dit qu'ils allaient à La Mecque. Elle lui expliqua à quel point elle adorait le musée des Offices, le Dôme, la cathédrale et le Palazzo Vecchio. Elle était intarissable sur les trésors artistiques qu'elle y avait admirés. Véronique était allée à Florence à de nombreuses reprises avec ses deux parents, puis plus tard avec seulement son père, et elle avait hâte de montrer à Aidan ses endroits préférés. Dès leur arrivée, ils prirent des chambres à l'Excelsior Hotel sur la Piazza Ognissanti, puis entamèrent un long parcours à travers la ville.

Ils commencèrent par la cathédrale Santa Maria del Fiore, puis se rendirent dans le musée situé juste derrière. Véronique était incollable sur Donatello, della Robbia et de nombreux autres artistes. Aidan l'écoutait, fasciné. Ils visitèrent ensuite le musée des Offices – le paradis sur Terre aux yeux de Véronique. L'art de la Renaissance était pour elle un trésor inépuisable et elle ne pouvait plus s'arrêter de parler : elle connaissait des anecdotes sur quasiment tous les artistes, des détails sur leur travail, et elle comparait les œuvres entre elles d'une façon étonnante.

Sur la Piazza della Signoria, ils firent une halte et achetèrent des glaces. Véronique avait beau avoir une taille de guêpe, elle semblait ne se nourrir que de *gelato*. Ils décidèrent de revenir dîner là un peu plus tard, après une halte à l'hôtel pour se reposer un peu. Il était tellement agréable de rester dehors par ces chaudes soirées estivales !

Ce soir-là, au restaurant, ils faillirent se disputer quand Aidan lui dit que la seule raison pour laquelle elle n'avait pas continué à peindre était qu'elle pouvait se le permettre. Véronique lui rétorqua qu'elle avait été occupée à élever ses enfants.

— Ce n'est pas une excuse. Quand on a un don de Dieu, il faut l'utiliser. Vous ne pouvez pas l'ignorer pendant vingt ans. C'est un crime. Si vous étiez pauvre, vous l'auriez développé.

— Si j'étais pauvre, je serais devenue serveuse quelque part pour pouvoir subvenir aux besoins de mes filles. Je ne ferais pas plus de portraits qu'aujourd'hui.

Elle paraissait vaguement contrariée, sur la défensive.

— Peut-être auriez-vous pratiqué un art commercial. Mais vous n'auriez pas ignoré votre don.

Véronique songea qu'il était presque impossible de savoir ce que tel ou tel individu aurait fait si sa vie avait été différente. De plus, n'ayant pas d'enfants, Aidan ne se rendait pas compte à quel point ils étaient chronophages. Véronique lui expliqua qu'elle avait toujours placé ses filles avant l'art.

— Il aurait été préférable pour elles de savoir que leur mère prenait son don au sérieux, répliqua-t-il. Cela aurait été pour elles un excellent modèle.

— Elles suivent toutes leur passion. Et quant à moi, je n'ai jamais cessé d'aimer l'art, répondit-elle doucement.

Véronique était touchée qu'il admire ses dessins et sa passion pour l'art, mais il semblait ne pas comprendre son système de valeurs : pour elle, la vie de famille était primordiale. La possibilité de consacrer du temps aux siens passait avant tout. Aidan, de son côté, avait consacré sa vie à faire bon usage de son talent, à le développer, ce qu'elle respectait. Cependant, il n'avait ni enfants ni conjoint sur qui veiller.

Ils étaient encore en train d'en débattre quand elle reçut un SMS. Elle jeta un œil à son téléphone. C'était Nikolaï. Il voulait prendre de ses nouvelles et savoir si elle s'était remise de leur rencontre à Rome. Il espérait la revoir bientôt. Véronique sourit.

— C'est un message de Nikolaï Petrovich, dit-elle à Aidan. Il veut s'assurer que je vais bien.

Véronique ne répondit pas tout de suite au milliardaire russe, par politesse envers Aidan. Celui-ci, cependant, paraissait contrarié.

— C'est quoi, cette histoire ? Pourquoi vous écrit-il ? Vous lui avez déjà dit que vous alliez bien quand nous sommes partis de Rome. Que cherche-t-il ?

— Rien, répondit-elle, étonnée par sa réaction. Il essaie juste de se montrer sympathique, et responsable, après l'accident.

— Dites-lui que vous allez bien, mais que maintenant, vous aimeriez qu'il vous fiche la paix, grogna Aidan. De toute façon, il fait sans doute partie de la mafia russe. Personne ne gagne autant d'argent en travaillant honnêtement.

D'après les journaux, la fortune de Petrovich était estimée à 80 milliards de dollars.

— C'est bien possible, admit-elle.

Après tout, elle ne le connaissait pas assez pour prendre sa défense.

— Il a été très gentil avec moi, cependant.

— Après avoir failli vous tuer, oui. Il a sans doute eu peur que vous ne le poursuiviez en justice.

Véronique regarda Aidan intensément. Il était donc jaloux... Peut-être que le baiser à Venise n'avait pas été, après tout, une simple affaire de coutume locale.

— Le héros, dans tout ça, c'était vous, Aidan, reprit-elle en souriant. C'est vous qui m'avez sauvée.

Elle lui tapota la main et vit que ses plumes ébouriffées se remettaient peu à peu en place. Elle eut du mal à se retenir de rire. Cette crise au sujet du Russe le rendait absolument craquant.

— Méfiez-vous des hommes comme lui, je vous en conjure, Véronique. Vous ne le connaissez pas. C'est un homme brutal. Il est impossible de prédire ce dont il est capable. Les gens qui ont autant de pouvoir et d'argent pensent que le monde et ceux qui le peuplent leur appartiennent. Je vous déconseille fortement de lui laisser croire que vous pourriez lui appartenir.

Véronique fut touchée par ces propos.

— Ne vous inquiétez pas, Aidan. Je pense qu'après ça je n'aurai plus de nouvelles. Il cherchait juste à être poli. J'étais vraiment mal en point, après ma chute.

— À cause de moi, déplora-t-il d'un air chagriné.

— Arrêtez, Aidan, vous m'avez sauvé la vie. Sans vous, je serais morte.

Il sourit.

— Je suis tellement navré que vous vous soyez blessée…

— Pas moi. Car sans cela, je ne vous aurais peut-être jamais rencontré.

Il hocha la tête.

La soirée se poursuivit sans accroc. Mais cet épisode rappela à Véronique le dégoût profond qu'Aidan éprouvait envers ceux qu'il considérait comme « riches ». Certes, Nikolaï entrait dans cette catégorie bien plus qu'elle : à côté de la fortune du Russe, son patrimoine à elle était insignifiant.

Le sujet revint dans la conversation le lendemain, lorsqu'ils visitèrent le Palazzo Vecchio et le Palazzo Pitti. Les deux bâtiments témoignaient de l'extrême opulence de Florence à l'époque. Aidan se lança dans l'une de ses diatribes philosophiques sur les riches, lesquels, selon lui, ne comprenaient rien à la vie. Véronique exprima calmement son désaccord.

— Vous savez, Aidan, l'argent ne vous empêche pas d'avoir de vrais problèmes. Ma mère est morte quand j'avais quinze ans, et mon père l'a suivie six ans plus tard. L'argent n'a rien pu faire contre la souffrance que j'ai ressentie. Les riches meurent comme les pauvres ; leurs proches ont le cœur brisé comme n'importe quel être humain. Même s'il est vrai que l'argent permet de traverser certaines épreuves difficiles de façon moins abrupte.

Le sujet, chaque fois qu'ils l'abordaient, continuait de le hérisser. Quelques jours plus tard, toutefois, ce qu'elle lui dit le perturba réellement : elle lui avoua que l'espace d'un instant, à Rome, elle n'avait pas voulu éviter la Ferrari ; en ne bougeant pas, c'est le destin qu'elle tentait... La mort de Paul l'avait en effet profondément ébranlée, et après la lecture du testament, ses filles étant adultes et indépendantes, elle avait eu l'impression que sa vie n'avait plus de sens.

Ses propos horrifièrent Aidan.

— Permettez-moi de vous révéler quelque chose à mon sujet, dit-il d'une voix pleine de tristesse, ses yeux rivés sur les siens. Ma mère s'est suicidée quand j'avais douze ans. Elle en avait assez de sa vie misérable, d'avoir à peine de quoi nous nourrir alors qu'elle travaillait d'arrache-pied. Mon père dépensait tout ce qu'elle gagnait, la trompait avec la première venue et la battait dès qu'il avait trop bu. Alors elle s'est tuée. C'est la seule façon de s'en sortir qu'elle a trouvée.

Véronique en resta bouche bée. À court de mots, elle lui prit la main. Ce qu'elle lut dans son regard lui brisa presque le cœur. Elle imaginait le petit garçon qu'il avait été au moment du décès de sa mère. Mais l'histoire ne s'arrêtait pas là.

— Un jour, j'avais alors dix-sept ans, mon père a tellement bu qu'il en est mort. Je suis parti après son enterrement sans jamais plus regarder en arrière. J'imagine que c'est pour cela que je n'ai pas eu envie de me marier ou d'avoir des enfants. Je ne voulais pas qu'ils vivent la même chose que moi.

— Jamais vous ne seriez devenu ce genre de père, rétorqua-t-elle doucement. Vous êtes un homme très différent.

Les yeux d'Aidan étaient embués de larmes. Il venait de lui confier le sombre secret de sa jeunesse.

— Mon père était un vrai salaud. Ma mère, elle, était une femme adorable. Elle ne méritait pas un type comme lui.

Véronique hocha la tête pour montrer qu'elle compatissait et garda sa main dans la sienne. Ce passé douloureux expliquait beaucoup de choses – sa colère, sa peur face aux responsabilités du mariage et de la vie de famille, sa haine de la pauvreté et de ce qu'elle faisait aux gens. S'il avait choisi de rendre les riches responsables des malheurs du monde, c'est parce qu'il lui fallait un coupable...

— Certaines personnes sont mauvaises, Aidan. Qu'elles soient riches ou pauvres n'y change rien.

— Peut-être, soupira-t-il en serrant la main de Véronique. J'ai détesté mon enfance, et surtout mon père.

Ce soir-là, ils allèrent se promener. Aidan passa son bras autour des épaules de Véronique. Leur discussion les avait laissés songeurs. Elle le cernait désormais davantage. Aidan avait un côté corrosif, mais au fond de lui, elle devinait qu'il avait un grand cœur. C'était quelqu'un de bien, plus sensible et vulnérable qu'il ne voulait l'admettre.

Chacun retrouva ensuite sa chambre. Le lendemain, leur pèlerinage artistique se poursuivit. Ils visitèrent toutes les galeries importantes et retournèrent au musée des Offices. Après cinq jours placés sous le signe de l'art à Florence, ils eurent tous les deux le sentiment d'avoir fait le tour de la question. Alors qu'ils déjeunaient, Aidan la regarda.

— Et maintenant, que fait-on ?

Il lui restait encore plusieurs semaines avant ses obligations à Berlin. Et il n'avait aucune envie de la quitter. Malgré leurs quelques désaccords philosophiques, ils se sentaient bien l'un avec l'autre. Les deux étrangers étaient devenus des amis.

— Je n'en sais rien, Aidan. Je dois appeler mes filles. Deux d'entre elles viennent en Europe, mais je ne connais pas encore la date de leur arrivée.

— Elles viennent ici pour les vacances ?

— Non, elles ont une affaire familiale à régler. Elles seront là quelques jours seulement.

Il perçut la solitude dans son regard. Véronique était seule depuis longtemps ; ses trois filles ne faisaient plus partie de son quotidien. Il la soupçonna de ne pas montrer à quel point cette situation l'affectait.

Plus tard dans la soirée, Véronique appela Timmie. C'était l'après-midi à New York, et elle était au bureau. Partant du principe que sa mère était à Paris, Timmie ne lui demanda pas où elle se trouvait ni comment elle allait. Véronique avait tenté de joindre Juliette, en vain. Et le répondeur de Joy disait qu'elle était en tournage toute la semaine pour un spot publicitaire et qu'elle n'aurait pas le temps de rappeler les gens.

— Au fait, Timmie, sais-tu quand tes sœurs viennent visiter le château ?

Même si son aînée ne prenait pas part au voyage, elle avait peut-être des informations.

— Je ne sais pas, non, maman. Pose-leur la question. J'ai parlé à Juliette il y a deux jours, et j'ai cru comprendre que ce ne serait pas avant quelques semaines. Elle est partie rendre visite à des amis dans le Vermont. Elle a du mal à se remettre de la mort de papa.

— Si tu les as au téléphone, dis-leur qu'il faudrait qu'elles me préviennent un peu avant leur arrivée. Je n'arrive pas à les avoir. Joy ne rappelle pas les gens, et Juliette est injoignable maintenant que la boulangerie est fermée pour l'été.

— Pourquoi ? Tu as prévu quelque chose ? s'étonna Timmie.

— Peut-être, oui. Je n'ai pas envie de rester assise là, à attendre leur arrivée.

— Envoie-leur un texto, suggéra son aînée de façon pragmatique.

Véronique se retint de lui répliquer que ce n'était pas la meilleure façon de communiquer avec ses proches. Surtout, il ne fallait plus que ses filles s'imaginent qu'elle laisserait tout tomber à l'instant où elles décideraient de venir. Cela avait été vrai pendant des années, mais désormais, elle souhaitait avoir une vie à elle. Elle en ressentait l'envie depuis la mort de Paul, et Aidan contribuait largement à fortifier ce désir. Elle l'appréciait davantage de jour en jour. Véronique savait qu'il avait sa vie, et notamment une vie professionnelle. Mais là, il était libre, et elle comptait bien en profiter.

— Bon, tu as raison, j'enverrai un texto, finit-elle par répondre. Comment vas-tu, sinon ?

— Débordée, c'est la folie. Rien ne change, ici.

Pourtant, avec l'héritage de son père, les choses auraient pu être différentes, mais Timmie n'avait pour l'instant pas avancé dans son projet. Elle voulait se mettre en quête d'un immeuble, mais n'en avait pas eu le temps.

— Bon, essaie de ne pas te surmener, ma chérie. Est-ce que tu pars un peu ?

— Je vais dans les Hamptons avec des amis ce week-end. C'est la première fois que je fais un break depuis je ne sais combien de temps.

— Parfait. Amuse-toi bien, dit Véronique, avant d'ajouter qu'elle l'aimait.

Lorsqu'elle raccrocha, elle se rendit compte que Timmie ne lui avait posé aucune question. Ses filles ne prenaient jamais la peine de s'intéresser à elle.

Le lendemain matin, Véronique expliqua à Aidan qu'elle n'avait guère plus d'informations que la veille au sujet de la venue de ses filles. Ce ne serait sans doute pas avant des semaines, mais elle n'était pas parvenue à joindre les deux intéressées.

— Ce n'est pas très gentil de leur part, fit-il remarquer tandis qu'ils prenaient leur petit déjeuner à l'hôtel. Êtes-vous censée tout laisser tomber quand elles arrivent ?

Il était un peu choqué. Quelle drôle de façon pour des jeunes femmes de se comporter – même avec leur mère.

— C'est vrai, elles ne font plus très attention à moi, avoua Véronique. Elles pensent que je suis à leur disposition. Qu'elles sont le centre de mon univers. Parfois, c'est un peu dur.

— Vous devriez peut-être leur dire que vous êtes occupée et que vous n'êtes pas leur esclave. En bref, leur réapprendre certains principes de base.

Véronique l'écoutait en souriant.

— Vous avez raison, admit-elle. Je leur ai donné de mauvaises habitudes. Mais cette fois-ci, elles ne viennent pas en France pour s'amuser. Elles doivent voir un château près de Saint-Paul-de-Vence que leur père leur a légué. Je pense qu'elles vont le vendre. Personne n'y met les pieds depuis des années. Cependant, mieux vaut le visiter avant de prendre une décision.

— Vous voyez ce que je veux dire au sujet des gens riches ? Leur père avait un château dans lequel il n'allait même pas ! Si ça, ce n'est pas du gâchis d'enfant gâté...

Véronique sourit. Que dirait-il s'il apprenait que c'était elle qui avait offert ce château à Paul ? Aidan pensait que son argent lui venait de son ex-mari. Et Véronique le laissait le croire. Étant donné la virulence de son ami à l'égard des gens aisés, elle craignait désormais de lui expliquer que c'était sa famille à elle qui était riche. Aidan n'avait pas à en savoir autant. Elle préférait encore qu'il s'imagine qu'elle vivait depuis vingt ans grâce à une pension alimentaire bien négociée.

— Où retrouvez-vous vos filles ?

— Au Cap d'Antibes. Mais d'ici là, je suis libre comme l'air. J'aimerais beaucoup qu'un jour vous rencontriez mes filles.

Aidan secoua la tête, dubitatif.

— Je ne sais pas si nous nous entendrions. Je n'aime pas leur façon de vous traiter. J'ai le sentiment que votre relation est à sens unique. L'amour et les attentions viennent systématiquement de vous.

Aidan n'avait pas tort, même si ses propos étaient durs à entendre.

— C'est en train d'évoluer, je pense. À la mort de leur père, nous avons davantage échangé, toutes les quatre.

Véronique espérait que ce changement n'était pas uniquement dû au fait que ses filles avaient eu besoin d'elle, au lendemain de la mort de Paul. Elle n'avait plus de nouvelles d'elles depuis, ce qui n'augurait rien de bon. Non seulement ses filles ne s'intéressaient pas à elle, mais en plus, elles ne lui racontaient que rarement des choses personnelles.

— Elles m'ont l'air d'être assez égocentriques, reprit Aidan. Un peu comme leur père, si j'en crois vos descriptions. Il leur a peut-être donné l'exemple sur la façon dont il fallait vous traiter.

— Paul me traitait avec bien plus d'égards que mes filles, affirma Véronique.

Avec le recul, cependant, elle n'en était plus si sûre.

— J'imagine qu'à vingt ans, poursuivit-elle, on n'a pas de temps à accorder à ses parents. Moi, c'était différent : à leur âge, j'avais déjà un mari et trois enfants. Comment être égoïste dans ces conditions ? Mes filles, elles, n'ont à se soucier de personne d'autre qu'elles-mêmes.

— Très bien. Alors qu'elles aillent au diable ! lâcha Aidan sans ménagement. À nous deux, maintenant. Que faisons-nous ? Nous avons vu tout ce qu'il y avait à voir à Florence. Que diriez-vous de continuer encore un peu la route avec moi ?

Il n'avait pas envie de la quitter. Venise, Sienne, Florence... Les moments qu'ils avaient partagés avaient été magiques. Aidan ne voulait pas que cela s'arrête.

Assise en face de lui, elle le regardait timidement.

— J'adorerais.

Véronique ignorait ce qui les liait, tous les deux : de l'amitié ? ou autre chose ? Aussi improbable que cela puisse paraître, elle avait parfois l'impression d'être en couple. Surtout lorsqu'ils confrontaient leurs visions du monde. Leurs discussions étaient animées, mais toujours pleines de respect, et la tension retombait rapidement. L'expérience singulière qu'elle était en train de vivre avait tout d'une parenthèse. Cependant, elle paraissait leur apporter beaucoup à tous les deux. Et Véronique en savourait chaque instant. Elle non plus ne voulait pas que cela s'arrête.

— Pourquoi ne pas remonter en voiture jusqu'en France ? suggéra-t-il, visiblement ravi de la réponse de Véronique. Nous pourrions rester un moment dans le Midi, prendre notre temps. Et nous rejoindrions ensuite la destination où l'on vous attend. Qu'en pensez-vous ?

— Formidable ! s'exclama-t-elle.

Ils décidèrent de quitter Florence le lendemain, après une dernière halte aux Offices. Puis ils entameraient tranquillement leur périple vers la France, en s'arrêtant au gré de leurs envies.

Après le petit déjeuner, ils rejoignirent leurs chambres, ravis de ce programme. Une fois devant la porte de Véronique, Aidan tendit le bras et la tira vers lui comme s'il avait quelque chose à lui dire. Elle leva la tête et vit ses yeux à la chaleureuse teinte cacao s'approcher de son visage. Il la prit dans ses bras et l'embrassa. Ce fut un baiser profond. Un baiser qui avait davantage de sens que le premier et qui dura un long moment. Il la connaissait mieux maintenant… Quand leurs lèvres se détachèrent, le souffle leur manquait.

Véronique s'appuya contre la porte de sa chambre et Aidan l'embrassa de nouveau. La nature de leurs sentiments ne faisait plus aucun doute. Ils étaient en train de tomber amoureux l'un de l'autre. Ils ne savaient absolument pas si cela durerait, ni si leur relation fonctionnerait, mais pour l'instant, c'était tout ce dont ils avaient envie, et c'était parfait.

10

Le jour suivant, Aidan et Véronique laissèrent Florence derrière eux et prirent la direction de Lucques, où ils s'arrêtèrent dans une petite auberge. Pendant deux jours, ils allèrent marcher de longues heures durant dans la campagne. C'était paisible et reposant. Ils bavardaient, riaient. Aidan la prenait sans cesse en photo. Il parvenait toujours à le faire quand elle ne s'y attendait pas, qu'elle était perdue dans ses pensées. C'était dans ces moments-là qu'il l'aimait le plus.

Le deuxième soir, le détective qu'elle avait engagé l'appela sur son téléphone portable. Il avait terminé son rapport sur les Marnier et voulait savoir à quelle adresse lui envoyer les documents. Il n'avait eu aucun mal à obtenir des informations, les deux femmes vivant au même endroit depuis toujours. Véronique lui demanda de faxer le dossier à l'hôtel et lut attentivement les cinq pages qui le constituaient. Constatant son air très sérieux, Aidan s'inquiéta.

— Mauvaises nouvelles ? s'enquit-il.

Elle secoua la tête.

— Non, rien de neuf, soupira-t-elle.

Véronique rechignait à raconter à Aidan les errements de feu son ex-mari et les détails peu reluisants de sa vie.

— C'est juste que, lors de la lecture du testament de Paul, nous avons découvert qu'il avait une fille illégitime, née alors que nous étions encore mariés. J'ai découvert après notre séparation que Paul avait eu de nombreuses maîtresses. Mais cette Élisabeth Marnier est la seule avec qui il a eu un autre enfant. Ça a été un choc pour nous toutes. Et mes filles doivent partager le château de leur père avec leur demi-sœur. Alors j'ai choisi de me renseigner au sujet de cette inconnue et de sa mère. Je viens de recevoir des informations. J'avais engagé un détective à Paris avant de partir pour Rome.

Aidan fronçait les sourcils.

— J'imagine que cette nouvelle a dû vous bouleverser, toi et tes filles. Tu ne t'es jamais doutée de rien ?

— Non, pas pour cette liaison. Je n'avais jamais entendu le nom de cette femme avant la lecture du testament. Il a gardé l'aventure bien secrète, tout comme l'identité de cette maîtresse.

— Quelle lâcheté de laisser cela pour après sa mort ! pesta Aidan avec sévérité.

Véronique ne chercha pas à le contredire.

— Paul était comme ça. Il ne s'encombrait jamais de choses déplaisantes ou difficiles. Il me laissait tout gérer. Comme d'habitude, il s'est dit que je recollerais les morceaux. J'imagine que c'est ce que je vais faire, autant que possible. Les filles vont devoir composer avec cette Sophie. Elle est leur sœur, enfin, leur demi-sœur.

— Je suis surpris que tu sois restée en bons termes avec ton ex-mari.

Aidan avait du mal à comprendre. Paul paraissait être une ordure de premier rang. À certains égards, c'était vrai. Mais il était une ordure si pleine de charme.

— Au début, je l'ai fait pour les enfants, expliqua-t-elle. Et sans doute parce que je l'aimais encore quand nous avons divorcé. Ensuite, nous sommes restés amis, par habitude. Vers la fin, je n'éprouvais plus d'amour pour lui, alors son mauvais comportement ne m'atteignait plus. À part mes filles, je n'ai pas d'autre famille. Paul était une partie de mon histoire. Comme un frère plus âgé qui ne sait pas se tenir. Mais découvrir cette ultime incartade a tout changé pour moi. En ce moment, je ne porte pas spécialement Paul dans mon cœur.

Aidan hocha la tête. Il ne dit rien, prenant le temps d'assimiler ses propos.

— Que dit le détective ?

— Apparemment, Sophie fait des études de médecine, et sa mère est le médecin du coin. C'est une figure appréciée et respectée de la région. Elle était encore étudiante lorsque Paul l'a rencontrée et qu'ils ont eu cette liaison. Il n'a jamais pourvu aux besoins financiers de leur fille, ce qui ne m'étonne pas – Paul n'a jamais eu une attitude responsable vis-à-vis de l'argent, et il devait sans doute oublier Sophie quand ça l'arrangeait. Il ne l'a vue que quelques fois, il y a de nombreuses années. La mère ne s'est jamais mariée, mais a longtemps vécu en couple avec un autre médecin, jusqu'à ce que l'homme meure, il y a deux ans. Il était la seule figure paternelle de Sophie. Visiblement, sa mère ne lui a jamais révélé que Paul était son père. Petite, Sophie croyait qu'il était un vieil ami de la famille venant leur rendre visite de temps à autre. Je suis sûre que Paul s'accommodait très bien de cette mascarade.

En entendant pareille histoire, Aidan avait du mal à ne pas condamner et mépriser Paul Parker. Et en voyant le chagrin dans les yeux de Véronique, il ne pouvait que ressentir une profonde colère à l'égard de cet homme, ainsi que de la tristesse pour sa victime. Il était évident que Véronique se sentait trahie.

— D'après le rapport, reprit-elle, les gens du coin décrivent Sophie comme une jeune femme charmante, très responsable et sérieuse. Une étudiante brillante, qui plus est. Sa mère aussi, apparemment, est une femme adorable. Si tout ça est vrai, Paul ne la méritait pas. Il a bien eu de la chance de tomber sur elle : elle aurait pu être une femme cupide, aurait pu le faire chanter ou causer la fin de notre

134

mariage. Jamais elle n'a agi de la sorte. Et maintenant, c'est à nous de gérer tout ce bazar. Je suis persuadée que les Marnier ont été les premières étonnées de se retrouver dans le testament de Paul. Pour elles, toutefois, c'est une bonne surprise. D'après le rapport, elles ne sont pas spécialement riches. Cette somme qui tombe du ciel est une véritable aubaine pour elles. Et un vrai casse-tête pour mes filles. Se retrouver propriétaires d'un château avec une demi-sœur dont elles ignoraient jusque-là l'existence...

Aidan voyait bien que la situation n'était pas idéale, mais au moins, les Marnier avaient l'air d'être des femmes honnêtes. Il prit Véronique dans ses bras et l'embrassa. Il était navré qu'elle doive subir tous ces tracas à cause d'un homme peu scrupuleux.

Le soutien moral d'Aidan réconforta Véronique. Ils passèrent une soirée tranquille à discuter de la situation. Véronique faxa le rapport à ses filles. Elle ignorait quand Juliette le recevrait puisqu'elle était dans le Vermont, mais Timmie lui en parlerait probablement assez vite. Elle et Juliette se téléphonaient régulièrement.

Le lendemain, ils poursuivirent leur périple, sans plus aborder le sujet. Véronique ne voulait plus y penser. Le jour suivant, toutefois, ses filles lui téléphonèrent pour en discuter. À l'instar de leur mère, elles étaient soulagées que les Marnier aient l'air d'être des femmes respectables. Cependant, toutes les trois redoutaient de les rencontrer.

Après s'être entretenue avec ses filles, Véronique avoua à Aidan qu'elle non plus ne sautait pas de joie à l'idée de faire leur connaissance.

— Alors n'y vas pas, dit simplement Aidan. Ce sont tes filles qui ont hérité de la propriété, pas toi. Si tu ne veux pas rencontrer ces femmes, pourquoi t'infliger cette épreuve ? Laisse tes filles gérer la situation. Elles sont grandes, maintenant.

Véronique n'avait jamais envisagé d'agir de la sorte, mais les propos d'Aidan étaient sensés.

— Rien ne t'oblige, poursuivit-il, à supporter tout cela au nom d'un homme qui se moquait bien de te faire souffrir tant que lui prenait son pied. Si tu veux les rencontrer, vas-y. Sinon, laisse tes filles y aller, et reste à l'écart de cette histoire.

Véronique lui sourit et se pencha vers lui pour l'embrasser. Ce qu'il disait avait quelque chose de libérateur.

— Tu es un homme formidable, Aidan. Merci. Je suis contente que tu m'aies sauvé la vie.

— Moi aussi, je suis content…

Ils s'embrassaient beaucoup, mais avaient réussi à ne pas aller plus loin. Ni l'un ni l'autre ne souhaitaient précipiter les choses ou agir sous le coup de la passion au risque de le regretter plus tard. Ils n'avaient pas plus envie de souffrir que de faire souffrir l'autre et se satisfaisaient pour l'instant de flirter tranquillement.

— Je n'ai jamais eu de relation comme la nôtre, lui confia-t-il un après-midi, tandis qu'ils traversaient Portofino. Normalement, je couche avec des femmes que je n'aime pas. Toi, je t'aime, et je ne couche pas avec toi. Je suppose qu'un jour les choses finiront par rentrer dans l'ordre !

Véronique sourit. Elle non plus n'avait jamais eu ce genre de relation avec quelqu'un. Aidan était le premier à la traiter aussi bien et à se soucier sincèrement de ses sentiments.

Ils passèrent trois jours à Portofino dans un charmant hôtel de la petite station balnéaire avant d'aller une journée aux Cinque Terre. Ils exploraient la région, profitaient des plages, dînaient dans des restaurants… Un décor toujours romantique… Aidan, bien sûr, prenait des photos.

Après quatre jours sur la côte, ils franchirent la frontière et sillonnèrent tranquillement le sud de la France. Ils voulaient voir Èze dans les Alpes-Maritimes et avaient décidé de poser ensuite leurs bagages à Antibes. Aidan connaissait un hôtel dans la vieille ville qui était situé juste à côté de l'établissement où Véronique pensait séjourner avec ses filles.

La route jusqu'à Èze s'avéra magnifique. La petite ville était un dédale de rues pavées, dans lesquelles on croisait de vieux messieurs en train de jouer aux boules. Les points de vue étaient spectaculaires, car Èze surplombait la mer. Après un excellent repas, ils descendirent jusqu'à Antibes. L'hôtel d'Aidan était minuscule. On leur attribua deux petites chambres côte à côte...

Ce soir-là, ils dînèrent dans un élégant restaurant sur les remparts, d'où l'on apercevait les immenses yachts et les voiliers de toutes tailles qui voguaient au loin. Antibes était dotée d'un joli port de plaisance, et la ville, avec ses multiples plages, était un lieu idéal pour se détendre.

Après le repas, ils marchèrent tranquillement jusqu'à l'hôtel. Aidan avait passé son bras autour de la taille de Véronique. Ils s'arrêtèrent pour admirer les bateaux. Les moments qu'ils partageaient étaient une véritable parenthèse enchantée à l'écart de la vraie vie, et Aidan finit par dire tout haut ce qui inquiétait Véronique depuis plusieurs jours.

— Que va-t-on faire, après ? Tu viendras me voir à Londres, Véronique ?

Il craignait qu'après le voyage tout ne s'arrête. D'autant qu'ils venaient de deux mondes très éloignés... Leur différence d'âge, en revanche, ne les gênait pas. La plupart du temps, ils avaient l'impression qu'elle n'existait pas, sauf lorsqu'elle parlait de ses enfants. Comme Aidan n'en avait pas, il avait du mal à se projeter.

— Je pourrais venir à Londres. Et toi, tu pourrais venir me voir à Paris, ou à New York, proposa-t-elle.

— Est-ce que tu viendras pour mon exposition à Berlin ?

Aidan souhaitait qu'elle fasse partie de sa vie, il voulait lui montrer où il habitait et comment il travaillait. Tous deux savaient qu'il serait plus difficile pour lui d'entrer dans son univers à elle que pour elle de visiter le sien. Tôt ou tard, s'ils continuaient à se fréquenter, Aidan devrait rencontrer ses filles, et Véronique ignorait comment elles réagiraient en apprenant qu'elle avait quelqu'un, surtout un homme plus jeune. Elles seraient sans doute choquées. Leur différence d'âge était grande. Véronique subodorait que, de toute façon, ses filles auraient du mal à accepter qu'elle fréquente un homme. Elles avaient l'habitude qu'elle soit seule et la voyaient avant tout comme leur mère, comme si Véronique n'existait que dans ce rôle, n'était là que pour répondre à leurs besoins d'attention et leur procurer son soutien affectif.

— Je pourrais venir après le départ de mes filles, dit-elle d'un air songeur. Je ne pense pas qu'elles resteront longtemps en France.

— Ça me plairait beaucoup, dit-il avec un grand sourire.

— À moi aussi, répondit-elle.

Elle était ravie de l'invitation.

Plus tard dans la soirée, Juliette appela sa mère pour l'informer qu'elle et Joy arrivaient dans une semaine. Elles pensaient rester cinq ou six jours, peut-être une semaine. Lorsque Véronique raccrocha, elle se rendit compte que la visite de ses filles lui faisait l'effet d'une intrusion. Elle aurait bien voulu rester seule avec Aidan... C'était la première fois qu'elle ne se réjouissait pas pleinement à l'idée de voir Juliette et Joy, et elle en éprouva une forme de culpabilité.

Les jours suivants, Aidan et Véronique visitèrent de nombreuses villes de la côte, découvrirent de multiples petites plages, nagèrent dans l'eau calme et tiède. Le soir, ils sortaient dans de sympathiques restaurants. Le fait de savoir qu'il ne leur restait plus qu'une semaine ensemble rendait chaque instant encore plus précieux. Ils discutaient pendant des heures, partageaient leurs rêves et leurs secrets, apprenaient à se connaître. Ils n'étaient pas d'accord sur tout ; il arrivait que l'autre les émerveille ou les agace. Ils s'embrassaient à longueur de temps. Jamais Véronique ne s'était sentie aussi à l'aise avec quelqu'un. Et c'était pareil pour Aidan. Tout ce qu'ils découvraient l'un sur l'autre leur plaisait. Même s'ils n'étaient toujours pas allés plus loin sur le plan sexuel, ils partageaient une rare intimité. Les gens qui croisaient leur route pensaient qu'ils étaient mariés, ou en tout cas amants tant ils étaient complices.

La semaine s'écoula en un clin d'œil. Quand le dernier jour arriva, Véronique lui promit de venir au vernissage de son exposition. Elle pensait même arriver plus tôt pour l'aider. L'idée enchanta Aidan. Après le départ de ses filles, Véronique ferait une halte à Paris puis irait à Berlin. Ce soir-là, ils dînèrent dans une pizzeria du vieil Antibes. Sur le chemin de l'hôtel, ils se mêlèrent à la foule des badauds.

— Tu vas tellement me manquer, lui dit-il doucement avant de l'embrasser.

Le photographe avait du mal à imaginer une journée sans elle. Et c'était réciproque. Pour Véronique, il serait bien étrange de voir Juliette et Joy sans leur dire à quel point Aidan était important pour elle, sans évoquer leur rencontre. Mais elle ne se sentait pas prête à leur en parler. C'était comme si elle voulait protéger ce qu'elle partageait avec lui. Leur histoire lui paraissait précieuse, fragile et rare.

Aidan l'embrassa encore une fois avant que chacun ne retrouve sa chambre. Véronique pensa à lui dans son lit. Elle se demandait s'il dormait déjà. Le lendemain matin, il la conduirait à l'Eden Roc, un hôtel où elle descendait toujours avec ses filles. Il déjeunerait avec elle et partirait ensuite pour Berlin. À la pensée de cette séparation si proche, les yeux de Véronique s'emplirent de larmes. Elle resta couchée sans fermer l'œil pendant au moins une heure, puis se leva pour admirer la mer sous les rayons de la lune. C'est alors qu'elle entendit frapper à la porte. Elle alla ouvrir. Aidan, pieds nus, en sous-vêtements, se tenait là, tout penaud.

— Tu es réveillée ? murmura-t-il.

Elle sourit. Il ressemblait à un enfant dans le couloir sombre.

— Oui, je n'arrive pas à dormir, répondit-elle en chuchotant.

Sans un mot, il la prit dans ses bras. Il ne pouvait se résoudre à la quitter sans lui avoir fait l'amour. Le moment était venu. Ils avaient déjà attendu ce qui leur semblait une éternité. Et tous deux avaient besoin de l'assurance de ce lien ultime avant de se séparer.

Ils se dirigèrent vers le lit, toujours sans un mot, se dévêtirent et se blottirent dans les bras l'un de l'autre. Doucement, leurs corps s'unirent. Le clair de lune les baignait de sa lumière blanche. Ils restèrent enlacés, paisiblement. Enfin, ils n'étaient plus qu'un. Et quand le matin arriva, ils dormaient profondément côte à côte. Au réveil, Aidan regarda Véronique. Il l'embrassa.

— Tu regrettes ? lui demanda-t-il, un peu inquiet.

— Non, lui répondit-elle en souriant. Et toi ?

— Non, bien sûr que non... Je ne sais pas comment nous allons faire, mais nous trouverons une solution.

Véronique voulait qu'il ait raison, que leur histoire ne soit pas une amourette d'été, une passade. Ni elle ni lui n'en avaient l'impression. Aidan caressa ses seins et son ventre. Il avait soif d'elle.

— Si seulement tu pouvais venir à Berlin avec moi, lâcha-t-il avec tristesse.

— Je t'y rejoindrai bientôt, promit-elle avant de l'embrasser.

Le corps d'Aidan était d'une beauté époustouflante. Ils firent l'amour une nouvelle fois... Quand il se leva, Aidan la regarda autrement. Elle était à lui désormais, et, quoi qu'il arrive par la suite, ils affronteraient le monde ensemble. Avoir fait l'amour avait mis un terme à leur ancienne vie, et marquait le début d'autre chose. La veille, dans cette chambre minuscule, un lien avait été scellé entre eux.

Aidan transporta leurs bagages dans sa voiture, et Véronique le suivit quelques minutes plus tard. Elle avait l'impression qu'ils venaient de vivre leur lune de miel. Ils prirent la direction du Cap d'Antibes, emportant avec eux tout ce qu'ils avaient construit, fait et donné ces dernières semaines. Ils souriaient. Aidan se pencha pour l'embrasser. Le vieil hôtel élégant où elle allait séjourner apparut.

Véronique ne voulait pas le quitter, mais elle n'avait pas le choix ; elle devait voir ses filles. Le temps du voyage, des longs dîners et des tendres matins partagés à deux était révolu. Elle avait des responsabilités, et lui, du travail à Berlin. Quelque part au milieu de tout cela, ils trouveraient du temps pour eux. Il ne leur restait plus qu'à faire fonctionner leur histoire. En regardant cet hôtel familier où elle séjournait en famille depuis des années, Véronique se promit de trouver un moyen d'y arriver. Aidan comptait déjà bien trop pour qu'elle le perde. Il était ce qui lui était arrivé de meilleur. Leurs yeux se croisèrent, et Véronique vit qu'il partageait le même sentiment.

11

L'Eden Roc et l'hôtel du Cap formaient l'un des ensembles hôteliers les plus beaux, les plus chic et les plus célèbres d'Europe, et affichaient des tarifs à la hauteur de leur renommée. Le hall en marbre de l'hôtel du Cap, qui constituait le bâtiment principal, était doté d'un haut plafond, et la plupart des chambres et des suites, splendides, offraient une vue sur la mer et ses reflets scintillants. À l'extérieur, un escalier monumental descendait jusqu'à l'Eden Roc, qui était encore plus prisé. Une grande allée bordée de jardins menait à l'hôtel, lequel se trouvait au bord de l'eau. C'était le lieu de villégiature des aristocrates, des têtes couronnées et des grandes fortunes de ce monde. Ces dernières années, la clientèle s'était diversifiée, et on voyait de plus en plus de jet-setters, de magnats russes et de stars de cinéma, dont la plupart préféraient le bâtiment situé en contrebas, car l'atmosphère y était moins guindée. Les suites, de taille plus modeste certes, étaient meublées avec goût, et leurs balcons offraient des panoramas époustouflants sur la mer.

Un restaurant haut de gamme servait les deux hôtels. Plus bas, sur ce qui ressemblait à un ponton, un autre établissement plus décontracté permettait à la clientèle de se sustenter le midi pour des sommes astronomiques. Il y avait une piscine à débordement, et des cabanes privées où l'on pouvait manger, se relaxer et se balader nu sans être vu des autres clients. Ces petites huttes étaient plus chères qu'une chambre dans un hôtel raffiné. L'hôtel du Cap-Eden-Roc était un microcosme dans lequel les clients fidèles revenaient d'année en année – seuls, en famille, ou avec leur amant ou amante. C'était un royaume magique à l'écart du monde réel, peuplé de gens élégants et célèbres qui voulaient, le temps de leur séjour, qu'on les serve et les bichonne. Le personnel lui-même était immuable. Les employés connaissaient bien Véronique et ses filles. Il faut dire qu'elle venait déjà là avec ses parents quand elle était enfant et qu'elle y avait emmené Paul tout de suite après leur mariage. Ils avaient passé une partie de leur lune de miel ici. Pour elle, cet endroit était une sorte de deuxième maison.

Le concierge et ses deux assistants vinrent à sa rencontre dans l'allée afin de lui souhaiter la bienvenue. Des porteurs se tenaient prêts à prendre ses bagages. Aidan ne put s'empêcher d'éprouver un malaise, comme s'ils étaient susceptibles de l'attaquer. Quand ils firent mine de sortir les sacs du minuscule coffre de l'Austin, il les arrêta et leur tendit les affaires de Véronique.

Ils passèrent sous le portique recouvert de vigne vierge. Entourée des employés en livrée, Véronique entra lentement dans l'hôtel. Aidan la suivait. Il avait l'impression d'être un intrus qui se serait immiscé dans un monde qui n'était pas le sien, et que l'on flanquerait dehors dès que l'on comprendrait qu'il était un imposteur et n'avait pas sa place dans un tel endroit.

Véronique, cependant, ne se doutait de rien et bavardait avec aisance avec les personnes qui l'escortaient jusqu'à sa suite habituelle. Elle avait la même chambre depuis trente ans. Ses filles avaient à l'époque occupé avec leur nourrice plusieurs chambres à l'étage du dessus. Après avoir ouvert la porte de sa suite dans un grand geste, le concierge fit un pas en arrière. Aidan, à la traîne derrière le groupe entourant Véronique, hésitait.

Véronique se retourna pour voir où il était et lui fit signe d'entrer, prenant soin de le présenter au concierge. Aidan fut époustouflé en découvrant la décoration et la vue. La suite était composée d'une chambre à coucher et d'un salon, doté chacun d'un balcon et d'une salle de bains. Tout sentait le luxe et le confort. Canapés et fauteuils étaient tapissés de bleu et de blanc, et les meubles ressemblaient à s'y méprendre à des pièces d'antiquaire. Les porteurs déposèrent ses sacs sur un repose-bagages. Le concierge inclina la tête en lui souhaitant un bon séjour parmi eux, et le groupe sortit, suivi de deux femmes de chambre qui s'étaient proposées de l'aider à défaire ses sacs ridiculement petits – offre que Véronique avait déclinée avec un sourire. Aidan et elle se retrouvèrent enfin seuls.

— J'aurais tellement aimé que tu restes ici avec moi, dit-elle en passant ses bras autour de son cou.

Il remarqua alors une immense boîte de chocolats sur le bureau. Ils pensaient vraiment à tout, ici. L'hôtel avait probablement pour ambition de satisfaire les moindres caprices de ses hôtes.

— J'aurais peur de quitter la chambre, lâcha Aidan.

— Ah ? Pourquoi ?

Véronique, surprise, l'attira dans un fauteuil assez grand pour deux. Tout dans la pièce était élégant, somptueux et engageant. Pourtant, Aidan n'était pas à l'aise. Il resta tout raide à côté d'elle.

— Je n'ai pas ma place ici, dit-il nerveusement.

Jusque-là, Aidan n'avait pas réalisé à quel point la vie de Véronique baignait dans le luxe. Pourtant, le Cipriani à Venise était un établissement grandiose, qui lui avait laissé entendre qu'elle avait de l'argent. Mais ici, il ne s'agissait pas simplement d'argent. Ici, l'élégance, bien qu'elle ne fût pas tape-à-l'œil, était poussée à un degré qu'il n'avait jamais connu auparavant. La plupart des clients étaient issus de vieilles familles fortunées, même si quelques-uns étaient des milliardaires comme Nikolaï Petrovich.

— Si je n'avais pas été avec toi quand nous sommes arrivés, ils m'auraient jeté dehors, dit Aidan nerveusement, le menton pointé en avant.

Il adoptait cette attitude lorsqu'il était extrêmement mal à l'aise, Véronique le savait… Or elle aurait voulu qu'il apprécie l'hôtel autant qu'elle, l'idée étant qu'un jour il y séjourne avec elle. C'était l'endroit le plus romantique au monde, tant du fait de son emplacement au bord de l'eau que de l'établissement en lui-même. Il y avait même un dock pour les clients qui arrivaient sur des yachts – d'ailleurs, une douzaine de ces bateaux étaient amarrés devant l'hôtel.

— Arrête tes bêtises, tenta de le rassurer Véronique. Si tu voyais certains clients quand ils se détendent… On dirait des clochards ! Toi, tu as l'air parfaitement civilisé, et tu es autant à ta place que n'importe qui.

— J'étouffe, ici. Tu sais bien que les riches me donnent des boutons, et je crois qu'on peut difficilement être plus riche que ces gens.

— Mais qu'est-ce qui t'ennuie, exactement ? lui demanda-t-elle avec douceur, déçue par sa réaction. Tu penses que tu ne mérites pas tout ça ?

— Peut-être… Je crois surtout que j'ai du mal à admettre que certains vivent de la sorte alors que des millions de personnes meurent de faim dans le monde. Je ne veux même pas savoir combien ça coûte de séjourner dans un tel endroit.

Il frémit rien qu'à y penser.

— Très cher, confirma Véronique. Personne ne vit ainsi au quotidien, mais c'est une bonne façon de se faire plaisir, de temps à autre. J'adore cet endroit, dit-elle avec sincérité. Tu crois que tu pourrais t'y habituer, un jour ?

Elle lui tendit la boîte de chocolats, et il en goba deux d'un coup, ce qui amusa beaucoup Véronique. Parfois, il se comportait comme un enfant. Et parfois, il était plus adulte, attentionné et protecteur que tous les hommes qu'elle avait connus. Une chose était certaine : ce n'était pas quelqu'un qui avait été gâté ; et ce n'était pas non plus quelqu'un qui cherchait à le devenir, qui cherchait à profiter de la situation et de la richesse de sa nouvelle compagne.

— Je n'arrive pas à m'imaginer dans un tel endroit, murmura-t-il en laissant son regard se promener à travers la pièce. Même si les chocolats sont à se damner, ajouta-t-il.

Soudain, il fit un grand sourire et en prit un troisième.

— Où est le problème, si j'ai les moyens de payer ? lui demanda-t-elle en toute candeur.

— Tant mieux pour toi. Mais moi, je ne peux pas me le permettre. Et je n'ai jamais rêvé de devenir un gigolo. Je n'ai pas envie de vivre à tes crochets, Véronique. Je n'ai jamais fait cela de ma vie, et je n'ai pas l'intention de commencer maintenant.

Voilà l'inconvénient d'être avec quelqu'un de bien. Un homme moins honorable aurait sauté sur l'occasion à pieds joints.

— Mais, Aidan, il ne s'agit pas de cela : nous pouvons très bien continuer à fréquenter des hôtels plus simples, comme celui d'Antibes, sans pour autant nous interdire de séjourner parfois dans d'autres comme celui-ci. Sinon, ce que tu es en train de me dire, c'est que je suis trop riche pour toi. C'est injuste. Jamais je ne te dirais que tu es trop pauvre pour moi. C'est de la discrimination. Tu ne pourrais pas te détendre un peu au sujet des riches ?

— Peut-être, répondit-il d'un air songeur. C'est la première fois que l'un d'entre eux me plaît.

Aidan se pencha pour l'embrasser et l'attira dans ses bras. Il glissa sa main sous son chemisier. Et leur conversation sur les riches et les pauvres fut bien vite oubliée. Ils se dirigèrent vers le lit princier. Quelques instants plus tard, leurs vêtements jonchaient le sol et ils faisaient l'amour, avec encore plus de passion que la nuit précédente. À bout de souffle, Aidan s'allongea au milieu des oreillers et lui sourit. La Méditerranée, caressée par les rayons du soleil, scintillait derrière leurs fenêtres.

— C'est endroit n'est peut-être pas si horrible, après tout, lâcha-t-il.

Leurs ébats l'avaient peut-être apaisé. Véronique aurait aimé qu'il reste quelques jours encore, mais ses filles n'allaient pas tarder à arriver. Elle lui proposa à la place de prendre un bain avec elle. Dans la salle de bains en marbre.

Ils discutèrent dans l'eau pendant un bon moment. Le lendemain, Véronique allait visiter le château avec ses filles ; elle se demandait si elle verrait les Marnier. Au sortir du bain, ils s'amusèrent à se sécher mutuellement. Aidan enfila un peignoir en tissu éponge et alla piocher un chocolat.

— Maintenant, je comprends mieux comment font les prostituées, dit-il en soupirant. Il ne t'a pas fallu plus d'une heure pour me corrompre. J'ai mangé la moitié de ta boîte de chocolats, ce peignoir est très agréable, le lit est incroyable, presque autant que ce qui s'y est passé, et cette baignoire me plaît beaucoup. Donne-moi une semaine, et je ferai tout ce que tu me demanderas.

Il rit, mais elle le connaissait bien : il n'abandonnerait pas ses principes. Même s'il avait l'air de passer un bon moment, ce qui la réjouissait.

Ils marchèrent jusqu'au bâtiment voisin où se trouvait le restaurant. Il y avait un immense buffet, mais ils préférèrent aller déjeuner plus simplement en dessous, près de la piscine. Ils s'attablèrent sur la terrasse, et après un repas délicieux, ils restèrent là, assis, à contempler le panorama. Une demi-douzaine de yachts plus incroyables les uns que les autres étaient amarrés.

— Tu vas me manquer, lâcha Aidan avec gravité. Appelle-moi quand tu veux. Je n'irai pas à Berlin avant demain, et puis je serai tout le temps joignable sur mon téléphone portable. Merci de m'avoir fait découvrir cet endroit : maintenant, au moins, je visualise où tu es.

Ils remontèrent dans la chambre pour avoir un peu d'intimité. Puis l'heure vint de son départ. Après un baiser ardent, elle le raccompagna jusqu'à la voiture, qu'un voiturier avait garée devant l'hôtel. La vieille petite Austin-Healey se trouvait entre deux Rolls, une Bentley et une Ferrari. Véronique et Aidan échangèrent un sourire. Le contraste ne paraissait plus le mettre mal à l'aise. Aidan avait beau s'être toujours méfié des riches, il frayait désormais avec eux, que cela lui plaise ou non. Véronique espérait simplement qu'il s'y habituerait suffisamment pour rester avec elle. De toute façon, hormis ces rares épisodes où elle s'octroyait des extravagances comme ce séjour à l'Eden Roc, elle vivait plutôt sobrement. Sa vie à Paris n'avait rien de fastueux. Son appartement était à dimension humaine. Même celui de New York n'était pas extraordinaire. Juste luxueux, c'est vrai... Elle ne put s'empêcher de se demander ce qu'Aidan penserait en le voyant. Clairement, l'hôtel du Cap était au-dessus de ses moyens et son faste l'avait stupéfié, mais il s'agissait d'un cas extrême – elle-même pouvait l'admettre. Et puis, finalement, il s'en était accommodé.

Il l'embrassa une dernière fois devant la voiture.

— Prends soin de toi. Et ne te laisse pas faire par tes filles, ni par qui que ce soit d'autre ! murmura-t-il.

Elle hocha la tête.

— Souviens-toi que je t'aime, Véronique. Je t'appellerai ce soir.

Aidan monta dans l'Austin-Healey, et, dans un grondement de moteur et une explosion du pot d'échappement, il la salua et partit. Le voiturier observa la scène sans broncher, et s'inclina devant Véronique lorsqu'elle rentra dans l'hôtel.

Une fois dans sa chambre, elle s'installa sur le balcon tout en constatant que le lit avait été refait pendant qu'ils déjeunaient. Il ne restait plus aucun signe de leurs ébats.

Il était difficile de croire à ce qui lui arrivait, de saisir à quel point Aidan comptait déjà pour elle. C'était comme s'ils étaient ensemble depuis toujours. Il s'était passé tant de choses depuis le premier regard qu'ils avaient échangé à Rome. Véronique avait l'impression d'être une autre femme. Elle avait le sentiment que le nom d'Aidan était inscrit partout sur son corps. Elle se demandait si Juliette et Joy le percevraient, ou décèleraient un changement en elle. Elle n'avait aucunement l'intention de leur parler de lui pour l'instant. C'était trop prématuré. Elle sentait le besoin d'attendre avant de faire les présentations.

L'après-midi, Véronique se promena dans le parc de l'hôtel, bercée par le chant des cigales. En attendant l'arrivée de ses filles, elle s'installa dans la cabane qu'elle avait louée. Leur avion atterrissait à 16 heures à Nice. Alors qu'elle regagnait sa chambre – il était près de 18 heures –, elle vit une Mercedes conduite par un chauffeur se garer, et Joy et Juliette en descendre. Elles étaient toutes les deux fort jolies. Juliette avait voyagé en jean, avec un tee-shirt et un sweat, alors que Joy portait un short. Comme à l'accoutumée, elle était d'une beauté époustouflante. Véronique les appela et toutes deux se retournèrent, visiblement contentes de voir leur mère.

— Vous êtes fatiguées ? leur demanda-t-elle quelques minutes plus tard en leur montrant leur chambre, contiguë à la sienne.

Joy et Juliette secouèrent la tête.

— Nous avons dormi dans l'avion, expliqua cette dernière. J'ai mangé du foie gras, alors que Miss USA s'est contentée de deux feuilles de laitue et d'une olive.

Juliette ne se sentait pas coupable pour un sou. Le fait d'être un peu plus pulpeuse que ses sœurs ne la dérangeait pas le moins du monde. D'ailleurs, tout le monde trouvait que Timmie et Joy étaient trop minces. La première à cause du stress, la seconde pour des raisons professionnelles.

— Qu'avez-vous envie de faire, alors ?

Elles répondirent à l'unisson qu'elles voulaient se baigner dans la piscine de l'hôtel. Quand elles furent prêtes, Véronique les suivit jusqu'au bassin, s'assit au bord de l'eau et y trempa ses pieds. Elle n'avait pas envie de nager. Elle se sentait agréablement détendue, et contemplait ses filles avec plaisir.

Le soir, elles se préparèrent pour aller dîner. Le restaurant était plutôt guindé : les femmes revêtaient d'élégantes toilettes et arboraient de beaux bijoux, et les hommes portaient la veste, même si, ces dernières années, la cravate n'était plus de rigueur. À l'époque où Véronique et Paul venaient ici tous les deux, les hommes étaient tenus de se présenter au restaurant en costume. L'atmosphère était désormais plus décontractée, mais l'élégance et le raffinement étaient toujours de mise. Certaines, parmi les plus jeunes, osaient de longues robes diaphanes en mousseline de soie. Elles avaient une allure éthérée et glamour. Juliette et Joy optèrent pour des petites robes noires courtes, alors que Véronique choisit un pantalon ample en satin blanc avec un chemisier en soie rose pétant et des boucles d'oreilles en diamants. C'était la seule tenue habillée qu'elle avait emportée dans ses bagages – et elle était bien contente de l'avoir fait. Il lui faudrait trouver autre chose pour le jour suivant.

Elles n'évoquèrent Sophie et Élisabeth Marnier qu'une fois le dîner bien entamé, lorsque Joy demanda à sa mère si elle avait l'intention de les rencontrer. Juliette avait pris rendez-vous avec elles le lendemain matin à 10 heures, avant d'aller au château.

— Tu pourrais nous retrouver après, maman, suggéra doucement Juliette. Et venir directement au château. Tu n'es pas obligée de les voir.

Les filles, elles, savaient qu'elles n'avaient pas le choix. Elles partageaient une propriété avec Sophie, leur demi-sœur, qu'elles étaient plutôt curieuses de connaître, d'ailleurs. Elles avaient promis de tout raconter à Timmie, laquelle brûlait d'impatience d'en savoir plus.

— Je ne sais pas, répondit Véronique. Parfois, je me dis que je n'ai pas envie de rencontrer Élisabeth Marnier, et puis quand j'y réfléchis, je me dis que c'était il y a longtemps et que, peut-être, je devrais y aller. Pour assouvir ma curiosité, au moins. Et pour vous, les filles.

Juliette et Joy comprenaient très bien l'ambivalence des sentiments de leur mère.

— Tu peux prendre ta décision demain matin, suggéra Joy.

Celle-ci lui parla ensuite du nouveau manager qu'elle avait engagé, Ron Maguire. Elle avait aimé sa façon de se présenter, et il jouissait d'une excellente réputation. Il avait beau n'avoir que trente-deux ans, il était connu dans le milieu pour lancer les talents de demain. Grâce aux agences de publicité avec lesquelles il travaillait, il avait d'excellents contacts pour des campagnes publicitaires nationales. Il lui avait également recommandé un agent, lequel lui avait déjà déniché de meilleurs rôles. La jeune femme était très excitée par la tournure que prenaient les choses. Grâce à son père, de nouvelles portes s'ouvraient devant elle. En l'écoutant, Véronique se sentit vaguement coupable. Jamais elle n'avait œuvré en faveur de la carrière de sa fille. Elle comprenait aujourd'hui à quel point le métier d'actrice lui tenait à cœur et s'efforçait d'accepter ce choix de carrière. Joy était assez mûre pour prendre les bonnes décisions, même si ces dernières n'étaient pas celles que Véronique aurait prises.

Elles restèrent à table un long moment à discuter. Juliette n'avait pas rouvert sa boulangerie depuis la mort de son père et n'en avait pas l'intention avant début septembre. Elle avait décidé d'embaucher du personnel et de faire des travaux en vue d'améliorer les locaux, comme son père l'avait suggéré dans son testament. Timmie, de son côté, n'avait pas encore beaucoup avancé dans son projet de foyer, mais d'après ses deux sœurs, elle le ferait en temps voulu.

Tandis qu'elles regagnaient leurs chambres dans le bâtiment adjacent, Véronique repensa aux Marnier. Si elle n'avait pas envie de rencontrer la mère, Élisabeth, elle éprouvait de la curiosité au sujet de Sophie. Elle allait suivre les conseils de Joy et laisser la nuit lui porter conseil.

Un peu plus tard, Véronique reçut un coup de fil d'Aidan. Il venait d'arriver à Stuttgart, où il passerait la nuit. Il avait roulé pendant des heures, sans même prendre le temps de s'arrêter pour manger. Pendant tout le trajet, il avait pensé à elle.

— Moi aussi, j'ai pensé à toi, Aidan. Tu me manques.

Véronique était assise sur le balcon, au clair de lune. Elle était heureuse qu'ils se soient aimés dans son lit avant son départ. De la sorte, elle pouvait l'imaginer avec elle, dans cet environnement si particulier ; c'était presque comme s'il était encore là. Et chaque fois qu'elle pénétrerait dans la salle de bains de marbre, Véronique se souviendrait de lui, dans la baignoire.

— Comment vont Juliette et Joy ?

À l'entendre, on aurait pu croire qu'il les connaissait.

— Bien. Elles appréhendent un peu, pour demain. Ce n'est pas rien de rencontrer la demi-sœur dont on vient d'apprendre l'existence.

— C'est le moins qu'on puisse dire. Qu'as-tu décidé ? Tu y vas, ou tu les retrouves juste au château ?

— Je verrai demain matin, en fonction de mon humeur.

— Je t'enverrai de bonnes ondes, dit-il affectueusement.

Aidan semblait fatigué. Elle savait qu'il était impatient d'arriver à Berlin le lendemain afin de commencer à organiser son exposition.

Ils bavardèrent encore un peu avant de raccrocher. Véronique resta sur le balcon un moment, admira la vue. Puis elle baissa les volets électriques de sa chambre, créant une obscurité parfaite. Ainsi, elle ne serait pas réveillée par les premiers rayons du soleil.

Allongée dans son lit, elle repensa à leurs ébats de la nuit précédente et à ceux d'aujourd'hui. Leur relation avait quelque chose de surréaliste : la façon dont ils s'étaient rencontrés, comment ils s'étaient retrouvés par hasard à Venise, puis leur périple ensemble, sur les routes d'Italie et de France. Jusqu'à cet hôtel, où il l'avait accompagnée malgré lui. Tout était arrivé si vite. Véronique avait du mal à croire qu'Aidan existait vraiment. Et pourtant, c'était bel et bien le cas, il venait de l'appeler, il lui avait dit qu'il l'aimait, et elle le croyait. Il attendait sa venue à Berlin. Véronique appréciait son sérieux, son intégrité, sa fierté, son intelligence, sa tendresse et sa gentillesse. Elle se remémora avec bonheur les moments spéciaux qu'ils avaient partagés ces derniers jours. Quoi que l'avenir ait en réserve, Véronique savait de tout son être que, aussi remarquable et incroyable que cela puisse paraître, leur histoire était réelle.

12

Jusqu'au départ de Joy et de Juliette pour Saint-Paul-de-Vence, Véronique hésita. Toutes trois étaient en train de prendre leur petit déjeuner sur la terrasse de sa chambre, dégustant les délicieux petits pains et confitures de l'hôtel, contemplant les oiseaux venus se poser furtivement près d'elles. Véronique avait-elle envie de les accompagner, oui ou non ? Alors que ses deux filles se dirigeaient vers la porte, elle se décida enfin :

— Attendez-moi ! les héla-t-elle.

Elle se précipita derrière elles, saisissant son sac au passage. Elle portait un jean et un chemisier blancs et avait mis des ballerines roses en prévision de la visite du château. Elle sauta dans la voiture. Un chauffeur allait les conduire à Saint-Paul-de-Vence, qui se trouvait à une demi-heure de route. Le château, quant à lui, se situait à quelques minutes à peine de là.

Joy s'assis à l'avant et bavarda avec le chauffeur. Véronique s'installa à l'arrière avec Juliette et resta silencieuse, observant le paysage qui défilait derrière la vitre. Elle repensait au jour où, cédant à l'insistance de Paul, elle avait acheté le château. Au début, son ex-mari avait même évoqué l'idée de s'installer là-bas. Il était tombé sous le charme de cette vieille bâtisse du XVIIIe siècle. Véronique avait également eu un coup de cœur, mais la restauration et l'entretien d'un château n'étaient pas une mince affaire. Tout cela coûtait fort cher. Cependant, l'engouement de Paul avait emporté l'adhésion de son épouse, et ils s'étaient lancés... Après le divorce, lorsque le château revint à Paul, les filles et elle cessèrent de s'y rendre. Paul, lui, y passait du temps en été avec des amis, puis il arrêta d'y aller quand le château commença à nécessiter de l'entretien. Il confia à quelques personnes des environs le soin de le surveiller et de réparer des petites choses. Mais pendant vingt ans, l'entretien sérieux du domaine fut sans cesse remis à plus tard, et désormais, il était de la responsabilité des nouveaux propriétaires. Véronique espérait que ses filles mettraient le château en vente avant qu'il ne devienne un fardeau pour elles. Aucune n'avait assez de temps dans sa vie pour ça. Déjà qu'à l'époque où ils étaient une famille unie, la bâtisse n'avait pas grand sens... Véronique n'avait pas envie de dépenser des fortunes pour le maintenir en bon état. Le château de Brize avait toujours été un gouffre financier.

La voiture traversa lentement Saint-Paul-de-Vence. Assises à l'ombre des arbres, des personnes âgées discutaient devant le restaurant, sur la place principale du village. Véronique aperçut la petite rue pavée qui remontait jusqu'à l'église en serpentant. Elle ne mesurait que quelques mètres de large. La partie médiévale de la ville était exclusivement piétonne. Ils continuèrent à rouler jusqu'à Biot, à quelques kilomètres de là. Cette jolie bourgade avait conservé ses anciennes fortifications.

Le rendez-vous était donné au cabinet médical où travaillait Élisabeth Marnier, situé d'après ses explications à quelques pas de son domicile. Sophie vivait sous le même toit qu'elle. Quelques minutes plus tard, la Mercedes s'arrêta devant une pittoresque maisonnette en pierre. On aurait dit le logis d'une souris dans un conte pour enfants. Une enseigne était suspendue devant la maison, et on pouvait y lire : « Élisabeth Marnier. Médecine générale. »

Les trois femmes sortirent du véhicule. Il n'y avait personne alentour. Joy, suivie de sa mère et de sa sœur, marcha jusqu'à la porte d'entrée et sonna. Une minute s'écoula sans que personne ne vînt leur ouvrir. Puis une femme blonde et mince, les cheveux tirés en arrière, apparut dans une robe en lin gris, légèrement froissée. Elle portait des chaussures plates et une montre en or au poignet. Son regard, grave, alla d'une femme à l'autre. Ses yeux étaient d'un bleu intense, et son visage, ridé comme si elle avait abusé du soleil dans sa jeunesse. Elle n'était pas maquillée et avait relevé ses lunettes sur sa tête. Elle avait l'allure simple d'un médecin de campagne. Elle esquissa un sourire circonspect. Véronique et Juliette s'avancèrent.

— Bonjour, leur dit-elle. Je suis Élisabeth Marnier.

L'odeur de désinfectant de son petit cabinet spartiate parvint jusqu'à leurs narines. Élisabeth regarda Véronique droit dans les yeux, puis lui tendit la main.

— Je vous dois des excuses, madame. Mon but n'a jamais été de vous causer du tort. Je n'ai jamais souhaité que vous soyez un jour au courant. C'était une terrible erreur.

Véronique ne s'attendait pas à tant de franchise et se trouva prise de court. Les yeux remplis de larmes, elle hocha la tête et serra la main d'Élisabeth. Cette femme avait quelque chose d'éteint en elle : sa beauté se devinait, mais elle n'était plus là ; elle appartenait au passé. Alors qu'elle avait cinq ans de moins que Véronique, elle semblait en avoir au moins dix de plus. Sa vie n'avait pas dû être facile. Elle avait travaillé dur, avait consacré de très nombreuses heures à ses patients… Rien qu'à la voir, on pouvait supposer que c'était une personne qui n'avait rien de futile.

Véronique avait du mal à imaginer que Paul ait pu tomber amoureux d'elle. Ce qui l'intéressait principalement chez une femme, c'était sa beauté. Cette liaison avait certainement été le fruit de l'ennui de Paul, un été au château. La date de naissance de Sophie, en mai, soit neuf mois après l'été, semblait accréditer l'hypothèse. Soudain, Véronique eut pitié de cette femme : se retrouver enceinte si jeune, d'un homme qui se moquait bien d'elle... Ou en tout cas, qui ne s'en était pas soucié très longtemps. Véronique se demanda si le fait d'avoir un cinquième enfant avait nourri l'ego de son ex-mari ou si, tout simplement, il n'avait pas pris ses précautions. Dans ce cas-là, Élisabeth avait lourdement payé le badinage de Paul en portant une fille qu'il n'avait quasiment jamais vue.

— Vous n'entrez pas ? demanda-t-elle poliment après avoir serré la main de Joy et de Juliette.

Elle les conduisit dans son cabinet. Tout y paraissait vieux et élimé mais d'une propreté immaculée. Une infirmière stérilisait les instruments. Elle disparut dès qu'elles s'assirent sur les chaises situées en face du bureau d'Élisabeth. Celle-ci chaussa ses lunettes et s'adressa à Joy et Juliette. Véronique, de son côté, essayait de se ressaisir après la bouffée d'émotion due à ce premier contact.

— Je sais que tout cela a dû être très difficile pour vous. Et j'en suis navrée. Sophie et moi n'avons jamais rien attendu de votre père. Il ne l'avait pas vue depuis qu'elle était enfant, et j'étais sans nouvelles depuis dix ans. Pour nous aussi, toute cette histoire de château a été un grand choc. Sophie étudie la médecine à Grenoble. Elle espère faire son internat à Paris et y faire carrière un jour. Elle envisage aussi de venir travailler avec moi au cabinet. Elle n'a nullement envie de garder ce château.

Alors qu'Élisabeth parlait au nom de sa fille, Juliette et Joy se demandèrent où celle-ci pouvait bien être. Avait-elle décidé de ne pas les rencontrer ?

— Je pense qu'elle serait plus que ravie de vous céder sa part contre la somme qui vous paraîtra raisonnable. Cela l'aiderait à subvenir à ses besoins pendant ses études. Plus vite elle sortira de cette affaire, mieux nous nous en porterons toutes.

Élisabeth n'évoqua pas le reste du legs, mais Arnold leur avait dit que le montant réservé à Sophie serait dérisoire une fois les sommes destinées à ses filles légitimes soustraites.

— Avez-vous l'intention de vendre le château ? s'enquit Élisabeth.

Juliette et Joy hochèrent la tête. Mme Marnier les impressionnait. Elle semblait être quelqu'un de très intègre, alors qu'elles s'étaient préparées à la détester, tout comme la demi-sœur dont elles venaient de découvrir l'existence.

— Nous ne voulons pas nous lancer dans la rénovation du château, expliqua Joy. Aucune de nous ne vit ici. Et nous ne venons plus en France en été. Si ce n'est une semaine de temps à autre, avec notre mère. Mes sœurs habitent à New York, et moi à Los Angeles. Garder ce château serait insensé.

Véronique écoutait la conversation attentivement.

— Est-ce que vous l'avez vu ? s'enquit gentiment Élisabeth.

Les deux filles secouèrent la tête.

— J'ai entendu dire malheureusement qu'il était en piteux état, poursuivit-elle. Je crois que votre père a cessé de l'entretenir il y a bien longtemps. Il l'a vu pour la dernière fois il y a treize ans. C'était aussi la dernière fois qu'il voyait Sophie, qui avait alors dix ans. Il n'est jamais revenu depuis.

On ne décelait pas l'ombre d'un reproche ou d'une accusation dans ses propos. Elle semblait n'avoir rien de bon ni de mauvais à dire au sujet de Paul. Cela confirmait le rapport du détective, dans lequel il était écrit qu'Élisabeth avait vécu pendant vingt ans avec un homme mort deux années auparavant.

— Nous allons voir le château aujourd'hui, expliqua Juliette.

Élisabeth hocha la tête.

Une jeune femme fit alors son entrée. Elle était très mince. Son visage dégageait une sorte d'innocence enfantine et était illuminé par deux grands yeux verts. Juliette

158

et Joy pensèrent d'abord qu'il s'agissait de la sœur cadette de Sophie, tant elle semblait jeune. Véronique, elle, n'eut aucun doute sur son identité : Sophie était le portrait craché de Paul. Et elle ressemblait beaucoup à Timmie. Un peu à Juliette…. Elle avait certes la blondeur de sa mère, mais Paul n'aurait pu la renier. Véronique en fut époustouflée.

Sophie leur sourit timidement. Elle était gracieuse, aérienne, avec ses longs cheveux qui descendaient en cascade dans son dos. Son visage était empreint de douceur : on aurait dit Alice au pays des merveilles.

— Voici Sophie, dit Élisabeth. Elle était très stressée à l'idée de vous rencontrer… Moi aussi, d'ailleurs. Nous ne savions absolument pas quel était votre état d'esprit à notre égard. J'apprécie vraiment la gentillesse dont vous faites preuve.

Elle sourit à sa fille et s'adressa à elle en français, une langue que seule Véronique comprenait parfaitement. Elle la rassura, lui expliquant qu'elles n'étaient pas venues en ennemies et étaient très sympathiques. Puis elle reprit le fil de leur conversation.

— Sophie ne parle pas très bien anglais.

La jeune femme hocha la tête. Il était difficile d'imaginer qu'elle avait vingt-trois ans.

— Elle veut devenir pédiatre.

Sophie hocha encore la tête. Elle était bien trop timide pour oser s'exprimer. Joy lui tendit la main et lui sourit chaleureusement.

— Salut, Sophie. Je suis Joy. Je suis la plus jeune de la famille. J'ai trois ans de plus que toi. J'habite à Los Angeles.

Sophie lui rendit son sourire.

— Je suis en fac de médecine, dit-elle en choisissant soigneusement ses mots en anglais. Je veux devenir médecin, comme ma mère.

— Moi, je cuisine, lâcha Juliette. Je vis à New York et je fais des sandwichs, des cookies… et des gâteaux, ajouta-t-elle en français en passant ses mains sur ses hanches généreuses.

Toutes se mirent à rire.

— J'ai ouvert une boulangerie. J'ai vingt-huit ans. Et notre sœur aînée, Timmie, travaille avec les sans-abri.

Élisabeth précisa, en français :

— Elle travaille avec des SDF.

— Oui. Elle a vingt-neuf ans et vit elle aussi à New York. Aucune de nous trois n'est mariée.

Juliette regarda intensément Sophie, et ajouta :

— Tu sais, tu ressembles comme deux gouttes d'eau à notre père et à Timmie...

Elles discutèrent encore quelques minutes, puis Véronique se manifesta enfin. Elle voulait savoir si Élisabeth et Sophie souhaitaient se joindre à elles pour la visite du château.

— Il faudrait que Sophie le voie, insista-t-elle.

Élisabeth partageait son point de vue, mais la jeune femme secoua vigoureusement la tête.

— Je ne veux pas du château de Brize, déclara-t-elle avec assurance. Je n'en ai pas les moyens.

— Ne t'inquiète pas. Nous non plus, dit Joy en souriant. Nous souhaitons le vendre, mais pas avant de l'avoir visité pour constater dans quel état il se trouve.

Sophie hocha la tête. Elle comprenait et était d'accord. Quelques instants plus tard, elles sortaient toutes. Élisabeth avait accepté de les accompagner. Les filles invitèrent Sophie à faire le trajet avec elles à l'arrière. Élisabeth prit sa voiture et les suivit.

Tandis que les kilomètres de la petite route qu'elle connaissait bien se déroulaient devant elle, Véronique eut l'impression de se trouver dans une sorte de rêve. Elle venait de rencontrer l'une des maîtresses de son ex-mari, et elle se rendait avec elle dans leur vieux château, la fille illégitime de Paul assise entre Juliette et Joy.

Le château apparut. Pendant quelques secondes, Véronique en eut le souffle coupé. La bâtisse de pierre était exactement telle que dans son souvenir, immuable. Elle s'élevait, élégante et noble dans le ciel d'azur, entourée par de magnifiques vieux arbres. Les haies de la propriété avaient été taillées, et les rosiers devant la maisonnette du gardien paraissaient sortir tout droit d'un conte de fées. Seuls quelques bâtiments annexes, en piteux état, pouvaient laisser penser que la propriété n'était pas entretenue comme il se devait.

Elles descendirent de voiture et furent accueillies par un gros toutou sympathique qui remuait la queue. Le gardien et sa femme sortirent peu de temps après de chez eux pour leur souhaiter la bienvenue. Ils étaient tellement âgés qu'on peinait à croire qu'ils fussent en mesure de s'occuper de quoi que ce soit. Cependant, le mari leur parut encore fringant.

L'homme ne connaissait pas Véronique, ayant été embauché bien après le divorce. Celle-ci lui expliqua en français qui elles étaient et lui donna la raison de leur présence : les filles de M. Parker venaient visiter la propriété. Le gardien répondit que l'avocat de monsieur Paul l'avait prévenu.

Il alla chercher les clés – d'énormes clés en fer, très anciennes – et commença à ouvrir l'immense porte. Véronique aperçut au loin les écuries, qui accueillaient jadis les poneys des filles. Paul et Véronique étaient des cavaliers chevronnés et aimaient à l'époque chevaucher à travers champs et forêts.

La porte grinça à la façon de celle d'un château hanté dans un film d'horreur. Le vieil homme affirma à Élisabeth et Véronique que son épouse faisait le ménage une fois par semaine, ce qui leur parut peu probable au vu des toiles d'araignée qui les accueillirent lorsqu'elles pénétrèrent dans le château. Dans le hall d'entrée, il y avait un long tapis d'Aubusson. Entendant un bruit, Juliette poussa un cri.

— Oh là, là ! Vous croyez qu'il y a des chauves-souris, ici ? s'écria-t-elle.

Les autres éclatèrent de rire.

— Certainement, répondit Véronique, mais le jour, elles dorment, tu sais.

Elles suivirent le gardien dans le salon. Une immense cheminée décorait la pièce. Le mobilier était toujours là, recouvert de draps, et les rideaux n'avaient pas changé. Leur couleur était tellement défraîchie qu'ils étaient presque méconnaissables. Deux tapis étaient enroulés. Le gardien ouvrit les volets, laissant le soleil filtrer à l'intérieur. Le salon était toujours aussi splendide ! Véronique revit les filles, enfants, en train de jouer dans cette pièce.

La vaste salle à manger était dotée d'une table pouvant accueillir jusqu'à trente convives. Il y avait des salles de réception plus intimes et une bibliothèque regorgeant de vieux livres. La cuisine était une relique d'un autre siècle, avec de grandes bouilloires en fer et une table ronde où Véronique, à l'époque, servait le repas aux filles.

La petite troupe emprunta le grand escalier majestueux pour se rendre à l'étage. Elles découvrirent une multitude de chambres charmantes avec vue sur le domaine. La chambre parentale remua chez Véronique toutes sortes de souvenirs douloureux. Elle avait longtemps cru qu'ils avaient été heureux là, Paul et elle, mais en réalité, ce n'était pas vraiment le cas. Élisabeth et Sophie en étaient la preuve vivante.

Il y avait six ou huit chambres à cet étage, et plusieurs salles de bains antiques et incroyables. Au-dessus, sous les combles, se trouvaient une douzaine de chambres de bonnes : des pièces de taille plus modeste, dotées d'une fenêtre en œil-de-bœuf. Sous le niveau du sol, enfin, il y avait une immense cave à vin, un espace de rangement, un saloir et une chaudière.

Le château était moins dégradé que Véronique ne l'aurait cru. Malgré tout, dans presque chaque pièce, elle avait vu des traces de fuites. La plomberie avait posé problème des années auparavant, l'électricité ne semblait pas aux normes, la cuisine n'était absolument pas pratique et méritait d'être entièrement rénovée. Le gardien avoua sans problème qu'à cause de la toiture il y avait des fuites dans toute la maison. Et les fenêtres étaient vermoulues. Bref, il y avait beaucoup de travaux à prévoir, mais aucune raison pour les filles de les entreprendre puisque jamais elles ne vivraient dans le château. Il était certes toujours très beau – à bien des égards même, il était encore plus beau que dans le souvenir de Véronique –, mais que diable en auraient fait trois jeunes femmes actives comme ses filles ? Même elle, qui vivait la moitié de l'année en France, ne voyait aucun intérêt à le garder.

Élisabeth, de son côté, secouait la tête en regardant autour d'elle, impressionnée par la taille et la splendeur de la bâtisse. Mais elle avait l'impression de visiter un vieux musée. Quant à Sophie, elle paraissait paniquée. Quand elles se retrouvèrent toutes au rez-de-chaussée, elle s'adressa à ses deux demi-sœurs.

— Pour moi, non, non, non, non, dit-elle en se pointant elle-même du doigt et en l'agitant ensuite. Bien trop grand pour moi et ma mère…

Elle mima ensuite un aspirateur et un balai en roulant des yeux.

— Pareil pour moi, s'empressa de dire Joy en français. Trop grand, trop vieux, trop cher, trop tout court.

Elle fit mine de se tirer les cheveux, faisant rire Sophie.

— Trop cher à réparer, ajouta cette dernière.

Élisabeth acquiesça avant de se tourner vers Véronique.

— Quel beau château ! s'exclama-t-elle avec admiration. C'est merveilleux. Mais Sophie n'en aura jamais l'usage. Nous habitons dans une toute petite maison près de mon cabinet, et j'y vis désormais seule presque toute l'année.

— Mes filles non plus n'en auront pas l'usage, déplora Véronique tout en songeant qu'il était bien dommage que le domaine ait été délaissé pendant tant d'années.

Et pourtant, pas plus que les autres, elle ne s'imaginait vivre là. Le château serait sans doute vendu à un Russe, qui en ferait un palais digne du Roi-Soleil. Car rares seraient ceux qui voudraient entreprendre les travaux nécessaires ou qui auraient les moyens de se lancer dans une telle aventure. Véronique le pouvait, mais c'était un casse-tête dont elle ne voulait pas.

Juliette, cependant, errait dans le château. Au moment de partir visiter les écuries, ils ne la retrouvèrent pas. Elle était retournée à l'étage. Elle finit par reparaître, la mine songeuse.

— Pitié, ne me dis pas que tu as un coup de cœur pour le château ! s'exclama Joy, visiblement agacée. Tu as vu les infiltrations d'eau dans chaque pièce, et les fenêtres ? Elles tombent en ruine ! Et à en croire le gardien, le toit est une vraie passoire. Nous devons le vendre, déclara-t-elle d'un ton déterminé.

Elle savait que Timmie partageait son point de vue.

— Je ne peux vraiment pas assumer un truc pareil, poursuivit-elle. Je vis à Los Angeles. Et je n'en ai pas les moyens. Toi non plus, d'ailleurs.

La petite troupe traversait de hautes herbes pour se rendre à l'écurie.

— Cela ferait un hôtel incroyable, finit par lâcher Juliette.

— Arrête... Il faudrait d'abord injecter des millions de dollars dans le projet, répliqua Joy avec pragmatisme.

Juliette avait toujours été une rêveuse – mais ce rêve-là, Joy n'en voulait pas.

— Ne me regarde pas comme ça. Nous devons le vendre, lança-t-elle sévèrement.

— Papa adorait cet endroit, répondit tristement sa sœur.

— Tu parles ! La dernière fois qu'il est venu remonte à treize ans. Il ne voulait pas s'embêter avec ce machin. Même Sophie est d'accord avec moi.

Elle pointa le doigt vers la jeune femme, laquelle hocha vigoureusement la tête. Elle était terrifiée à l'idée d'avoir à financer des travaux. Elle n'en avait pas les moyens.

Les cinq femmes visitèrent l'écurie et les dépendances, notamment la maisonnette du gardien, qui était en sacré désordre et sentait le pot-au-feu. Trois heures après leur arrivée, elles avaient tout vu, même les vieux lustres entreposés dans l'écurie. Véronique se rappelait les avoir achetés mais n'avait jamais eu le temps de les faire installer. Elle était surprise de les retrouver là. Paul n'avait vraiment rien fait depuis qu'elle était partie.

Véronique, Juliette et Joy raccompagnèrent les Marnier au cabinet médical, et Joy réitéra leur intention de vendre le château. Elle promit à Sophie et à sa mère de rester en contact avec elles. La jeune Française embrassa ses sœurs sur les deux joues. Élisabeth et Véronique se serrèrent la main. Cette dernière appréciait l'ancienne maîtresse de Paul bien plus qu'elle ne l'aurait souhaité et ne put s'empêcher de la prendre une fois de plus en pitié. Le sort que Paul avait réservé à cette femme était encore bien pire que le sien.

Sur le chemin du retour vers l'hôtel du Cap, Joy déplora le mauvais état dans lequel se trouvait le château. Juliette garda le silence, ce qui était louche. Elle admirait le paysage. Quant à Véronique, elle éprouvait de la nostalgie d'avoir revu la bâtisse, mais elle était entièrement en faveur de la vente.

— Je persiste à dire que cela ferait un bel hôtel, lâcha soudain Juliette d'un ton mélancolique.

Les yeux perdus dans le lointain, elle ne regardait ni sa mère ni sa sœur. On aurait dit qu'elle se parlait à elle-même.

— C'est proche de Saint-Paul-de-Vence, et à une demi-heure de la côte. L'emplacement est parfait. Et je ne suis pas si sûre qu'il y ait tant de travaux que ça.

Elle se tourna vers sa sœur.

— Tu es folle ou quoi ? lança cette dernière. Tu as vu dans quel état se trouve ce machin ? J'ai bien cru que le toit allait s'effondrer sur nos têtes. La cuisine est tellement moyenâgeuse qu'on s'attendrait presque à y trouver une sorcière en train de concocter des potions, comme dans *Macbeth*. Et les fenêtres… Ne me regarde pas comme ça, Juliette. Ce n'est pas une petite boulangerie à Brooklyn.

C'est un château qu'on n'a pas les moyens d'entretenir. Papa non plus ne les avait pas. Tâchons de nous en débarrasser au plus vite. J'ai hâte de récupérer l'argent de la vente. Timmie en a besoin pour son foyer. Et la somme pourrait être bien utile à Sophie, il me semble. Bref, je n'ai absolument pas envie d'entendre parler de ton projet farfelu. Si tu veux un hôtel, tu n'as qu'à en acheter un, mais sans moi !

Les yeux de Juliette se remplirent de larmes. Elle n'ouvrit plus la bouche de tout le trajet.

Arrivée à destination, Joy téléphona à Timmie et lui raconta leur rencontre avec Sophie et Élisabeth. Sa sœur aînée, soulagée d'entendre que les Marnier étaient des femmes charmantes, voulut savoir comment était le château.

— Une vraie ruine ! J'espère qu'on va pouvoir s'en débarrasser. Il faut avoir envie d'y laisser des millions pour l'acheter…

— Tu devrais demander à un agent immobilier de l'estimer avant ton départ, tu ne crois pas ?

Cela parut une bonne idée à Joy. Pendant que ses sœurs s'entretenaient au téléphone, Juliette alla dans la chambre de sa mère. Véronique était installée sur la terrasse, songeuse. Le fait de se retrouver dans cet endroit avait un triste parfum de déjà-vu, et sa rencontre avec Élisabeth et Sophie avait été un moment chargé d'émotions.

— Est-ce que je peux te parler deux minutes, maman ? demanda Juliette en la rejoignant. Ça va ?

— Oui. C'est juste que cette visite m'a bouleversée.

— Ah… Je suis désolée.

Juliette marqua un temps d'arrêt. Le moment était-il mal choisi ?

— Je sais que cela paraît fou, reprit-elle néanmoins, mais combien crois-tu que ça coûterait, de racheter les parts des autres ?

— Je n'en sais rien, répondit Véronique avec sérieux. Il nous faudrait une estimation du château. Il ne vaut sans doute pas grand-chose en l'état. Il y a tellement de travaux à prévoir.

— Je sais, lâcha Juliette avec gravité.

Elle était sous le charme de cette bâtisse – Véronique le lisait dans son regard.

— Maman... Pourrais-tu me faire une avance sur héritage afin que je l'achète ? Et j'utiliserais l'argent que papa m'a laissé pour le retaper. Si ça ne suffit pas, je peux aussi vendre la boulangerie. Et faire certains travaux moi-même... Qu'en penses-tu ? Tu m'aiderais à l'acheter ? Ces vieilles pierres m'ont parlé. Je les adore.

Paul avait quasiment tenu ces propos mot pour mot à l'époque, quand il avait insisté pour que Véronique achète le château. Encore un sentiment de déjà-vu...

— Tu penses que ma part de l'héritage suffirait ? Maman ?

Véronique hocha la tête. Cela suffisait amplement, mais elle garda cette réflexion pour elle.

— Il faut voir si c'est ce que tu veux vraiment. Il faut que tu réfléchisses bien. Tout d'abord, quel usage ferais-tu de ce lieu ?

— J'imagine que je viendrais m'installer ici, répondit Juliette. Je ne pourrais pas mener le chantier à distance.

— Cela te plairait de vivre ici ? s'étonna Véronique.

Aucune de ses filles n'avait jamais voulu s'installer en France ; elle devait même se battre pour qu'elles viennent la voir en été.

— Peut-être bien, oui. Je crois avoir trouvé l'endroit où j'ai envie de vivre.

— Hum. Donne-toi le temps de réfléchir avant de prendre une quelconque décision, insista Véronique.

Puis elle lui sourit. Jamais sa fille ne lui avait semblé aussi heureuse.

— Que penses-tu de Sophie ? lui demanda-t-elle pour changer de sujet.

— Elle est adorable. On dirait une gamine. Et elle ressemble comme deux gouttes d'eau à papa, tu ne trouves pas ?

— Et à Timmie et toi, fit remarquer Véronique en soupirant.

Juliette retourna dans sa chambre quelques minutes plus tard. Joy l'y attendait et la considéra d'un œil méfiant.

— Qu'est-ce que tu mijotes ?

Elle la savait capable de se lancer dans des projets complètement fous, comme le jour où elle avait abandonné l'histoire de l'art pour acheter une boulangerie à Brooklyn. Aux yeux de Joy, Juliette faisait toujours des choses un peu insensées – par exemple sortir avec de pauvres types.

— J'ai envie d'acheter le château, dit Juliette avec sérieux. Cela ferait un bel hôtel.

Joy comprit tout de suite que sa sœur ne plaisantait pas.

— Tu ignores tout de la gestion d'un hôtel, lui rappela-t-elle, agacée par la fantaisie permanente de Juliette.

— J'ignorais tout de la gestion d'une boulangerie aussi, et je m'en suis plutôt bien tirée.

— Et l'argent que papa t'a laissé pour ta boutique ?

— Papa nous a donné de l'argent afin que nous puissions réaliser nos rêves. Alors si mon rêve à moi, c'est de transformer le château en hôtel, je ne pense pas que ce soit un problème. Ça reste mon rêve.

Joy voyait bien que sa sœur était sincère. Elle secoua la tête.

— Je t'aime, Juliette, mais je crois que tu es officiellement folle. Cela va te coûter une fortune de retaper cet endroit. Tu comptes faire comment, bon sang ?

— Maman va peut-être m'avancer ma part d'héritage pour que je puisse l'acheter, si vous êtes d'accord pour me le vendre, bien sûr. Et pour les travaux, j'ai l'argent de papa.

— Tu es sérieuse, pas vrai ?

Joy dévisageait sa sœur d'un air éberlué. Juliette hocha la tête. Jamais elle n'avait été aussi sérieuse de toute sa vie. Elle avait l'impression que c'était écrit. Un dernier cadeau de son père, qui voulait qu'elle fasse plus de sa vie que simplement vendre des sandwichs à Brooklyn. Désormais, elle en avait la possibilité. Elle transformerait le château de Brize en un magnifique hôtel. Elle prendrait les manettes de la cuisine et préparerait des pâtisseries extraordinaires. Dans sa tête, les idées fusaient.

Les deux sœurs allèrent se baigner à la piscine, bientôt rejointes par Véronique. Toutes trois restèrent un bon moment dans la cabane, se relaxant et profitant du soleil, se désaltérant avec les merveilleuses boissons fraîches qu'un serveur leur apportait. C'était la grande vie, et se retrouver en famille était fort agréable.

Quand elle regagna sa chambre, Véronique reçut un appel d'Aidan.

— Comment ça s'est passé ? Tu les as rencontrées ?

Il parlait des Marnier.

— Oui. Elles sont charmantes, vraiment. Sophie a quelque chose d'angélique, comme son père. Et sa mère est quelqu'un de très bien. Le rapport disait vrai. C'est une personne pleine de bon sens, sérieuse et respectable. Elle a dû s'éprendre follement de Paul quand elle était jeune. Elle s'est excusée auprès de moi quand nous sommes arrivées. Avec le recul, je dois dire que ça s'est très bien passé. En revanche, d'un point de vue émotionnel, j'en sors épuisée. En plus, nous sommes allées toutes les cinq au château.

— C'était comment ?

— Encore plus beau que dans mon souvenir. Le restaurer coûtera une fortune. Timmie, Joy et Sophie veulent le vendre, évidemment. Mais Juliette a eu le coup de foudre : elle veut le transformer en hôtel ! C'est la rêveuse de la famille, mais je crois bien qu'elle est sérieuse. Elle veut racheter les parts de ses sœurs.

— Elle a les moyens ? s'étonna Aidan.

— Elle veut que je lui prête l'argent. Je pourrais, mais j'aimerais le faire avec l'accord de ses sœurs. Je n'ai pas envie qu'elles pensent que je la privilégie.

Véronique était extrêmement attentive à agir de façon équitable avec ses filles.

— Fais-le ! s'exclama Aidan. Ne lui retire pas ça. Si tu en as les moyens, aide-la. C'est peut-être son destin, pas juste son rêve.

— Si c'est le cas, nous trouverons une solution, répondit posément Véronique, touchée qu'il prenne le parti de sa fille.

— Si tu le fais, elle ne l'oubliera jamais. Dans le cas contraire, elle ne te le pardonnera pas.

— Nous avons beaucoup de choses à voir ensemble. Juliette veut vendre la boulangerie et s'installer ici.

— Son projet est vraiment sérieux, alors.

Aidan semblait tout aussi impressionné que Véronique par la détermination de Juliette.

— Oui, je crois.

— Bon, il semblerait que tout se soit mieux passé que prévu, conclut Aidan.

Cela faisait du bien à Véronique de lui parler. Il était réconfortant de savoir que quelqu'un s'intéressait à ce qui se passait dans sa vie. C'était inédit pour elle.

— Et toi ? Ton exposition ?

— Je n'ai pas encore mis les pieds à la galerie. Je voulais d'abord t'appeler.

Quel bonheur d'être sa priorité !

— Combien de temps tes filles restent-elles en France ? demanda-t-il, impatient qu'elle le rejoigne.

— Je n'en sais rien. Deux ou trois jours, pas plus.

— Dis-leur de se dépêcher. Je t'attends à Berlin, dit-il avec fougue. Tu me manques, Véronique.

— Toi aussi, tu me manques, répondit-elle avec un grand sourire.

C'était tellement bon de lui parler. Le meilleur antidote qui soit à la tristesse qu'elle avait éprouvée en revoyant le château. Elle avait eu l'impression de visiter tous ses rêves brisés. Alors qu'avec Aidan, tout était nouveau. C'était comme si elle était jeune et pleine d'espoir.

13

Ce soir-là, Joy et Juliette dînèrent avec leur mère dans le restaurant chic de l'Eden Roc. Après la rencontre avec les Marnier et la visite du château, les sujets de discussion ne manquaient pas. Toutes trois avaient été agréablement surprises par Élisabeth et Sophie, et Juliette ne pouvait s'arrêter de parler de son projet.

— Je pense pouvoir créer un endroit formidable, affirma-t-elle avec une détermination que Véronique ne lui connaissait pas.

La jeune femme ne quitterait pas la France avant d'avoir obtenu une estimation. Elle voulait également discuter avec un architecte du montant des travaux. Dès le lendemain matin, elle contacta un agent immobilier de Saint-Paul-de-Vence. Ils se donnèrent rendez-vous l'après-midi suivant.

C'était le dernier jour que Joy passait en France. Son agent l'avait informée par mail qu'elle avait une audition pour un rôle dans une série, le meilleur qu'on lui ait proposé jusqu'à présent. Elle serait à l'écran pendant un mois entier. Et son manager voulait lui parler d'une campagne publicitaire nationale pour une ligne de produits cosmétiques. Il s'agissait de deux formidables opportunités qu'elle ne souhaitait rater pour rien au monde, et elle avait hâte de rentrer. Son manager lui envoyait des textos à longueur de journée. Joy le décrivait comme un jeune homme intelligent et sympathique. Pour plaisanter, Juliette lui avait demandé si elle sortait avec lui, mais elle avait répondu que leur relation était purement professionnelle – même si elle admettait qu'il était bel homme. Véronique elle aussi nourrissait quelques soupçons, car elle trouvait ce manager particulièrement attentionné.

Mère et filles profitèrent de leur après-midi de détente dans la cabane, au bord de la piscine. Joy et Juliette nagèrent jusqu'à la plate-forme dans la mer, comme à l'époque où elles étaient enfants. Véronique était seule lorsqu'elle reçut un message de Nikolaï Petrovich. L'homme d'affaires russe voulait savoir à quel endroit de la planète elle se trouvait. Quand il apprit qu'elle était à l'hôtel du Cap avec ses deux filles, il s'empressa de lui écrire que son bateau était à Saint-Jean-Cap-Ferrat, et se dirigeait vers le Cap d'Antibes dans l'après-midi. Que dirait-elle de venir dîner sur son yacht avec ses filles ? Ce serait pour lui un honneur. Véronique était toute guillerette. Elle serait ravie de le revoir et trouvait amusant que Joy et Juliette le rencontrent. De plus, son bateau devait valoir le détour. Elle accepta donc son invitation, et Nikolaï l'informa qu'une chaloupe passerait les prendre à 20 heures au dock de l'Eden Roc. Quand les filles revinrent de leur baignade, Véronique leur fit part de la nouvelle.

— Nikolaï qui ? lâcha Juliette d'un air dérouté.

Elle n'avait jamais entendu son nom et se demandait comment sa mère le connaissait.

— Tu sais bien que je déteste les bateaux, maman, ajouta-t-elle. Je suis toujours malade comme un chien.

— Je pense que son yacht est tellement grand que tu ne risques pas d'avoir le mal de mer. Allez, viens !

— Comment le connais-tu ? s'enquit Joy, curieuse.

Sa mère n'avait pas pour habitude de traîner avec des milliardaires de la jet-set.

— Nous nous sommes rencontrés à Rome, où je me suis arrêtée avant d'aller à Venise pour enquêter sur le tableau de votre père.

Cette version omettait quelques détails, mais n'était pas fausse.

— Il est russe, précisa-t-elle pour les préparer au personnage haut en couleur qu'elles s'apprêtaient à rencontrer.

Elle espérait juste qu'il n'essayerait pas de séduire ses filles.

— Oh, quelle barbe, maman ! s'exclama Juliette.

De toute évidence, la perspective d'un dîner en mer à lutter contre la nausée ne l'enchantait pas. Quant à Joy, elle affirma qu'elle n'avait pas envie de passer sa dernière soirée en France avec un inconnu. Juliette hocha la tête.

— Je doute qu'on s'ennuie, insista Véronique d'un ton plein de mystère. Et si c'est le cas, je vous promets que nous rentrerons tôt. Faites-moi confiance, les filles. Je pense que ce sera une rencontre intéressante pour vous. C'est un vrai personnage.

— Tu es sortie avec lui, maman ? demanda Joy en toute innocence.

Juliette leva les yeux au ciel comme si cette idée était ridicule. Véronique songea qu'elles auraient encore plus de mal à croire qu'elle avait sillonné l'Italie avec un photographe britannique de onze ans son cadet et qu'elle avait l'intention de le retrouver à Berlin dès qu'elles seraient parties...

— J'ai juste dîné avec lui, répondit-elle simplement.

À 18 heures, elles quittèrent la cabane et regagnèrent leurs chambres pour se préparer. Cédant à l'insistance de leur mère, Juliette et Joy avaient accepté à contrecœur de dîner sur le yacht. Véronique s'allongea quelques instants sur son lit pour réfléchir : comment présenterait-elle les choses à Aidan ? Elle se rappelait à quel point il s'était montré jaloux de Nikolaï. Les textos de celui-ci l'avaient mis en rage. Elle préféra donc attendre que la soirée soit finie pour lui en parler et lui envoya un message elliptique : « Je vais dîner avec les filles. On se parle plus tard. Je t'aime, V. »

Elle s'assoupit une demi-heure et dut se préparer à la hâte. Elle ne prit même pas le temps d'admirer la mer par la fenêtre. Ce ne fut que lorsqu'elle passa chercher ses filles dans leur chambre qu'elle vit Joy en train de regarder un gigantesque yacht, qui avait jeté l'ancre non loin de l'hôtel. Il était deux fois plus grand que tous les bateaux alentour.

— Ça doit être un navire de guerre, ou alors un paquebot, dit-elle d'un air amusé.

Avec sa coque peinte de noir, le yacht avait quelque chose de menaçant. Deux grandes chaloupes étaient arrimées en poupe. Véronique aperçut des marins monter à bord de l'une d'entre elles.

— Je crois bien que c'est là que nous allons dîner ce soir, lâcha-t-elle.

Juliette la dévisagea, ébahie.

— Tu plaisantes, ou quoi ? C'est qui, ce type ?

— Un milliardaire russe. Je ne sais pas exactement ce qu'il fait, mais apparemment, il est très connu.

— Il doit être dans le trafic d'armes pour avoir un bateau de cette taille, fit remarquer Joy.

Toutes trois descendirent jusqu'au dock, où la chaloupe les attendait déjà. Six marins en uniforme, dont un officier, les accueillirent avec empressement. L'équipage était britannique. Les hommes les aidèrent à monter à bord. L'embarcation était ultrarapide. Mère et filles n'échangèrent pas un mot le temps de la courte navigation jusqu'à l'immense yacht. Finalement, Joy, poussée par la curiosité, demanda quelle était la taille du bateau. L'un des marins lui répondit qu'il mesurait 137 mètres et que c'était l'un des deux plus gros yachts au monde. Il ajouta que le navire était doté d'un héliport et d'une piscine. M. Petrovich était actuellement en train d'en faire construire une plus grande. Joy écouta en hochant la tête et en jetant des regards en coin à Juliette. Toutes deux avaient du mal à croire que leur mère puisse connaître le propriétaire de ce yacht. En voyant le personnage, elles redoublèrent d'étonnement.

Nikolaï les attendait sur le pont, vêtu d'un pantalon en lin et d'une chemise blanche ouverte sur une grosse chaîne en or. Il portait au poignet une Rolex en or dont le cadran était orné de diamants. Il parut enchanté de voir Véronique. Il l'embrassa chaleureusement et souhaita la bienvenue à Joy et Juliette. Une hôtesse leur offrit à chacune une flûte de champagne.

— Que diriez-vous de visiter le bateau ? leur proposa-t-il.

Toutes trois acceptèrent avec enthousiasme. Ils empruntèrent un escalier qui menait au pont supérieur. Là se trouvaient un immense solarium, un bar et un écran de cinéma extérieur pour les chaudes nuits d'été. Un hélicoptère trônait sur l'héliport.

Le capitaine et trois officiers leur montrèrent la timonerie, au niveau inférieur. L'équipage du bateau comptait cinquante membres, dont la plupart se tenaient sur le pont. Les trois femmes ne passaient pas inaperçues. Dès qu'il en avait l'occasion, Nikolaï se retournait et souriait à Véronique comme s'ils étaient de vieux amis, ce que Joy et Juliette ne manquèrent pas de remarquer. Véronique avait du mal à savoir si elles étaient horrifiées ou admiratives, mais nul doute que le yacht aux dimensions de paquebot les renversa.

Elles visitèrent six cabines, deux salons, une salle de cinéma, une salle de sport équipée de toutes les machines possibles et imaginables, et un spa dans lequel travaillaient des masseurs professionnels en uniforme, ainsi qu'un coiffeur et une manucure, comme le précisa fièrement Nikolaï. Il y avait également une bibliothèque, une immense salle à manger intérieure dont les murs étaient recouverts de boiseries, et une autre encore plus grande à l'extérieur, pour les dîners estivaux. Chaque niveau était doté d'un bar extérieur et d'une salle de jeux, car Nikolaï aimait jouer au poker avec ses amis. Leur dernière halte se fit en

175

cuisine, où trois chefs et quatre sous-chefs étaient occupés à préparer le repas. On aurait dit une ville flottante...

Ils se rendirent sur le pont principal, où du caviar les attendait. Le simple fait d'être là était une expérience extraordinaire. Juliette et Joy étaient aux anges. Leur hôte était charmant. Il était manifestement très fier de son navire et ravi de le faire visiter. Il avait certes un côté mal dégrossi, mais cela ne l'empêchait pas d'être extrêmement gentil et de se montrer très accueillant avec ses invitées.

Pour accompagner le caviar dont les filles se délectèrent, la vodka remplaça le champagne. Juliette ne semblait pas du tout avoir mal au cœur. Nikolaï leur expliqua que les énormes stabilisateurs dont le yacht était doté rendaient ses mouvements imperceptibles. Il ajouta qu'il possédait un bateau encore plus grand amarré dans les Caraïbes, près de Saint-Barth. Véronique ne put s'empêcher de se demander comment Aidan aurait réagi en voyant tout cela. Les mots manquaient face à une telle débauche de richesse. Le luxe était poussé ici à un degré tellement extrême qu'il en était presque irréel.

Nikolaï possédait des œuvres d'art qui valaient des millions et qui méritaient à elles seules le détour. Deux Picasso, plusieurs Pollock et une gigantesque toile de Chagall ornaient le salon principal. Les filles étaient stupéfaites, particulièrement Juliette, qui avait étudié l'histoire de l'art. Véronique les observait, amusée de les voir ainsi estomaquées.

Une heure plus tard, Nikolaï les invita à rejoindre la table du dîner. Le buffet fut un festin succulent : le homard y donnait la réplique au cochon de lait. Véronique songea soudain à la jeune femme croisée à Rome. Elle la soupçonnait de se trouver quelque part sur le bateau. Après tout, la dernière fois, la fille avait attendu Nikolaï pendant des heures dans une chambre de la suite tandis qu'ils dînaient tous les deux sur la terrasse. Il n'avait pas semblé gêné de la maintenir séquestrée de la sorte. Nikolaï était le genre d'homme qui avait toujours une belle femme à son bras, un peu comme un accessoire.

— Votre mère vous a-t-elle raconté notre rencontre pour le moins surprenante ? demanda-t-il aux filles pendant le repas.

— Non, répondit Joy en jetant un regard interrogateur à sa mère.

Maintenant qu'elle connaissait le personnage, la jeune femme était encore plus intriguée.

— J'ai failli la tuer à Rome, avec ma Ferrari, expliqua-t-il en posant des yeux contrits sur Véronique. C'était terrifiant, et votre mère a fait preuve d'une formidable indulgence. Il y avait beaucoup de circulation, et les gens conduisent comme des fous dans cette ville. J'aurais vraiment pu l'écraser ! Nous étions logés au même hôtel, alors je l'ai ramenée et j'ai appelé un médecin. Ensuite, nous avons dîné, dit-il fièrement, comme si, pour lui, il s'était agi d'un grand honneur.

Nikolaï les regarda avec un large sourire.

— Et maintenant, vous êtes sur mon bateau ! À Rome, j'avais promis à Véronique de faire venir mon yacht jusqu'à elle pour que nous dînions ensemble. J'ai tenu parole !

Le sommelier leur servit un Château Margaux 1983. Juliette était épatée.

— Maman, pourquoi tu ne nous as pas raconté cette histoire ? lui reprocha Joy.

— Ce n'était rien, j'ai tout juste eu quelques bleus, répondit Véronique pour minimiser l'incident.

Elle n'avait pas voulu les inquiéter, et surtout, une fois à Venise, elle avait rencontré Aidan et avait été trop occupée avec lui pour repenser à ce qui s'était produit.

— Elle a volé dans les airs comme un papillon, reprit Nikolaï en se souvenant du moment atroce où il avait cru l'avoir tuée. Rome est une ville très dangereuse. Comment c'était, Venise, au fait ? demanda-t-il en se tournant vers Véronique.

— Formidable ! Je suis allée au monastère dont je vous avais parlé. Les moines sont en train d'effectuer des recherches sur la toile. Pour l'instant, je n'ai pas de nouvelles. Et je suis également allée à Sienne et Florence. Fantastiques, ces villes ! J'adore le musée des Offices.

Ses filles la regardèrent avec stupeur.

— Quand est-ce que tu as fait tout ça ?

— Après Venise, répondit-elle innocemment. Avant de vous retrouver ici.

— Ça non plus, tu ne nous l'as pas dit. On croyait que tu étais retournée à Paris entre-temps.

— Puisque j'étais en Italie, j'en ai profité pour faire du tourisme.

Sa réponse était bien vague, et Joy et Juliette échangèrent un regard soupçonneux que Véronique choisit d'ignorer.

Tandis qu'ils dégustaient les desserts – des profiteroles et un soufflé au chocolat –, Nikolaï alluma un cigare.

— J'ai un projet pour vous, Véronique, annonça-t-il en souriant.

Joy et Juliette avaient remarqué que leur mère le troublait énormément.

— J'aimerais que vous réalisiez mon portrait. Il s'agit d'une commande. Je serai à New York cet automne, vous pourrez le peindre à ce moment-là.

Nikolaï ne lui demanda pas si le projet l'intéressait ou si elle en avait le temps. Il partait du principe que c'était le cas. Véronique ne put s'empêcher de rire.

— Vous ne savez même pas si mon travail vous plaît. Et je n'ai pas fait de portraits, de portraits sérieux je veux dire, depuis bien longtemps.

— Ma mère est une artiste de talent, intervint Joy.

— J'ai confiance en vous, dit Nikolaï en agitant son cigare dans sa direction.

C'était un Cohiba. Véronique adorait l'odeur que ce cigare cubain dégageait. Elle lui rappelait son père.

— Je vous transmettrai mes dates.

— Vous risquez d'être fort déçu par mon travail, Nikolaï.

Véronique n'était pas enchantée par le projet. À vrai dire, l'idée l'angoissait, même.

— Ça m'étonnerait. Je suis convaincu que vous êtes une artiste formidable, Véronique.

Le sommelier leur servit alors un Château d'Yquem, que les trois femmes savourèrent avec délectation.

Nikolaï évoqua ensuite sa collection d'art, et dit aux filles qu'elles étaient les bienvenues chez lui, à Londres, pour venir la voir. Ils bavardèrent encore une heure autour de la table, puis Véronique estima qu'il était temps pour elles de rentrer à l'hôtel : Joy partait tôt le lendemain matin. Toutes trois quittèrent Nikolaï à contrecœur. Il s'était montré un hôte extrêmement convivial, et dîner sur son yacht avait été une expérience inoubliable. Il les embrassa puis leur fit un signe de la main tandis qu'elles s'éloignaient en chaloupe. Véronique et ses filles avaient l'impression d'être des Cendrillon après minuit.

— Ça alors, maman, lâcha Joy. C'est fou, cette histoire ! C'est vrai qu'il a failli te tuer, à Rome ?

— Pas du tout. Il m'a ratée de beaucoup.

Grâce à Aidan, pensa-t-elle.

— Mais il s'est comporté avec beaucoup d'élégance. Sa suite au Hassler était incroyable, et nous avons dîné sur sa terrasse.

— Eh bien, tu n'as pas froid aux yeux, maman, lui dit Joy, qui la voyait sous un jour nouveau.

Véronique se mit à rire. Jamais ses filles n'auraient cru qu'elle pourrait connaître quelqu'un comme lui. Il était vrai que ce genre de rencontre ne lui arrivait pas tous les jours...

— Mais non. Sa compagne était là. Une femme magnifique, plus jeune que toi.

— Ça ne m'étonne pas, fit remarquer Juliette. J'ai aperçu une très jolie fille dans le salon de coiffure tout à l'heure. Je n'en reviens toujours pas, de ce bateau. Ce type doit être l'homme le plus riche du monde.

— Juste l'un des plus riches, la corrigea Véronique.

— Son bateau était malgré tout incroyable, n'est-ce pas ?

— Je ne comprends pas que tu ne nous aies pas parlé de Florence, lui reprocha soudain Joy.

— Les filles, vous êtes très occupées, et la plupart du temps, je ne fais rien de particulièrement excitant. Pour moi aussi, Nikolaï est un OVNI. Mais je me suis dit que ça vous plairait de voir son bateau. Il m'en avait parlé.

— En tout cas, tu avais raison, maman : je n'ai pas le mal de mer sur des bateaux comme ça, dit Juliette

Sa mère et sa sœur se mirent à rire. Le vin aidant, elles étaient bien joyeuses.

Véronique dit au revoir à Joy le soir même car elle partait très tôt le lendemain. À peine se retrouva-t-elle dans sa chambre qu'elle reçut un coup de fil d'Aidan. Il lui avait laissé un message plus tôt et semblait inquiet.

— Où étais-tu ce soir ?

— J'ai fait un truc complètement fou, avoua-t-elle.

— C'est-à-dire ?

— Nikolaï Petrovich était dans le coin à bord de son yacht et il m'a invitée à dîner avec les filles. J'ai pensé que ça les amuserait.

— Mais qu'est-ce qu'il veut, ce type ? grogna Aidan.

Véronique savait qu'il réagirait mal, mais elle n'avait pas voulu lui mentir. C'était une mauvaise habitude, qu'elle ne souhaitait pas prendre – tant pis si son programme déplaisait à Aidan.

— Il voulait juste nous montrer son bateau. Pour les filles, ça a été une sacrée découverte.

Elle tut le fait qu'il en avait été de même pour elle et qu'elle avait trouvé la soirée fabuleuse.

— Il va sans doute essayer de coucher avec l'une de tes filles, lança Aidan d'une voix désapprobatrice.

— J'espère bien que non, répondit-elle avec légèreté. Il est plus âgé que moi.

— Ou alors, il va vouloir coucher avec toi.

Cette idée, évidemment, le paniquait.

— Ne raconte pas de bêtises, Aidan. La fille qui était avec lui à Rome avait à peine vingt ans. Bon, et toi, qu'as-tu fait ce soir ?

— Tu m'as manqué, Véronique. J'ai dîné avec mon agent, c'est beaucoup moins plaisant qu'avec toi. Et l'accrochage a commencé, mais c'est difficile de faire avancer les choses, ici.

Aidan lui raconta les soucis logistiques liés à son exposition et se détendit peu à peu au fil de la conversation. Une galerie new-yorkaise lui avait fait une très belle offre. Elle souhaitait vendre des tirages limités de ses photos. Ce genre de propositions lui permettait de vivre entre deux expositions. Ses œuvres ne l'avaient pas encore rendu riche, mais lui assuraient de quoi vivre correctement. Et il espérait qu'une fois que ses photos se retrouveraient dans des galeries elles prendraient de la valeur. Il y travaillait.

Véronique lui apprit que Joy partait dans quelques heures et que Juliette retournait au château avec un agent immobilier afin qu'il estime la bâtisse.

— Elle n'en démord pas.

— Et toi, tu vas l'aider ?

— Oui, répondit-elle.

Cela sembla satisfaire Aidan. La tension entre eux s'était complètement dissipée.

Quand vint le moment de raccrocher, il répéta néanmoins :

— Mais je t'en prie, évite de dîner encore avec ce Russe. Je suis certain qu'il est dangereux. C'est sûrement un marchand d'armes, ou quelque chose dans ce goût-là.

— Peut-être, concéda-t-elle.

Elle s'abstint de lui dire que Nikolaï lui avait confié la réalisation de son portrait. Elle n'avait nullement envie de le contrarier à nouveau.

Véronique se dirigea vers la terrasse de sa suite et contempla l'immense yacht au loin. Il était tout illuminé, telle une ville flottante. Elle songea à ces deux hommes qu'elle avait rencontrés cet été. Nikolaï et Aidan… Il n'y avait pas plus différents que ces deux-là... L'un exhibait sa fortune à la moindre occasion, tandis que l'autre abhorrait les riches et croyait aux valeurs simples. Véronique appréciait Nikolaï, mais c'était Aidan qui faisait battre son cœur. Elle s'endormit sur ces pensées.

Le lendemain, elle s'aperçut à son réveil que le yacht était parti. Nikolaï lui avait envoyé un texto lui expliquant qu'il retournait à Monaco pour y chercher des amis. Si elle souhaitait dîner de nouveau avec lui, il suffisait qu'elle lui envoie un message. Véronique se contenta de le remercier pour la merveilleuse soirée de la veille.

Elle rejoignit Juliette dans la cabane au bord de la piscine un peu plus tard. Sa fille prenait des notes au sujet du château ; elle avait bien l'intention de voir un architecte avant de partir. Elle ne dit pas à sa mère qu'elle allait retrouver Élisabeth et Sophie dans l'après-midi, sur le chemin du château. Elle voulait les revoir avant de rentrer à New York car elle appréciait les deux femmes.

L'après-midi, Véronique passa des heures à lézarder au soleil avec un livre. Elle se sentait heureuse. Tout s'était bien passé avec ses filles. Quand Juliette repartirait, elle se rendrait à Berlin et reprendrait le fil de son histoire avec Aidan. Il n'y avait pas un nuage à l'horizon dans sa vie.

De son côté, Juliette mettait ses plans à exécution. Lorsqu'elle arriva au cabinet d'Élisabeth, à Biot, elle dut attendre un peu, car cette dernière était avec un patient. Juliette feuilleta un magazine français. Dix minutes plus tard, Élisabeth émergea en blouse blanche de son bureau, un stéthoscope autour du cou. Quelle surprise pour elle de voir Juliette se lever et lui sourire chaleureusement !

— J'allais au château, expliqua la jeune femme, et j'ai eu envie de m'arrêter pour vous dire bonjour.

Élisabeth parut touchée.

— Votre mère et votre sœur sont-elles avec vous ?

— Non, ma sœur est repartie à Los Angeles ce matin, et ma mère est à l'hôtel. Je suis venue seule, j'ai rendez-vous avec un agent immobilier pour une estimation du château. Il nous en faut une.

Élisabeth acquiesça.

— Il y aura beaucoup de travaux, lui rappela-t-elle.

— Oui, je sais. Sophie est-elle là ?

— Elle est partie voir des amis à Saint-Paul-de-Vence il y a un petit moment. Elle était vraiment heureuse de vous rencontrer hier. Vous avez été adorables avec elle. Elle avait peur que cela se passe mal. Moi aussi. Votre mère s'est comportée avec beaucoup d'élégance... Cela n'a pas dû être facile pour elle.

— Elle aussi vous a appréciées, répondit simplement Juliette. Elle se sentait bien mieux après vous avoir rencontrées, même si revoir le château l'a rendue triste. Pour elle, cet endroit est chargé de souvenirs.

Élisabeth hocha la tête. Le château avait réveillé en elle beaucoup de choses aussi. Elle n'en avait rien dit la veille, mais Paul l'y avait emmenée plusieurs fois. C'est là, même, que Sophie avait été conçue. Elle n'en était pas fière. Quand elle était jeune, elle avait agi de façon inconsidérée. Bien entendu, elle garda ces réflexions pour elle. Mais cela expliquait pourquoi elle serait soulagée quand le château serait vendu. Les fantômes qui le hantaient étaient bien trop nombreux et lui rappelaient un passé pétri de regrets.

— J'espère que vous le vendrez bientôt, dit Élisabeth en raccompagnant Juliette jusqu'à la voiture.

La jeune femme ne lui parla pas de son projet, qu'elle souhaitait laisser mûrir un peu plus. Elle promit de leur rendre une dernière visite avant de rentrer aux États-Unis.

— Vous passerez le bonjour à Sophie de ma part !

Quand Juliette arriva au château de Brize, l'agent immobilier l'attendait. C'était un homme sérieux qui connaissait bien la région. Il était au courant de toutes les dernières ventes. Il préféra la prévenir tout de suite : le château était trop délabré pour qu'elle puisse espérer en tirer un bon prix. Il souhaitait néanmoins visiter la propriété de fond en comble, afin d'établir une estimation rigoureuse. Le gardien avait tout ouvert pour eux. L'agent immobilier examina chaque recoin, s'adressant à elle tantôt en anglais, tantôt en français – ce qui ne posait pas de problème à Juliette. Lorsqu'ils en eurent fini, il était presque 18 heures. Tous deux avaient chaud et étaient fatigués. Ils s'installèrent sur les marches du château. L'homme parcourut ses notes et la regarda d'un air inquiet.

— Je ne veux pas vous décevoir, chère madame, ou vous donner de faux espoirs. Tout est à revoir : la plomberie, l'électricité, la toiture... Pour rendre cette demeure habitable, il faudra y investir beaucoup d'argent. Cela coûtera sans doute plus cher en travaux qu'à l'achat. Je ne pense pas que vous puissiez en tirer plus de 600 000 dollars. 650 000 maximum.

Cela signifiait donc qu'une part valait 150 000 dollars et donc qu'elle devrait à ses sœurs un peu plus de 450 000 dollars en tout, si elles étaient d'accord avec cette estimation. Elle savait que sa part de l'héritage de sa mère était plus élevée... Et elle utiliserait l'argent que son père lui avait laissé pour commencer les travaux. Elle pourrait aussi vendre sa boulangerie pour compléter. C'était une entreprise onéreuse et de longue haleine. Mais elle pourrait la réaliser par petits bouts, voire même vivre sur place dès que le château serait habitable.

— Avez-vous un entrepreneur à me recommander dans les environs, et un architecte ? s'enquit Juliette.

— Oui, il y a une entreprise très sérieuse à Saint-Paul-de-Vence.

— J'aimerais faire estimer les travaux.

Il hocha la tête et nota le nom sur un bout de papier qu'il lui tendit. Jean-Pierre Flarion, avait-il écrit, avec un numéro de téléphone et une adresse. La jeune femme le remercia et lui versa la somme modeste sur laquelle ils s'étaient mis d'accord pour l'estimation.

— Souhaitez-vous que je le mette en vente maintenant ? lui demanda-t-il avec espoir.

— Pas encore. Je vous tiendrai au courant. Au revoir, monsieur.

Dans la voiture, Juliette appela le cabinet d'architecte depuis son téléphone portable. Au bout de quelques sonneries, quelqu'un décrocha.

— Oui ? répondit une voix stressée.

Elle demanda à parler à M. Flarion. C'était lui. Juliette expliqua que c'était au sujet d'un château qu'elle voulait faire rénover.

— Quel château ? demanda l'homme, intrigué.

— Le château de Brize.

— Ah, je le connais : il est inoccupé depuis des années. Et en piteux état. Vous pensez l'acheter ?

— Il m'appartient, répondit-elle. Il était à mon père. Accepteriez-vous de venir y jeter un coup œil demain ?

— Pourquoi pas. Un instant, s'il vous plaît.

Il reprit la ligne une minute plus tard.

— Je peux demain matin à 10 heures. Le reste de la semaine, je serai à Nice.

— Demain matin 10 heures, c'est parfait, dit-elle en sentant une vague d'excitation la parcourir.

Elle allait voir un architecte ! Si vite ! Elle avait envie de hurler de joie, mais se contenta de le remercier d'une voix pleine d'entrain avant de raccrocher.

Dès qu'elle arriva à l'hôtel, elle alla trouver sa mère dans sa chambre. Quand elle vit l'étincelle dans le regard de sa fille, Véronique sut que le rendez-vous s'était bien passé. Elle sourit à Juliette.

— Alors ? Qu'a-t-il dit ?

— Il a estimé le château entre 600 000 et 650 000 dollars, ce qui signifie que cela me coûterait autour de 450 000 euros de racheter les parts des filles. Tu me prêterais cette somme, maman ?

Elle retint son souffle. Véronique réfléchit et hocha la tête.

— Comment feras-tu pour payer les travaux ?

— J'utiliserai l'argent de papa ainsi que ce qui me restera des fruits de la vente de la boulangerie après remboursement de la somme que je te dois là-dessus. Cela m'aidera à démarrer.

— Je crois qu'il serait préférable que je te prête plus d'argent dès le départ, pour payer une partie des travaux. Mais il faut que tu consultes les filles pour voir si elles sont d'accord avec tout ça et si elles acceptent ton offre.

Elles firent des calculs. Véronique était une femme pragmatique. Quand elle regagna sa chambre, Juliette était sur un petit nuage. Elle allait avoir un hôtel !

Ce soir-là, elles dînèrent dans un petit restaurant du vieil Antibes. Véronique était passée devant plusieurs fois avec Aidan. C'était un établissement sans chichis et chaleureux. Après le repas, elles se promenèrent un peu avant de rentrer à l'Eden Roc.

Cette nuit-là, Juliette eut bien du mal à fermer l'œil tellement son esprit fourmillait d'idées sur les travaux à entreprendre. Elle savait exactement comment agencer la cuisine. Tous les plats du restaurant seraient faits maison. Ils feraient pousser leurs propres légumes… Elle imaginait déjà le château de Brize dans la liste des Relais et Châteaux. Ses plans se poursuivirent dans ses rêves : la propriété était magnifique ; il y avait des chevaux dans les écuries, des fleurs dans les jardins, des légumes anciens dans le potager… Quant à elle, elle dormait dans sa chambre, au château.

14

Le lendemain matin, Juliette arriva dix minutes en retard à son rendez-vous. Jean-Pierre Flarion l'attendait. Après sa nuit agitée, elle avait eu du mal à se réveiller et avait dû se préparer à la hâte.

C'était un homme d'environ trente-cinq ans, au physique agréable. Il avait apporté tout ce dont il avait besoin : carnets, mètre, appareil photo, ordinateur. Juliette se confondit en excuses. Elle n'avait pas eu le temps de se coiffer convenablement, et ses cheveux formaient un nuage de boucles blondes. Elle avait mis un jean et des baskets afin de pouvoir explorer avec lui la propriété dans ses moindres recoins sans se soucier de se salir. Jean-Pierre Flarion parut surpris en la voyant.

— J'imaginais quelqu'un de plus âgé, avoua-t-il tandis qu'ils entraient dans le château.

Il lui jetait des coups d'œil curieux, paraissant s'intéresser davantage à elle qu'à la bâtisse et aux travaux. Son anglais était impeccable, ce qui simplifiait les choses.

— Je viens juste d'hériter de mon père, expliqua-t-elle. Mes sœurs et moi en sommes les propriétaires. Je veux racheter leurs parts, et en faire un hôtel.

— C'est une idée intéressante.

Il sortit un iPad, commença à faire un tableau, et Juliette songea qu'il ne perdait vraiment pas de temps.

— Il va falloir que vous embauchiez quelqu'un pour superviser le chantier, poursuivit-il, pragmatique.

— Je peux m'en charger. Et c'est moi qui gérerai la cuisine, aussi, répondit Juliette.

Il hocha la tête, impressionné par son enthousiasme sans bornes.

Ils examinèrent méthodiquement chacune des pièces du château. Jean-Pierre mesurait et prenait des notes. Ils discutèrent avec le gardien des fuites ainsi que de l'état de la toiture.

— En fait, je ne sais pas s'il me faut plutôt un architecte ou un entrepreneur, dit Juliette avec sérieux.

— J'ai les deux casquettes, ne vous inquiétez pas. Et vous avez raison : il ne faut rien changer à la structure. La garder telle quelle est une bonne idée. En revanche, il va falloir envisager de sacrés travaux de restauration.

— Je sais, dit-elle sans se décourager.

Juliette se demanda quels étaient les honoraires de Jean-Pierre Flarion. Au moins, il était du cru. Elle n'avait pas envie de faire venir un architecte parisien à la mode. Pas plus que quelqu'un de Nice, d'ailleurs.

Ils explorèrent le château jusqu'à l'heure du déjeuner. Juliette était recouverte de la poussière et de la saleté accumulées au fil des ans. Ils étaient d'accord sur la cuisine : elle exigeait de gros travaux. En revanche, les meubles des chambres et des pièces de réception paraissaient tout à fait convenables à Juliette. Il faudrait juste les retapisser et refaire des rideaux. Et les tapis que sa mère avait achetés étaient toujours beaux et dans l'air du temps.

— S'il vous manque des choses, sachez que vous pouvez trouver de très belles pièces dans les ventes aux enchères du coin, lui apprit Jean-Pierre.

Quand ils eurent vu tout ce qu'il y avait à voir, Jean-Pierre Flarion lui dit qu'il devait retourner au bureau afin de faire des calculs.

— Je peux vous fournir une estimation du coût des travaux d'ici la fin d'après-midi.

— C'est parfait.

Juliette n'avait pas envie qu'il sache qu'elle était descendue à l'Eden Roc et lui donna par conséquent son numéro de portable. Il promit de l'appeler. Puis il la surprit en lui demandant si elle souhaitait déjeuner avec lui. La jeune femme hésita un instant avant d'accepter.

Quelques minutes plus tard, ils s'attablaient dans le restaurant sur la place de Saint-Paul-de-Vence. Jean-Pierre lui proposa de goûter la socca, un plat local semblable à une pizza, mais à base de farine de pois chiches. Ce mets sentait divinement bon quand il sortait du four.

L'architecte était un homme relativement direct.

— Pourquoi vouloir vous encombrer d'un château délabré ? lui demanda-t-il sans détour. Pourquoi ne pas le vendre, plutôt ?

— Je suis tombée sous le charme, que voulez-vous… A l'instant où j'ai vu la bâtisse, j'ai su que je voulais en faire un hôtel. J'ai l'impression que c'est mon destin.

Elle lui parla de sa petite boulangerie – comment elle avait laissé tomber une carrière en histoire de l'art pour suivre des cours au Cordon Bleu. Elle évoqua sa passion pour la cuisine.

Jean-Pierre, lui, raconta que tout le monde était avocat dans sa famille. Son père aurait voulu qu'il travaille dans le cabinet familial à Draguignan, mais il avait refusé. Il était devenu architecte, et s'était installé à Saint-Paul-de-Vence, une ville qu'il avait toujours aimée. Désormais, il avait sa propre affaire. Il paraissait très fier de ce qu'il avait accompli. Ils discutèrent ainsi à bâtons rompus pendant deux heures. Il promit de la rappeler un peu plus tard dans l'après-midi avec une estimation. Juliette le remercia pour le déjeuner et partit.

Jean-Pierre souriait en arrivant au bureau. Il n'avait jamais rencontré personne comme Juliette. Cette fille débordait d'enthousiasme, d'énergie et de bonnes idées. Elle avait quelque chose de généreux, et tout en elle était féminin, de son visage à ses lèvres sensuelles en passant par son corps. Se concentrer sur ses paroles plutôt que sur son apparence merveilleuse lui avait demandé un effort surhumain. Il n'avait eu envie que d'une chose : la contempler.

Lorsqu'il l'appela sur son téléphone portable plus tard dans l'après-midi, il se fit l'impression d'être un pauvre adolescent tout timide et ridicule. Juliette était installée au bord de la piscine avec sa mère, à qui elle racontait justement leur entretien.

L'estimation qu'il lui donna pour les travaux lui parut basse.

— Vous êtes sûr ?

Elle se méfiait : elle ne voulait pas qu'il l'attire avec ce chiffre alléchant et qu'ensuite il multiplie la note par deux.

— Cela vous semble trop cher ? demanda-t-il, inquiet.

— Non, pas assez ! Je ne veux pas avoir de mauvaises surprises plus tard.

— Vous avez raison, il faut toujours prévoir une marge quand on s'engage dans des travaux. Mais j'ai fait des calculs précis, je n'ai pas cherché à minimiser la note. Enfin, si cela vous arrange, je peux multiplier le montant par deux...

Juliette se mit à rire.

— Non. OK, c'est parfait.

— Quand souhaitez-vous commencer, alors ?

Juliette réfléchit.

— Il me faudra sans doute un ou deux mois pour organiser les choses à New York. Si ce n'est plus. Disons fin septembre, début octobre. Est-ce que ce serait possible pour vous ?

— Je trouverai le temps. Prévenez-moi juste dès que vous aurez une date précise.

Comme Juliette lorsqu'elle avait vu le château, Jean-Pierre avait eu le sentiment en voyant la jeune femme qu'elle faisait partie de son destin.

— Merci, dit-elle avec un soupir de soulagement. À bientôt, alors.

Sur ce, Juliette se tourna vers sa mère.

— J'ai un architecte. Il ne me reste plus qu'à racheter les parts des filles, vendre mon magasin et c'est parti !

Véronique sourit. Jamais elle n'avait vu sa fille aussi heureuse, aussi vivante. Juliette savait exactement ce qu'elle voulait.

— Quand rentres-tu ? lui demanda-t-elle.

Juliette hésita. Elle souhaitait revoir Sophie, mais elle ne voulait pas perdre de temps.

— Demain, répondit-elle avec fermeté. Je vais demander au concierge de me trouver un vol au départ de Nice. Et toi, maman ? Tu restes encore un peu ?

— Non, je crois que je vais partir demain aussi. Cela ne sera pas drôle, ici, sans vous.

Véronique ne précisa pas qu'elle allait à Berlin, et non à Paris. Elle était aussi excitée à l'idée de revoir Aidan que Juliette de transformer son château, mais elle garda sa joie pour elle-même. Elle avait hâte de l'aider à organiser son exposition. Dès que Juliette plongea dans la piscine, Véronique lui envoya un texto. Aidan sauta de joie en apprenant qu'elle serait bientôt à ses côtés.

15

Cinq heures après le départ de Juliette, Véronique prit un vol direct pour Berlin. À l'aéroport, Aidan l'attendait, un large sourire aux lèvres. Ils n'avaient été séparés que quelques jours, mais tous deux avaient l'impression que cela faisait une éternité. Main dans la main, ils se dirigèrent vers le parking. Lorsqu'elle vit l'Austin-Healey, Véronique eut la sensation de rentrer à la maison. Aidan avait une mine fatiguée. Il portait un tee-shirt élimé et un jean troué. Il s'était chargé lui-même d'encadrer ses photos. Véronique lui raconta les derniers événements tandis qu'ils roulaient sur la nouvelle autoroute qui reliait l'aéroport à Berlin.

— Je suis sûre que l'estimation faite par l'agent immobilier conviendra aux trois filles. Et elles seront contentes de récupérer rapidement l'argent, surtout Joy et Sophie.

À l'approche de la ville, ils quittèrent l'autoroute et se trouvèrent bientôt dans le quartier de Berlin-Mitte. Aidan lui montra quelques monuments, ainsi que l'emplacement du mur et de Checkpoint Charlie. Véronique était impatiente de découvrir la ville avec lui. Ils logeaient dans un petit Bed and Breakfast de Brunnenstrasse, où se trouvaient sa galerie et d'autres lieux avant-gardistes, comme Curators Without Borders, une initiative de Sarah Belden, une New-Yorkaise. Il y avait des graffitis partout, et les immeubles étaient gris et austères. Aidan l'avait prévenue que leur hôtel n'était pas très chic, mais il l'avait retenu pour sa localisation, si proche de la galerie. Il avait bien compris que Véronique n'avait pas du tout le même train de vie que lui, mais il ne cherchait pas à lui en mettre plein la vue. Il voulait partager avec elle son quotidien.

Quand elle déposa ses affaires à l'hôtel, elle ne put s'empêcher de rire en constatant que c'était encore pire que ce qu'il avait décrit. À la réception, un étudiant au crâne rasé et aux nombreux piercings et tatouages les accueillit. Il eut du mal à mettre la main sur les clés d'Aidan, qu'il finit par trouver dans un tiroir. Dans la chambre, il n'y avait que le strict nécessaire, et la salle de bains était minuscule, mais Véronique s'en moquait. Au moins, c'était propre.

Ils ressortirent bras dessus, bras dessous, et marchèrent jusqu'à la galerie, à quelques pas de là. La rue était bordée de magasins, de restaurants et d'espaces d'expositions. Les gens qu'ils croisaient avaient un look avant-gardiste, et le style local était un mélange d'ancien et de nouveau.

— Je suis tellement content que tu sois là ! lui dit Aidan.

Il rayonnait de bonheur, et éprouvait une grande fierté à être aux côtés de Véronique. Il n'avait d'yeux que pour elle. La galerie fit forte impression sur Véronique. Le lieu était grand, dépouillé, avec un sol en béton et un haut plafond orné de poutres peintes. Les murs, lisses et nus, étaient équipés d'un éclairage performant qui mettait en valeur les œuvres. Une fille se tenait à l'accueil et trois jeunes gens accrochaient des photographies d'Aidan à l'emplacement qu'il leur avait indiqué. Deux murs déjà étaient recouverts de ses clichés. Ceux-ci étaient saisissants. Aidan n'avait pas menti en disant à Véronique qu'il photographiait les tragédies et les maux de ce monde. Son œuvre était dérangeante ; elle offrait une bien triste vision de l'humanité. Ici, un homme battu à mort. Là, des prostituées et des drogués, des épaves. Des enfants miséreux qui vous brisaient le cœur. Des êtres en souffrance dans les yeux desquels on lisait tous les malheurs de la terre.

— Lorsque nous sommes confrontés à de telles scènes, nous détournons tous les yeux, lui expliqua-t-il tandis qu'elle découvrait son travail. Or, moi, je veux qu'on regarde les choses en face. On ne peut pas tourner le dos à la réalité sous prétexte qu'elle est laide ou triste.

Sa vision du monde, très crue, ne cherchait pas à ménager le spectateur. Véronique songea que ses clichés étaient bien plus troublants que ceux de Diane Arbus ou de Nan Goldin, qui toutes deux avaient photographié avant lui des individus bizarres et des drogués. Elle était frappée par leur beauté douloureuse et se demanda si Aidan parviendrait à en vendre beaucoup. Ce n'était pas le genre d'images qu'elle rêvait de voir sur le mur de sa chambre en ouvrant les yeux le matin. Et pourtant, il fallait montrer cette réalité sociale. Aidan avait le courage de le faire. Il ne se dérobait pas devant la laideur d'une scène de caniveau ou devant un ghetto. La photo d'un enfant indien debout, en train de pleurer à côté du cadavre de sa mère, bouleversa Véronique. Ce cliché était puissant : il invitait le spectateur à se demander qui était ce garçon, en tant que personne. Aidan était le défenseur des pauvres et des opprimés, la voix de ceux qui n'avaient rien. En voyant son travail, elle comprenait mieux le mépris qu'il éprouvait envers les gens qui avaient beaucoup d'argent, même si elle pensait, quant à elle, qu'ils avaient malgré tout leur place dans ce monde.

— C'est beau, Aidan ! Vraiment ! s'exclama-t-elle.

— Merci, ton opinion compte énormément pour moi, tu t'en doutes. Parfois j'ai peur que mes photos soient trop dures. Mon intention n'est pas de faire fuir les gens.

Il lui présenta Karl, le propriétaire de la galerie, un jeune homme d'à peine trente ans, recouvert de tatouages, et dont les oreilles étaient percées par des espèces de boulons. Il lui serra très poliment la main. Véronique remarqua que son nom comprenait la particule « von ». Autant dire que son allure ne permettait pas de préjuger de ses origines. Karl était un aristocrate qui évoluait dans un monde archimoderne. Plus généralement, toutes les personnes qui travaillaient dans cette galerie reflétaient bien ce qu'on racontait de la scène berlinoise ces dernières années – un certain caractère extrême. Il y avait ici une intensité et une agressivité qu'on ne retrouvait pas sur la scène artistique parisienne, moins avant-gardiste, toujours un peu « bohème ». Ce que Véronique découvrait là était radicalement nouveau pour elle, différent. En un mot, c'était excitant. Et en plus, elle avait le plaisir d'être aux côtés d'Aidan et de partager tout cela avec lui.

Elle se fit alors la réflexion qu'il avait des goûts très éclectiques en matière d'art : il avait été tout aussi ébloui qu'elle en visitant le musée des Offices à Florence. Il lui avait d'ailleurs fait remarquer qu'à l'époque le travail des peintres de la Renaissance était considéré comme avant-gardiste. Un point de vue très intéressant.

En fait, les artistes étaient souvent des visionnaires. Leurs œuvres choquaient leurs contemporains, que ce soient les premiers nus ou le travail d'Aidan aujourd'hui. Véronique aimait l'ouverture d'esprit artistique dont il faisait preuve ; elle appréciait l'audace, le caractère novateur de ses photos. Ces clichés étaient pour elle une véritable inspiration. Ils l'exhortaient à reprendre ses pinceaux. Elle pensa à Nikolaï et au portrait qu'il lui avait commandé. La contacterait-il vraiment ? Il serait un modèle amusant à peindre. Sa forte personnalité se reflétait dans son regard et ses expressions.

Aidan l'emmena déjeuner dans un Biergarten, où ils dégustèrent des saucisses accompagnées de grandes chopes de bière brune. Après le repas, ils visitèrent plusieurs autres galeries afin qu'elle hume l'ambiance de la scène artistique berlinoise. Cela alimenta largement leurs conversations : la direction que prenait l'art aujourd'hui, les motivations des artistes, leurs visions comparées à celle de Véronique, comment une génération d'artistes menait à la suivante, avec parfois des différences choquantes. C'était excitant pour Aidan d'être avec quelqu'un qui se passionnait autant que lui pour toutes ces questions. Véronique avait beau avoir un style traditionnel, elle était très ouverte aux nouvelles idées.

Finalement, ils retournèrent à la galerie. Johnny Gardner, l'agent d'Aidan, était là. Les cheveux noirs hérissés sur la tête, il n'en était pas moins fort sympathique et parla avec beaucoup de sérieux à Véronique du travail du photographe. Véronique fut ravie de le rencontrer. Il les quitta quelques minutes plus tard pour aller visiter un atelier d'artiste, un peu plus loin dans la rue. Aidan s'occupa de l'encadrement de ses photos, et Véronique l'aida sur de petites choses. Ils regardèrent ensuite les assistants procéder à l'accrochage de ses œuvres. Aidan les arrêtait toutes les cinq minutes pour changer quelque chose, inverser deux cadres, ou les décaler de quelques centimètres. C'était un perfectionniste. Véronique était très excitée d'assister à ces préparatifs. Autour d'eux, l'ébullition était palpable.

Ils restèrent jusqu'à 23 heures à la galerie. Ils commandèrent des plats cajuns à Zagreus Project, une initiative artistique autour de la cuisine. Tout en mangeant – c'était d'ailleurs délicieux –, ils terminèrent l'accrochage sur deux murs supplémentaires. Quand, enfin, ils rentrèrent à l'hôtel, ils s'effondrèrent dans leur lit, épuisés.

À son réveil, Véronique découvrit les yeux d'Aidan posés sur elle. Il se mit à la caresser. Ils étaient nus dans le lit. Elle était encore un peu assoupie lorsqu'ils commencèrent à faire l'amour.

— Mmm, c'est une belle façon de se réveiller, dit-elle un peu plus tard.

Aidan l'embrassa.

— Merci de m'avoir aidé, hier soir, Véronique. Tu as l'œil pour ces choses.

— Et toi donc ! Ton travail est formidable.

Il leur fallut encore deux jours pour terminer l'accrochage. La galerie regorgeait de coins et de recoins qu'ils exploitèrent au maximum. Enfin, ce fut prêt. Ou presque. Aidan changea encore trois œuvres de place avant d'aller à l'hôtel se préparer pour le vernissage. L'exposition balayait une grande partie de son œuvre, et il espérait de bonnes critiques.

Il opta pour une chemise noire et un jean de la même couleur. Véronique, elle, enfila un pantalon en cuir et un pull, également noirs. Elle s'était octroyé quelques heures de shopping sur Oranienburger Strasse.

— Tu es magnifique, lui dit-il d'un ton admiratif avant de l'embrasser.

Ils quittèrent l'hôtel et se dirigèrent vers la galerie. Ils étaient tous les deux fébriles. Le plus important critique d'art de Berlin avait promis d'être là. À peine eurent-ils franchi le seuil de la galerie que Karl, le propriétaire, apprit à Aidan qu'un musée espagnol avait appelé et souhaitait acquérir certaines œuvres. Un autre lieu à Hambourg semblait également intéressé.

Les visiteurs, essentiellement des passionnés d'art, ne tardèrent pas à arriver. Des collectionneurs étaient venus d'Italie, d'Espagne et d'Angleterre. Le critique qu'Aidan attendait se montra enthousiaste. À un moment donné, Véronique se rendit compte que la plupart des personnes autour d'elle avaient une vingtaine ou une trentaine d'années. Elle se sentit très vieille et se demanda si elle était ridicule dans son pantalon en cuir noir. À la demande d'Aidan, elle n'avait pas attaché ses cheveux. Elle se prit à espérer qu'elle ne passait pas aux yeux d'autrui pour l'une de ces femmes mûres qui s'habillent comme des gamines.

Il est vrai qu'elle détonnait dans ce milieu. Véronique était très différente des gens qui entouraient Aidan. Elle n'avait rien d'avant-gardiste. Ainsi cette soirée lui rappelait-elle cruellement que leurs deux mondes étaient presque opposés. Elle était contente d'être là, elle passait un bon moment, mais cet univers n'était pas le sien. Et elle ne put s'empêcher de se demander comment Aidan se sentirait dans son environnement à elle. Pourrait-il y être heureux ? Avec de la bonne volonté, il se fondrait dans le décor, mais il avait des opinions bien tranchées dont il ne se départirait pas pour elle. C'était d'ailleurs un trait de sa personnalité qui forçait le respect.

Certes, Véronique constatait que les faux-semblants et les artifices étaient souvent de rigueur autour d'elle. Peu de gens se permettaient d'être aussi directs qu'Aidan. Toute sa vie, Véronique s'était adaptée aux autres, aux situations – parfois à ses dépens, d'ailleurs, ce qui déplaisait fortement à Aidan. Il aurait aimé qu'elle se montre moins accommodante. Mais, comme elle le répétait, ce n'était pas son genre. Selon Aidan, si des gens vous blessaient, se montraient impolis, malhonnêtes, manquaient d'égards envers vous ou vous utilisaient, ils ne méritaient qu'une chose : que vous leur disiez d'aller se faire voir. Il avait même suggéré qu'elle emploie cette méthode avec ses filles, si nécessaire. L'idée avait bien fait rire Véronique.

Elle au contraire affichait une politesse à toute épreuve. Ses bonnes manières et son éducation ne la quittaient jamais. Aidan trouvait que c'était de l'hypocrisie. D'après lui, quand quelqu'un vous faisait du tort, il fallait lui botter le derrière et partir en claquant la porte. Cette façon de voir les choses transparaissait dans son travail. Ses photos vous sautaient au visage et vous prenaient à la gorge. Aidan avait un cœur en or, mais il ressemblait parfois à un porc-épic. Dès que quelque chose le perturbait, il se hérissait. Véronique était plus douce et moins rude. Ensemble, étrangement, ils se complétaient bien. Elle l'adoucissait, et il lui donnait le courage d'être plus forte.

« On ne peut pas traiter les fumiers avec gentillesse, lui avait-il dit lors d'une discussion nocturne. Ils ne comprennent pas le message. Tu dois être aussi dure qu'eux, sinon, ils continueront à te marcher sur les pieds. »

Véronique devait reconnaître que c'était ce que Paul avait fait avec elle. Et ses filles avaient parfois suivi son exemple.

Elle en était là de ses réflexions lorsque son portable sonna. C'était Juliette, justement. Celle-ci lui apprit qu'elle avait mis en vente sa boulangerie. Elle en avait discuté avec Arnold, leur notaire, et ils étaient tombés d'accord sur un prix. Juliette aurait voulu en parler avec sa mère, mais le bruit derrière elle rendait la conversation difficile. Sans compter que Véronique paraissait préoccupée.

— Où es-tu ? demanda-t-elle, contrariée.

— À un vernissage, répondit Véronique.

Elle était près de la musique et avait du mal à entendre sa fille, mais elle n'avait pas envie de sortir. Elle voulait rester près d'Aidan : pour lui, c'était le grand soir. Véronique ne s'étendit donc pas davantage : si elle expliquait à sa fille qu'elle était à Berlin, cela mènerait à des questions comme « Avec qui ? » et « Pourquoi ? », auxquelles elle ne souhaitait pas répondre pour le moment.

Juliette poursuivit son monologue comme si sa mère était à son entière disposition. Leurs échanges ressemblaient souvent à cela. En revanche, quand ses filles disaient : « Là, maman, je suis occupée », la conversation s'arrêtait net.

— J'ai parlé à Timmie, continua Juliette. Elle est prête à me vendre sa part au prix de l'estimation. Pour elle, cet argent s'ajouterait à celui que papa lui a laissé pour le foyer. Elle a commencé à regarder les maisons dans le West Side. Il lui faudra sans doute du temps avant de trouver le bon endroit. J'ai appelé Joy, mais je n'arrive pas à la joindre. Elle a décroché le rôle dans cette série, et elle va être bien prise dans les prochaines semaines. Je crois qu'elle couche avec son manager, soit dit en passant. L'autre soir, elle m'a envoyé un texto pour me dire qu'elle dînait avec lui. Ils devaient discuter de la campagne publicitaire pour les cosmétiques. Elle m'a dit qu'elle m'appellerait en rentrant, mais j'attends toujours son coup de fil. J'ai comme l'impression qu'elle nous cache quelque chose...

Véronique voulait bien la croire : une aventure amoureuse était fort possible.

— J'espère que ce n'est pas une planche pourrie et qu'il n'essaie pas de profiter d'elle, répondit Véronique d'un ton inquiet.

— Il est très connu, il représente des gens importants, la rassura Juliette. Je me suis renseignée sur Google. Joy n'a pas menti : il est vraiment très beau. Alors, qu'en penses-tu, maman ?

La musique était de plus en plus forte dans la galerie. Ils jouaient du jazz, et le son se réverbérait sur le sol en béton et sur les murs.

— De quoi me parles-tu ? cria Véronique dans le brouhaha. Du manager de Joy ?

— Non. Du prix de la boulangerie. Tu crois que c'est assez ?

— Je ne sais pas. Qu'en pense Arnold ?

— Je te l'ai dit : ça lui semble correct, compte tenu de l'équipement et de ma clientèle.

— Alors fais-lui confiance, ma chérie. Je t'appellerai demain, dit Véronique pour couper court à cette conversation qui commençait à l'enquiquiner.

— Demain, je ne peux pas. Je vais à Yonkers pour faire l'inventaire de l'équipement que j'ai stocké là-bas. Je souhaite le vendre aussi.

— Bien, dit Véronique. Je t'aime. À bientôt.

Elle raccrocha. Aidan lui avait fait signe de venir. Il voulait lui présenter un éditeur allemand important, qui envisageait de lui consacrer une monographie. C'était un homme très intéressant, et Véronique parla longuement avec lui.

Vers minuit, la foule commença à se dissiper. Aidan était vraiment satisfait de la soirée. Il y avait eu du monde, et toutes les personnes qu'il espérait voir étaient venues. Le propriétaire de la galerie avait fait un excellent travail de communication. Surtout, ses photos avaient reçu un accueil très positif. Johnny Gardner, son agent, était aux anges.

Le jour suivant, la presse salua unanimement le travail d'Aidan. Ce n'était pas gagné d'avance. Ses photos choquaient et dérangeaient autant qu'elles pouvaient plaire. Mais les critiques avaient « saisi » l'essence de ses clichés.

Et sept d'entre eux s'étaient vendus à prix d'or. Aidan était comblé. Il était acclamé comme l'un des jeunes photographes les plus importants de la scène artistique contemporaine. Son objectif était désormais de se faire une place dans les collections muséales.

Véronique et Aidan prirent un verre au Paris Bar pour fêter cela. Plus il l'écoutait parler, plus il se disait que c'était le destin qui avait mis cette femme incroyable sur son chemin. Il le lui répéta à plusieurs reprises. Il était convaincu que leur rencontre était écrite, qu'elle était inscrite dans leur karma.

— Cela ne t'a pas gêné que je sois la plus vieille, au vernissage ?

— Arrête tes âneries ! s'indigna-t-il sur un ton très britannique. Tu étais la plus belle femme de la soirée, et de loin. À qui ton âge pose-t-il un problème ? Pas à moi en tout cas. Alors pourquoi ça te gênerait, toi ? Tous les hommes te regardaient, la moitié des gens voulaient te rencontrer. Et mon éditeur allemand m'a demandé ton numéro de téléphone. Je ne lui ai pas donné. C'est moi qui t'ai vue en premier !

Il lui sourit.

— Merci, Aidan.

Une fois de plus, elle fut amusée de constater qu'il était jaloux et quelque peu possessif. Cela la flattait et la rassurait.

— C'est bizarre, cependant, reprit-elle. Je ne me sentais pas tout à fait à ma place. Ce milieu berlinois est beaucoup plus avant-gardiste que moi.

Même si Véronique avait mis un pantalon en cuir, elle portait des chaussures Chanel. Alors que les gens, la veille au soir, étaient pour la plupart en tongs ou en baskets et habillés de fripes. Aidan, par exemple, avait chaussé des santiags trouvées dans une boutique vintage de Londres, lesquelles étaient bien usées par leur précédent propriétaire. Ce n'était vraiment pas le style de Véronique, et cela ne le serait jamais. Son allure était toujours extrêmement élégante.

— J'étais fier d'être avec toi, lui dit doucement Aidan. C'est tout ce qui compte. Si j'avais envie d'être au bras d'une fille avec un vautour tatoué sur la poitrine, un serpent autour du cou, des piercings sur le visage et un tee-shirt troué, je le serais. Des nanas comme ça, il y en a plein. Toi, tu es unique.

Il lui sourit, et Véronique vit avec soulagement qu'il était sincère.

Les deux jours suivants, ils visitèrent Berlin. Ils allèrent au musée de la Photographie, à la Nationalgalerie et au musée d'Art contemporain de la Hamburger Bahnhof. Ils s'arrêtèrent au jardin botanique et firent du lèche-vitrines sur le Kurfürstendamm. Véronique insista pour aller au Jüdisches Museum : elle voulait voir le monument en l'honneur des victimes de la Shoah. Ce fut une expérience bouleversante, qui les laissa longtemps sans voix. Les images qu'ils avaient vues les hantaient. Ils regagnèrent ensuite leur chambre pour se reposer un peu avant le dîner. Depuis que Véronique était arrivée, elle n'avait pas arrêté. Pourtant, elle avait savouré chaque instant. Sa vie n'avait pas été aussi intéressante depuis des années.

Alors qu'elle était allongée à côté d'Aidan qui somnolait, Timmie l'appela sur son portable.

Véronique répondit en chuchotant afin de ne pas réveiller son compagnon.

— Où es-tu ? lui demanda Timmie. Au cinéma ?

— Non, mais il y a des gens autour de moi.

Décidément, ces derniers temps, Véronique mentait beaucoup. Elle ne voyait pas comment expliquer à sa fille qu'un certain Aidan dormait à ses côtés. En fait, elle avait une vie secrète. C'était une première pour elle.

— Que se passe-t-il, ma chérie ?

Timmie lui avait semblé très sérieuse, on aurait pu croire que quelqu'un était mort.

— Nous avons reçu un courrier aujourd'hui, répondit-elle. Toi aussi, tu vas le recevoir. Bertie nous poursuit en justice, ainsi que la succession. Il veut un quart de l'héritage, y compris du château, et il veut empêcher que Sophie Marnier touche quoi que ce soit au prétexte que papa ne l'avait pas reconnue de son vivant.

— On peut léguer ce qu'on veut à qui on veut, répondit Véronique posément. Aux États-Unis, on a le droit de léguer tous ses biens à son chien, si on le souhaite. Je sais bien qu'en France il faut laisser les deux tiers de son patrimoine à ses enfants, mais pas chez nous. Alors il n'a aucun moyen de priver Sophie de sa part. Qu'en dit Arnold ?

— Pareil que toi. Que Bertie n'obtiendra probablement pas gain de cause, voire qu'il n'y aura pas de procès. Mais cela pourrait nous coûter cher en honoraires. D'après Arnold, Bertie ne veut pas aller au bout de son action, il espère juste nous faire craquer et obtenir un arrangement. J'ai parlé à Joy et Juliette ce matin, et elles pensent comme moi : qu'il aille se faire voir ! Ce type est une raclure, une ordure, depuis toujours. Il nous volait déjà notre argent de poche quand on était gamines ! Qu'il aille au diable.

Eh bien, cela avait le mérite d'être clair. Véronique ne l'aurait pas formulé de manière aussi brutale, mais elle était d'accord avec sa fille.

Le comportement de Bertie était abject. Avec les années, il ne s'arrangeait pas, et il y avait désormais quelque chose de désespéré dans ses actes. Elle le soupçonnait d'être endetté jusqu'au cou. Son père l'avait parfois été lui aussi, à cause de mauvais placements, mais il s'en était toujours sorti de façon honorable. Contrairement à son fils, Paul avait été plutôt honnête – financièrement parlant, en tout cas.

— Quand je pense qu'il veut nous léser ! reprit Timmie d'une voix furieuse. Et Arnold ne peut pas gérer l'affaire, puisqu'il ne plaide pas. Il suivra le dossier, mais il va engager un autre avocat pour nous défendre. Autant dire que le compteur va tourner ! Comme si on avait besoin de ça. Je vais t'envoyer la lettre par e-mail. La tienne a dû arriver dans ta boîte à New York.

Véronique imaginait très bien le contenu de ce courrier et n'avait pas spécialement envie d'en prendre connaissance.

— Je dois rencontrer notre nouvel avocat demain. Juliette a rendez-vous avec une agence spécialisée dans la vente de restaurants, et Joy est complètement accaparée par sa série. Je n'arrive jamais à la joindre. Elle doit coucher avec son nouveau manager, dit Timmie d'un ton irrité.

— Tant mieux pour elle, chérie. Espérons juste que c'est quelqu'un de bien et qu'il n'en a pas après son argent.

— Oh, ne t'inquiète pas... Joy est trop futée pour ça. Elle ne se fait jamais plumer par les hommes.

Contrairement à Juliette, pensèrent-elles en même temps.

— Bon, tout ça pour dire que je dois aller seule au rendez-vous. Franchement, je hais Bertie.

— Je sais, ce n'est pas quelqu'un de bien. Mais il n'en demeure pas moins votre demi-frère. Qui sait, il verra peut-être la lumière un jour.

— Arrête, maman. Ça ne lui arrivera jamais... C'est un escroc et un voleur de bas étage. Il va finir en prison. Sa place est là-bas, de toute façon. Papa était du même avis.

— Heureusement que votre père n'est plus là pour le jour où ça arrivera. Cela lui aurait brisé le cœur.

— Il connaissait parfaitement Bertie. C'est bien pour ça qu'il l'a exclu de son testament. Enfin, je voulais juste te tenir au courant. Tu rentres quand ? On a besoin de toi ici, maman.

Timmie semblait vulnérable, ce qui ne lui ressemblait absolument pas. Elle était d'ordinaire forte, paraissait invincible. La mort de Paul avait dû l'ébranler plus que sa mère n'avait cru. Comme si les fondations sur lesquelles elle reposait s'étaient effondrées. Véronique se souvint de ce qu'elle avait ressenti à la mort de son père. Quel que soit votre âge, perdre l'un de vos parents vous met face à la mortalité, face à celle des gens que vous aimez et à la vôtre.

— Je rentre bientôt, ma chérie, répondit-elle vaguement.

Elle soupira en raccrochant. Son compagnon était réveillé et avait entendu la fin de la conversation.

— Quelque chose ne va pas ?

En voyant sa mine défaite, il s'inquiéta.

— Oui et non. C'était prévisible, mais c'est quand même embêtant. Mon beau-fils nous poursuit en justice parce que son père l'a exclu de son testament. Je m'en doutais un peu. C'est triste à dire, mais Bertie n'est pas quelqu'un de bien.

Aidan lui sourit et l'embrassa.

— Tu connais ma réponse aux gars comme lui : allez vous faire voir.

— Facile à dire. J'ai passé vingt ans à essayer de faire en sorte que ma famille reste unie, malgré le divorce et des enfants issus de deux mariages. Le testament de Paul a anéanti tous mes efforts. Il a exclu son propre fils et inclus une enfant illégitime, balayant au passage mes illusions. Mais il n'empêche, si Bertie nous poursuit en justice, nous devons affronter la situation comme il se doit. Aller au tribunal, s'il insiste. Je pense qu'il cherche juste à nous mettre la pression. Malheureusement, le système judiciaire américain prévoit ce genre d'action, voire encourage les gens comme lui dans cette voie. Bertie s'en donnera à cœur joie jusqu'au bout.

— Peut-il gagner ?

— J'en doute. Et les filles ne veulent pas chercher un arrangement avec lui. Les grands gagnants de l'histoire, ce sont les avocats. Cela va coûter une fortune en défense. Lui a sans doute fait appel à un avocat aux honoraires conditionnels. Autrement dit : cela ne lui coûtera rien, sauf s'il gagne.

— Ce système est complètement pervers, lâcha Aidan avec dégoût.

— Timmie veut que je rentre à la maison. Ça m'embête tellement de devoir déjà te quitter.

— Alors, ne le fais pas. Elles sont adultes. Laisse-les résoudre ça elles-mêmes.

— Non, je ne peux pas les envoyer balader, Aidan, répliqua-t-elle doucement. Ce sont mes filles. Et puis moi aussi, on me poursuit en justice. Il faut que je discute avec les avocats pour comprendre la situation.

Elle ne proposa pas à Aidan de venir à New York avec elle. Elle préférait que ses filles le rencontrent dans d'autres circonstances : pour le moment, elles étaient bien trop bouleversées par la mort de Paul et par l'action en justice intentée par Bertie. L'idée que leur mère ait un amant les perturberait inutilement.

— Après New York, j'irai à Paris, poursuivit-elle. Tu m'y rejoindrais ?

Ils pourraient passer un excellent moment ensemble là-bas. Aidan hocha la tête, et Véronique sourit : il avait la mine d'un enfant qu'on vient d'abandonner. Elle aimait cette facette plus douce de sa personnalité, celle qui ne portait pas des épines de porc-épic. Elle sentait aussi que la question de l'abandon était très présente chez lui – il avait perdu sa mère très jeune, et le sujet était sensible.

— Et que dirais-tu de venir à Londres avec moi maintenant ? lui demanda-t-il en l'implorant du regard. Tu pourrais t'envoler pour New York de là-bas.

Véronique réfléchit quelques instants, puis accepta avec enthousiasme. Il voulait lui montrer son atelier, son appartement, son univers. Jusqu'à présent, ils n'avaient fait que voyager ensemble, et il souhaitait qu'elle découvre son quotidien.

— Tes filles sont adultes, laisse-les régler ça toutes seules, répéta-t-il un peu plus tard tandis qu'ils pliaient bagage. Au moins au début.

Ils avaient décidé de partir pour Londres le soir même. Aidan en avait fini avec Berlin.

— C'est mon boulot, de les aider, Aidan. Je veux le faire.

Aidan appela Karl pour le remercier et le prévenir de son départ. Le galeriste promit de le tenir informé de la suite des événements. Ils roulèrent jusqu'à Anvers d'une traite, dans l'Austin-Healey devenue si familière à Véronique. Ils passèrent la nuit dans une petite auberge, et se levèrent tôt le lendemain matin pour continuer la route.

Véronique prit le volant. Elle adora conduire. Ils rejoignirent la Manche près de Calais, à Coquelles. Ils embarquèrent dans le train avec leur voiture. La traversée du Tunnel durait trente-cinq minutes. Ils prirent leur petit déjeuner à bord, terminant juste à temps pour descendre à Folkestone. Il leur fallut encore deux heures pour arriver à Londres en voiture.

Aidan vivait dans un loft de Notting Hill rempli de matériel photo et de trésors amassés au cours de ses voyages. L'endroit avait tout de la garçonnière. Des pulls jonchaient le canapé, le frigo était vide, et le lit était tel qu'il l'avait laissé : défait. Une femme de ménage venait de temps à autre, mais il avait oublié de l'appeler. Malgré le désordre, l'appartement était chaleureux et douillet. Il y avait un poêle à bois rond dans un coin. Aidan confessa à Véronique qu'il faisait glacial chez lui l'hiver, mais qu'il s'en moquait.

Ils allèrent faire quelques courses. Cela s'imposait : il n'y avait rien chez lui, même pas de café ! Le quartier plut beaucoup à Véronique. Ils achetèrent un *fish and chips* absolument infâme, dont ils se délectèrent malgré tout. Ils le mirent sur du papier journal pour absorber la graisse et le parsemèrent de sel et de vinaigre.

— Hum, quel délice ! s'exclama Véronique en grimaçant.

Aidan rit et ne put s'empêcher de la prendre en photo. Lorsqu'il était avec elle, chaque endroit lui paraissait plus beau.

Ce soir-là, alors qu'ils étaient couchés, il lui confia qu'elle allait beaucoup lui manquer. Véronique avait décidé de passer deux jours à Londres. Après, elle rentrerait. Elle avait eu Juliette et Joy au téléphone, et elles étaient aussi bouleversées que Timmie par l'action en justice de Bertie. Elle avait également reçu un appel désespéré d'Élisabeth Marnier, qui paniquait complètement. Véronique l'avait rassurée en lui disant que c'était sans doute un coup d'épée dans l'eau et que la part d'héritage de Sophie n'était pas menacée. Élisabeth s'était sentie soulagée après cette conversation et avait remercié Véronique, laquelle trouva la situation pour le moins ironique.

Au cours des deux journées suivantes, Aidan voulut montrer à Véronique quelques sites culturels incontournables : la Tate Modern et le Victoria and Albert Museum, mais aussi toutes ses galeries préférées. Ils profitèrent également du lit... une fois l'appartement propre et les draps changés. Ils dînèrent à la maison, prenant plaisir à préparer le repas ensemble. Le dernier soir, ils sortirent. Elle avait d'abord pensé aller au Harry's Bar, dont elle était membre, afin de le comparer à celui de Venise, mais à Londres, l'établissement était bien plus guindé, et ni l'un ni l'autre n'avaient envie de s'habiller en conséquence. Ils voulaient juste se détendre ensemble, s'amuser, faire l'amour. Profiter au maximum du temps qu'il leur restait avant les jours de solitude qui les attendaient. Véronique savait qu'il allait lui manquer, et le sentiment était réciproque. Ils avaient tous les deux du mal à se rappeler qu'un jour ils avaient vécu l'un sans l'autre. Leur relation était si naturelle que son propre foyer, ses propres filles lui semblaient étrangers. À l'inverse, où qu'elle se trouve avec Aidan, elle avait l'impression d'être chez elle.

Le matin de son départ, Véronique laissa un post-it sur le miroir de la salle de bains, pour plus tard. Elle lui disait qu'elle l'aimait. À l'aéroport, la séparation fut douloureuse.

— Je reviens bientôt, je te le promets, dit-elle en l'embrassant.

Aidan paraissait aussi démuni qu'un petit enfant abandonné par sa mère.

— Et moi, je te rejoindrai à Paris dès que possible.

C'était la prochaine étape de leur voyage à la découverte l'un de l'autre. Comme Venise, Florence et Berlin, Londres avait conforté leur relation. Véronique s'était sentie parfaitement à l'aise avec lui, dans ses meubles. Elle espérait que son appartement sur l'île Saint-Louis lui plairait autant. Mais il lui avait déjà dit qu'il aimait Paris, alors elle n'était pas inquiète.

Aidan lui fit promettre de l'appeler dès son atterrissage. Ils s'embrassèrent une dernière fois au milieu de la foule des voyageurs qui les contournaient. Véronique passa les contrôles de sécurité et lui fit signe jusqu'à ce qu'il disparaisse de son champ de vision. Le cœur lourd, elle embarqua dans l'avion qui la menait à New York.

16

Timmie s'apprêta. Elle avait rendez-vous avec Arnold Sands et l'avocat qu'il avait engagé pour les défendre. Elle ignorait ce qui l'attendait. Elle savait juste que Brian McCarthy était diplômé de Harvard et avait la réputation de gagner presque tous ses procès. En choisissant cet homme, Arnold envoyait un signal très fort à Bertie et son avocat, et il n'était pas exclu qu'ils décident de laisser tomber l'affaire. L'idée d'impressionner la partie adverse plaisait bien à Timmie. De l'avis de la jeune femme, son demi-frère ne méritait que ça, et elle ne souhaitait rien de moins que de voir le ciel lui tomber sur la tête.

Quand Timmie arriva, Brian McCarthy était déjà là. Arnold embrassa chaleureusement la jeune femme et fit les présentations. Brian ne ressemblait en rien à l'image que Timmie s'en était faite. Elle s'attendait à quelqu'un comme Arnold, pas à un joueur de football américain ou une espèce de bûcheron. Il mesurait près de deux mètres, et ses épaules étaient aussi larges que la porte. Arnold avait omis de préciser à sa cliente que l'avocat avait été capitaine de l'équipe de football américain à Harvard et qu'il avait laissé tomber une carrière dans la NFL pour se consacrer au droit. Son visage était beau, et son sourire chaleureux, mais il avait un regard féroce... Le regard des types qui ont l'habitude de se bagarrer dans les bars. Avec ses yeux verts, comme ceux de Timmie, et sa chevelure rousse flamboyante, il ne pouvait renier ses origines irlandaises. Timmie fut pour le moins surprise par l'homme, notamment par ses mensurations – Brian McCarthy était un géant. Du haut de son mètre quatre-vingts, elle pouvait se vanter d'être grande. Pourtant, à côté de lui, elle avait le sentiment d'être minuscule. Et Brian pesait facilement son quintal. Il n'était pas gros, juste costaud.

C'était aussi un dur à cuire, vif et direct. À peine était-elle arrivée qu'il lui dit ce qu'il pensait de cette action en justice et du comportement de Bertie. Timmie s'assit et l'écouta, amusée.

— J'ai dit quelque chose de drôle ? s'étonna-t-il.

— Non, pas du tout, désolée. J'étais juste en train de me dire que mon frère risquait de s'évanouir en vous voyant, ou de geindre comme un porcelet, expliqua-t-elle avec délectation.

Brian sourit. Arnold l'avait prévenu : Timmie était parfois difficile. C'était une forte tête, mais cela ne lui faisait absolument pas peur.

— Mon petit frère est plus grand que moi, et il joue pour les Lakers, si vous voulez qu'il vienne aussi, plaisanta Brian.

Ils éclatèrent tous de rire.

— Pardon, mademoiselle, mais je n'ai pas le moindre respect pour les personnes comme votre demi-frère qui font n'importe quoi et essaient ensuite d'extorquer de l'argent à leur entourage. Si j'en crois ce que m'a dit Arnold, votre père a bien fait de l'exclure de son testament. Il lui a largement donné sa chance par le passé. Le chantage de Bertie est totalement injustifié.

Brian savait également que la lecture du testament avait dévoilé la présence d'un enfant illégitime. Arnold lui avait dit que cela avait été un énorme choc pour les filles, mais que, malgré tout, les choses semblaient se résoudre de façon sereine.

— Comment faire pour qu'il lâche l'affaire et aille au diable ? demanda Timmie.

Elle aurait bien voulu que Bertie disparaisse de la circulation comme par enchantement, mais c'était hautement improbable. Son action en justice pouvait lui rapporter gros si elles cédaient. Brian espérait bien que là n'était pas leur intention.

— Oh non, nous n'allons pas céder ! le rassura Timmie.

— Parfait, c'est donc ce que nous allons lui dire pour commencer. Nous allons le convaincre que vous êtes déterminées, et rappeler à son avocat que son affaire ne tient pas la route. Et si Bertie s'obstine, on le dégommera au procès. Je doute qu'il aille jusque-là. Ce n'est pas dans son intérêt. Malgré tout, cette histoire vous donnera du fil à retordre – dépositions, communication des pièces, enquête comptable... Son avocat ne vous épargnera rien. Cela va vous coûter de l'argent et jouer avec vos nerfs, le but étant de vous inciter à cracher au bassinet afin de vous débarrasser de lui.

— Il peut toujours courir ! s'exclama la jeune femme.

La détermination de Timmie ne faisait aucun doute pour Brian. L'avocat, soit dit en passant, la trouvait fort belle.

— Et vos sœurs ? Vous pensez qu'elles voudront trouver un arrangement avec Bertie ?

— Ma sœur Joy, non. Elle ne le supporte pas plus que moi. Nous sommes sur la même longueur d'onde. Juliette aussi, sauf que c'est le saint-bernard de la famille.

— Je croyais que c'était vous qui travailliez dans le social ? fit-il remarquer avec un sourire en coin.

— Et oui ! Mais c'est moi la peste de la fratrie, affirmat-elle fièrement. Si je le pouvais, je le boufferais tout cru.

Brian n'ayant pas pris de pincettes avec elle jusque-là, Timmie ne se gêna pas pour s'exprimer en toute franchise. Ce n'était pas le même genre d'avocat qu'Arnold, lequel était raffiné et poli – un vrai gentleman.

— Eh bien, renchérit-il en feignant la galanterie, je me ferai un plaisir de m'en charger à votre place.

Non, vraiment pas un gentleman... Plutôt le genre bagarreur.

— Bon, lâcha Timmie en le regardant droit dans les yeux. Par où commence-t-on ?

— Tout d'abord, j'aimerais savoir ce que pense votre mère de tout ça.

— Maman est déçue par Bertie. Elle l'a élevé à partir de ses huit ans. Elle a été la dernière à perdre ses illusions à son sujet. Mais maintenant, elle ne lui cédera rien. Elle sait que c'est un escroc.

— Ils ont demandé qu'on leur communique les pièces du dossier. Tous les papiers de votre père, son état financier, tous les éléments comptables. Et pareil pour vous toutes, y compris votre mère. Bertie fait cela pour vous embêter, mais vous devez vous y soumettre.

— Vous êtes sérieux ? Pourquoi ne pas ignorer sa requête, si l'affaire ne risque pas d'aller au tribunal ?

— Parce que nous sommes tenus légalement de leur fournir les pièces qu'ils demandent. Ils sont en droit de les exiger, de fouiller dans vos rapports financiers.

— Eh bien, je refuse, s'obstina-t-elle.

Brian riva ses yeux aux siens. Cette fille était aussi coriace qu'Arnold l'avait décrite.

— Il le faut, mademoiselle Parker. Avez-vous quelque chose à cacher ? lui demanda-t-il sans ambages.

— Non ! s'emporta-t-elle. C'est juste que je n'ai pas le temps pour ce genre de choses ! Je m'occupe de gens qui meurent dans la rue, moi ! Je n'ai pas de temps à consacrer à une ordure qui cherche à me dépouiller.

— Son intention est peut-être de vous dépouiller, en effet, mais la loi est de son côté. Il est en droit de vous demander votre état financier, à toutes les cinq.

— Que les autres s'y plient. Moi je refuse.

Brian était abasourdi : Timmie ne tenait absolument pas compte de ses remarques.

— Je crois que vous n'avez pas compris. Ce n'est pas au choix. Vous *devez* vous plier à cette demande.

— J'ai très bien compris, mais je refuse.

Brian jeta un regard incrédule à Arnold. L'homme parut gêné et tenta de réexpliquer la situation à sa cliente.

— Je ne suis pas bête. Je comprends, Arnold. Mais je vous le répète : je n'ai pas le temps. Je ne vais pas délaisser les personnes démunies dont je m'occupe pour passer des semaines à fouiller dans mes archives pour chercher des pièces dont je ne sais foutrement pas ce que j'ai fichu.

— Eh bien, si, mademoiselle Parker, il va falloir les chercher, lâcha Brian d'une voix sévère.

Timmie secoua la tête.

— Dans ce cas, je ne pourrai pas vous représenter, dit-il simplement avant de se lever. Moi, je n'ai pas de temps à perdre avec des clients qui refusent de se plier aux règles de base d'une action en justice.

Il se tourna vers son confrère.

— Ne comptez pas sur moi, Arnold. Je ne suis pas l'homme qu'il vous faut.

— Oh là là ! déclara Timmie d'un ton récriminateur. Vous en faites toute une histoire parce que vous êtes un homme.

Brian la fusilla du regard.

— Vous plaisantez, n'est-ce pas ? Ou vous m'accusez vraiment de sexisme parce que je vous demande de me communiquer des pièces ? Vous êtes une espèce de militante féministe ou quoi ? Faites appel à une femme, alors, mais elle vous tiendra le même discours que moi. C'est la loi, pas la guerre des sexes !

Timmie se rendait compte que ses propos avaient été maladroits, mais elle refusait de s'excuser.

— Vous, les hommes, vous voulez toujours prouver que c'est vous qui faites les lois et que pouvez nous dicter notre comportement. En tout cas, vous essayez de nous en convaincre.

Son père agissait ainsi – mais Timmie garda cette réflexion pour elle.

— Ou alors, vous nous mentez et couchez avec notre meilleure amie.

Brian eut soudain pitié d'elle. Il y avait visiblement autre chose que l'action en justice de son demi-frère là-dessous. Dans ses yeux d'un vert étincelant, il lut, non pas de la colère, mais de la souffrance. Il s'adressa alors à elle d'une voix plus douce :

— Voici ce que je vous propose, mademoiselle Parker. Tout d'abord, je ne vais pas coucher avec votre meilleure amie. Et je ne vous mentirai pas, car je ne mens jamais, même quand ce que j'ai à dire n'est pas agréable à entendre. Lorsqu'une décision sera à prendre, nous en discuterons ensemble et vous pourrez agir comme bon vous semble. En revanche, quand il sera question de loi, vous ferez ce que je vous demande, ou en tout cas un minimum, afin que ma réputation n'en souffre pas et qu'on ne me radie pas du barreau. Il faudra jouer le jeu. Qu'en pensez-vous ?

Timmie le regarda dans les yeux pendant un long moment, puis hocha la tête.

— D'accord. J'y survivrai.

Brian, quant à lui, n'était pas si sûr d'y arriver, mais c'était trop tard, il avait accepté. De toute façon, il devait un service à Arnold.

— Bon, c'est terminé ? demanda-t-elle en se levant. Je dois aller travailler. Je ne vais pas perdre tout mon temps aujourd'hui à cause des conneries de mon frère.

Brian se garda de toute remarque. Ils se serrèrent la main, et Timmie sortit.

— Bon sang, Arnold ! s'écria-t-il en se tournant vers son ami Comment as-tu pu m'entraîner là-dedans ? Je devrais te demander deux fois plus pour cette affaire.

Arnold esquissa un pauvre sourire.

— J'ai bien failli l'étrangler, cette peste. J'espère que ses sœurs ne sont pas le même genre de teignes.

— Timmie n'est pas une teigne, répondit Arnold avec indulgence, même si lui non plus n'avait pas apprécié son comportement. Elle a un passif avec son père. Il n'a jamais été là pour aucune d'entre elles. C'était quelqu'un de très égoïste, et elle lui en veut toujours. Et je crois qu'elle a eu des relations difficiles, des déceptions sentimentales.

— Ça ne m'étonne pas. Elle leur fait quoi, à ses bons-hommes ? Elle les mord, elle leur arrache la tête ? C'est une vraie furie !

— En tout cas, ses sœurs sont adorables toutes les deux. Et leur mère est un ange, tu verras. Je ne connais pas Sophie Marnier, la fille en France, mais elles l'ont rencontrée la semaine dernière, et tout s'est bien passé. Ça a l'air d'être quelqu'un de très bien. Ton seul os sera Timmie.

— Quand j'étais un bleu et que j'étais avocat commis d'office, j'ai défendu un type qui avait tué trente et une personnes dans une fusillade au volant. Ce gars-là était plus sympa qu'elle. Cette nana, elle a besoin d'une muselière et d'une laisse !

— Elle va se calmer, tâcha de le rassurer Arnold.

Brian quitta son cabinet et prit rendez-vous avec Juliette pour la semaine suivante. Il souhaitait les rencontrer toutes afin de savoir à qui il avait affaire. Et il n'avait pas l'intention de se laisser faire…

Sur le chemin du travail, Timmie ruminait. Elle n'avait pas l'habitude qu'on lui donne des ordres. Brian McCarthy lui avait paru agressif. Surtout, il avait la malchance de ressembler à son ex-fiancé infidèle, en beaucoup plus grand. La ressemblance – si l'on éludait la chevelure rousse de l'avocat – l'avait immédiatement frappée. Son ex aussi avait joué au football américain à Harvard, même s'il n'avait pas été capitaine. Timmie avait lu sur Internet que Brian avait trente-neuf ans et était associé dans le cabinet où il travaillait. Il avait d'excellentes références. Cependant, elle n'avait nullement l'intention de se laisser mener par le bout du nez par cet homme – pas plus que par un autre.

C'est d'ailleurs ce qu'elle dit à sa mère, lorsqu'elle l'appela ce soir-là pour lui raconter le rendez-vous. Il était minuit, et Véronique venait d'arriver. Aidan lui manquait terriblement. Comme promis, elle lui avait passé un coup de fil, mais cela n'avait fait qu'accroître le sentiment de vide qu'elle éprouvait.

Timmie ne lui demanda pas comment s'était passé le vol, pas plus qu'elle ne lui souhaita la bienvenue. Elle se lança sans préambule aucun dans une diatribe contre Brian McCarthy.

— Il ne me plaît pas ! lança-t-elle rageusement.

— Pourquoi donc ? demanda Véronique, qui se sentait fatiguée et n'avait pas envie d'écouter les doléances de sa fille.

— C'est un bouledogue, et en plus, il est sexiste. Je ne vais pas le laisser me malmener.

— C'est ce qu'il a essayé de faire ?

Véronique était surprise. Cela ne ressemblait pas à Arnold de solliciter un tel individu.

— Il veut que nous révélions l'état de nos comptes. Je n'ai pas le temps pour ces foutaises.

— Je m'y attendais, répondit Véronique posément. Nous devons nous y soumettre.

— Tu ne travailles pas, maman. Moi, si, rétorqua-t-elle d'un ton acerbe.

— Il n'empêche qu'il faudra que tu le fasses, Timmie. C'était ça, ton différend avec l'avocat ?

— Je n'ai aimé ni son ton ni son style. On dirait un étudiant mal dégrossi en costume.

— D'après Arnold, ses plaidoiries sont formidables.

Véronique se sentit vraiment lasse tout à coup. Elle n'avait nullement envie d'apporter de l'eau au moulin de Timmie. Il leur fallait un avocat qui plaide à la cour, et Arnold le lui avait présenté comme étant le meilleur. Quelle mouche piquait sa fille ?

— Fais ce qu'il t'a demandé, Timmie. Ou tu vas créer des problèmes.

Timmie râla encore avant de raccrocher, clairement de mauvaise humeur. Véronique soupira. Déjà qu'elle était déprimée d'avoir dû rentrer. Dans la solitude de son appartement new-yorkais, tous les moments qu'elle avait partagés avec Aidan lui paraissaient maintenant irréels. Peut-être qu'il ne s'agissait de rien d'autre qu'une folle aventure. Rome, Venise, Sienne, Florence, Antibes, Berlin, Londres... Ils avaient parcouru l'Europe, mais où allaient-ils, désormais ? Aidan viendrait lui rendre visite à Paris, et Véronique avait promis de le retrouver à Londres. Mais ensuite ? Des existences aussi différentes que les leurs pouvaient-elles se fondre en une vie commune un jour ? Véronique était perdue.

Fatiguée et découragée, elle alla se coucher. Jamais elle ne s'était sentie aussi seule depuis un mois. C'était comme si Aidan n'avait été qu'un rêve. Et le coup de fil plein de fiel de Timmie n'avait rien arrangé. Pas étonnant qu'elle ne raconte rien de sa vie à ses filles, pensa Véronique en sombrant dans le sommeil. Leur relation marchait à sens unique, de toute façon.

17

Véronique avait demandé à Arnold de préparer les papiers pour l'avance sur héritage qu'elle octroyait à Juliette. L'avocat fit signer les documents à ses sœurs. De la sorte, elles ne pourraient pas dire plus tard qu'elles étaient opposées à la transaction ou qu'elles n'étaient pas au courant. Dès qu'elle reçut les fonds de sa mère, Juliette racheta leurs parts du château, celle de Sophie incluse, au prix convenu. La jeune Française fut ravie d'être libérée du poids de cette propriété encombrante.

Joy avait fini par avouer qu'elle sortait avec Ron, son manager, dont elle était folle. En plus de promouvoir efficacement sa carrière, il était adorable avec elle. Pour la première fois ou presque, elle habitait dans la même ville que son compagnon, et ils se voyaient tous les soirs. Véronique trouva que c'était un signe encourageant. À vingt-six ans, Joy avait enfin une relation sérieuse. Bien sûr, c'était encore tout nouveau, et Véronique ne devait pas s'emballer. Elle aurait voulu faire la connaissance de Ron rapidement, mais Joy lui avait dit qu'ils n'avaient pas prévu de venir à New York.

Ainsi, certaines choses ne changeaient pas. Joy gardait ses distances. Toute sa vie était à Los Angeles. Il n'empêche, elle était plus chaleureuse que d'ordinaire, plus heureuse, plus détendue.

Juliette, quant à elle, avait eu quelques touches pour la vente de sa boulangerie, mais aucun acheteur n'avait mordu à l'hameçon. Elle avait contacté plusieurs fois Jean-Pierre Flarion via Skype afin qu'il ne se désintéresse pas de son projet. Chaque fois, il lui avait assuré qu'il serait disponible dès qu'elle serait prête à passer à l'étape suivante. Il était aimable avec elle, et très professionnel. Juliette avait hâte de commencer les travaux.

Véronique organisa un rendez-vous avec Brian McCarthy, Timmie et Juliette afin de discuter de l'affaire. Sa fille aînée se querella une nouvelle fois avec l'avocat. Véronique n'en revenait pas de son impolitesse et de son obstination. Brian rougit, mais garda son calme. Après le départ de Timmie, Véronique s'excusa pour le comportement de sa fille. En voyant Brian, elle avait bien compris où était le problème : l'avocat ressemblait trop à l'ex de Timmie.

Véronique décida de jouer franc jeu. Elle appela sa fille dans la soirée et lui reprocha de s'être très mal comportée. Puis elle souligna les similitudes physiques entre les deux hommes.

— Arrête de raconter n'importe quoi, maman ! s'emporta Timmie. Ils ne se ressemblent pas du tout. Tu es folle !

Son ton était bien trop virulent pour être honnête.

— Mais si, soutint Véronique avec fermeté. Et ce n'est pas une raison pour nous compliquer la tâche. Nous avons engagé cet homme pour qu'il gère l'affaire pour nous. Ne lui mets pas de bâtons dans les roues. Personne ne t'oblige à l'apprécier, laisse-le juste faire son travail.

Cela faisait maintenant deux semaines que Véronique était à New York. Elle avait Aidan plusieurs fois par jour au téléphone. Il était tout aussi seul et malheureux qu'elle. Tous deux avaient l'impression de s'être quittés depuis des lustres.

— Quand viens-tu me voir ? lui demanda-t-il de but en blanc.

Londres était frappée par une vague de chaleur, et il était assis dans son loft en caleçon, incapable de bouger. Il était déprimé, tout comme Véronique. Elle était lasse des querelles autour de l'héritage.

— Ce ne sont plus des gamines, bon sang ! Laisse tes filles se débrouiller.

— Mais j'essaie de les aider, et il va y avoir des dépositions. En plus, le comportement de Timmie ajoute au chaos ambiant.

— Tu vois, elle n'est même pas raisonnable. Elle ne mérite pas que tu souffres pour elle, lâcha-t-il. Tu me manques, Véronique.

— Toi aussi, tu me manques, Aidan. Je devrais pouvoir rentrer à Paris d'ici quelques semaines, promit-elle.

Véronique avait cependant du mal à se projeter au-delà de ce prochain voyage. Il avait une carrière à Londres, et elle, des obligations à New York, une vie parallèle à Paris, et trois filles qui avaient été toute sa vie pendant vingt-neuf ans. Qui, d'elle ou d'Aidan, devrait s'adapter le plus à la vie de l'autre ? Elle ne savait pas.

Les deux semaines suivantes furent occupées par l'action en justice – coups de fil, rendez-vous avec Brian, discussions avec Arnold au sujet du testament. Un soir de la fin septembre, Véronique dîna rapidement avec Juliette et Timmie. La première était épuisée par ses tentatives infructueuses pour vendre sa boulangerie ; elle partait à Cape Cod pour le week-end afin de se ressourcer. Et Timmie consacrait tout son temps libre à la recherche d'un immeuble pour son foyer. Elle apprit à sa mère qu'elle avait été invitée par un collègue sur la côte du New Jersey. Soudain, Véronique se rendit compte qu'elle n'avait aucune raison de rester à New York. Ses filles n'avaient pas le temps de la voir, elles avaient leur propre vie, leur programme, alors qu'elle-même restait là au cas où l'une d'elles aurait besoin de son aide. Aidan avait raison : elles n'étaient plus des gamines.

Elle attendit avec fébrilité que le jour se lève à Londres pour l'appeler.

— Tu fais quelque chose, ce week-end ? Je ne sais plus ce qui me retient ici. Je vais à Paris. Tu as du temps ?

— Si j'ai du temps ? Ça fait un mois que je t'attends. Ramène tes fesses ici, ma chérie. Quand peux-tu partir ?

Véronique réfléchit quelques instants.

— Demain. Je prendrai le vol de nuit. Rendez-vous à Paris ?

— Rendez-vous à Paris ! s'exclama-t-il.

Le lendemain, alors qu'elle bouclait ses bagages, Véronique trépignait de joie. Elle envoya un message à Timmie et Juliette en fin de journée. « Je pars à Paris pour quelques semaines. Je vous aime. Maman. » Elles avaient l'habitude, et ne parurent pas s'en inquiéter. Sans compter que Véronique avait déjà réglé de nombreux détails de l'affaire. Elle envoya aussi un texto à Brian, lui transmettant ses coordonnées en France si jamais il devait la joindre. Quand elle embarqua ce soir-là, elle affichait un sourire ravi. Aidan arrivait une heure avant elle à Charles-de-Gaulle et l'attendrait à l'aéroport. Ainsi, ils gagneraient la capitale ensemble. Véronique était tout excitée à l'idée de lui montrer son appartement sur l'île Saint-Louis. C'était le pendant idéal de son loft, contrairement à son immense et austère appartement de la Cinquième Avenue, bien plus intimidant. C'était à Paris qu'elle voulait qu'ils se retrouvent.

L'avion atterrit à l'heure, et elle fut la deuxième personne à débarquer. Elle passa la douane en vitesse. Elle n'avait pas demandé d'assistance à la compagnie aérienne, car elle voulait être seule avec Aidan pour leurs retrouvailles. Ils avaient été séparés pendant quatre semaines, autant dire une éternité.

Véronique le vit dès l'ouverture des portes des douanes. Il portait un jean et une veste noire en cuir. Il la prit dans ses bras et l'embrassa. Ils restèrent plusieurs minutes immobiles, enlacés. Ils finirent par sortir et hélèrent un taxi. Véronique n'avait qu'un seul bagage, car elle avait une garde-robe complète à Paris. Aidan n'avait quant à lui qu'un petit sac et son appareil. Il était impatient de prendre des photos – tout particulièrement de la prendre, elle, en photo, à Paris.

— Bon sang, c'est tellement bon de te revoir ! s'exclama-t-il. Je commençais à croire que tu ne reviendrais jamais, voire que tu n'étais que le fruit de mon imagination.

— Moi aussi, ça m'a fait le même effet...

Il leur fallut une demi-heure pour atteindre l'île Saint-Louis. Le taxi s'arrêta le long de la Seine, sur le quai de Béthune. Des bateaux-mouches glissaient sur l'eau. Aidan ne put s'empêcher de prendre une photo avant de suivre Véronique dans son vieil immeuble. En montant les marches, elle lui expliqua qu'elles étaient inégales parce que le bâtiment était très ancien. L'emplacement était idéal, et elle avait attendu des années avant de trouver ce pied-à-terre.

Aidan remarqua en entrant la légère inclinaison du plancher. La vue était belle, et typiquement parisienne : de l'autre côté de la Seine, ils apercevaient la rive Gauche.

Ils posèrent leurs bagages et Aidan passa ses bras autour d'elle. Il la serra contre lui, huma ses cheveux, sentit sa joue contre la sienne. Il s'imprégnait d'elle.

— Est-ce impoli de te demander d'emblée à visiter la chambre à coucher ? demanda-t-il avec un grand sourire.

Véronique rit.

Elle lui répondit en pointant son doigt dans la bonne direction. Une lueur facétieuse brillait dans ses yeux. Aidan la porta jusqu'au lit, où il la déposa délicatement. Quelques instants plus tard, leurs habits jonchaient le sol. Toute la solitude et les soucis de ces dernières semaines s'envolèrent à mesure qu'ils faisaient l'amour.

Bien plus tard, et enfin rassasiés l'un de l'autre, ils se prélassèrent au creux du lit confortable. Aidan balaya la pièce des yeux. La chambre était accueillante et douillette. La soie bleu pâle qui recouvrait les murs, très féminine, lui plaisait beaucoup. Véronique lui fit visiter toutes les pièces : le salon, le bureau, la salle à manger, la cuisine, ainsi que les deux chambres d'amis où les filles dormaient lorsqu'elles venaient à Paris. Aidan comprit que Véronique adorait son appartement, et il se sentit immédiatement à l'aise entre ces murs.

Ils prirent un bain ensemble dans la vieille baignoire et réfléchirent à leur programme. Véronique avait envie de lui montrer tous ses endroits préférés. Ils allèrent se promener et déjeunèrent dans un restaurant de la place du Palais-Bourbon. Ils longèrent la Seine, s'arrêtèrent pour acheter une baguette, du vin, du fromage, du saucisson et du pâté pour le dîner. Soudain, tout leur paraissait incroyablement romantique.

Ils rentrèrent à l'appartement tout excités. Alors qu'ils contemplaient la Seine depuis le canapé, la lumière des bateaux-mouches illumina le fleuve. Après le dîner, ils firent une nouvelle fois l'amour. Aidan ne se lassait pas de la caresser. Véronique le regardait en se disant qu'elle avait bien de la chance. Ils s'endormirent paisiblement, comme s'ils avaient toujours vécu ensemble. Leur relation avait un parfum d'éternité.

Leur deuxième journée fut encore plus merveilleuse. Ils marchèrent jusqu'au Grand Palais pour voir une exposition, passèrent plusieurs heures au Louvre, se promenèrent dans le jardin des Tuileries. Ils s'assirent sur un banc et restèrent là à discuter pendant un bon moment. Paris était comme toutes les villes où ils étaient allés cet été : parfaite pour eux, et idéale pour se découvrir. Le soir, ils dînèrent au Voltaire, le bistrot préféré de Véronique. La nourriture y était incroyable. Ensuite, ils rentrèrent à pied jusqu'à chez elle, profitant du spectacle de Notre-Dame, tout illuminée.

— À quoi penses-tu ? lui demanda-t-il tandis qu'ils cheminaient main dans la main.

— Je suis vraiment heureuse avec toi, Aidan. Tu es tellement formidable avec moi.

— Nous étions faits pour nous rencontrer, Véronique. Je devais te croiser ta route à Rome, te sauver des roues d'un bolide conduit par un Russe complètement barjot. En fait, je crois que l'on doit beaucoup à ce baiser sous le pont des Soupirs, dit-il en souriant.

Après un été absolument inoubliable, ils se dirigeaient vers un automne tout aussi merveilleux. Ils rentrèrent chez elle, discutèrent encore un bon moment dans son bureau, puis se couchèrent.

Le lendemain matin, Véronique reçut un appel de la personne qui s'occupait de la maison de ses parents sur la rive Gauche. Il y avait un problème de toiture, et l'homme voulait que Véronique vienne constater les dégâts et décider de la suite – tout refaire ou bien remettre des tuiles et attendre de voir ce que cela donnerait. Une fois par an au moins, ce genre d'incidents se produisait. Véronique expliqua à Aidan, qui se régalait de café au lait et de croissants, qu'elle devait se rendre dans la maison de ses parents.

— Tu l'as gardée ? s'étonna-t-il.

Elle lui en avait déjà parlé, mais il avait oublié. Cela lui paraissait bien étrange, car le père de Véronique était mort depuis trente ans.

— Je n'ai jamais eu le courage de vendre, expliqua-t-elle. C'est la maison où j'ai grandi, et Paul et moi y avons passé du temps au début de notre mariage, avec les filles. Après le divorce, j'ai cessé d'y aller. Quand je suis revenue à Paris, il y a quelques années, j'ai envisagé de m'y installer, et puis j'ai trouvé cet appartement, qui est plus pratique.

— Alors pourquoi ne pas vendre cette maison, si personne n'y va ?

Aidan était perplexe. Tant de fantômes hantaient sa vie, faisant resurgir un passé douloureux.

— Cet endroit est trop spécial pour que je m'en sépare, répondit Véronique. Ma mère l'a hérité de mon grand-père. Elle l'a laissé à mon père, pour qu'un jour il m'appartienne. Et je crois que moi, je le garde pour mes filles. J'imagine qu'elles le vendront. Mais moi, je n'ai pas le courage de le faire. Cet hôtel particulier est même plus vieux que le château.

Elle ajouta ensuite avec un petit sourire en coin :

— Et il est en bien meilleur état. Je suis plus soigneuse que Paul.

Chaque année, elle dépensait des sommes non négligeables pour le maintenir en bon état. Au fil du temps, elle avait reçu plusieurs offres d'acheteurs potentiels, presque exclusivement des milliardaires du Proche-Orient, à l'exception d'un Américain.

— Tu veux le voir ?

— Bien sûr !

Aidan était curieux. Et il adorait les vieilles pierres.

Après le petit déjeuner, ils s'y rendirent à pied. La propriété était à proximité des Invalides, le tombeau de Napoléon. Ils arrivèrent rue de Varenne, passèrent devant le musée Rodin et Matignon, et, un peu plus loin, Véronique s'arrêta devant de lourdes portes. Elle sortit une clé, ouvrit et franchit le seuil. Un magnifique hôtel particulier et une cour élégante les accueillirent. Sur le côté, une aile était occupée par le gardien, en face se trouvaient les écuries qui avaient à l'époque servi pour les calèches. Et devant eux, le bâtiment principal, spectaculaire, était en parfait état.

Aidan regarda Véronique tandis qu'elle sonnait chez le gardien. L'homme apparut, les salua chaleureusement, puis les accompagna devant la partie principale de l'hôtel. Alors qu'ils empruntaient l'escalier en marbre, Aidan n'eut pas l'impression d'entrer dans une maison inoccupée, mais de rendre visite à quelqu'un. Véronique elle aussi avait souvent ce sentiment quand elle venait dans ce lieu chargé de souvenirs. Elle prit alors la main d'Aidan dans la sienne.

Luc, le gardien, les guida à travers les pièces. Toutes étaient dotées d'un parquet d'origine datant du XVIIe siècle, de moulures et de boiseries magnifiques. Les lustres étaient en cristal, et les plafonds, d'une hauteur étourdissante, étaient ornés de nuages et d'anges. Ils traversèrent trois petits salons, puis un séjour plus vaste, lequel ouvrait sur un jardin rempli de fleurs et d'arbres agencés selon un motif harmonieux. Véronique lui montra la salle à manger, lui expliquant que ses parents y avaient donné de fastueux dîners. Il y avait même une salle de bal digne de Versailles. Et une bibliothèque remarquable.

À l'étage, ils passèrent dans un nombre infini de chambres, dont celles des parents de Véronique et la sienne, quand elle était enfant. Tous les meubles étaient recouverts de draps qui les protégeaient de la poussière. En revanche, les tableaux qui avaient jadis orné les murs n'étaient plus là. Véronique les avait vendus depuis longtemps ou les avait emportés à New York. Il y avait quelques fresques du XVIIe siècle, parfaitement conservées. Certains murs étaient tapissés de beaux tissus. C'était sans doute l'une des plus belles demeures de Paris.

Depuis qu'ils étaient entrés, Aidan n'avait pas dit un mot. Lorsqu'ils s'assirent dans le petit salon privé de sa mère, Véronique le regarda et vit qu'il était époustouflé.

— C'est beau, n'est-ce pas ? Tu comprends maintenant pourquoi je ne vends pas. Je n'arrive pas à m'y résoudre.

— Cet endroit est un musée, murmura Aidan. Je ne m'imagine pas grandir ici. Pas plus qu'y vivre en tant qu'adulte…

Le vieux cottage miteux dans lequel il avait passé son enfance lui apparut soudainement. Le contraste entre la maison de ses parents et celle de Véronique soulignait de façon édifiante le gouffre les séparant. Aidan avait la tête qui tournait tant il était débordé par ses émotions.

— C'est un endroit très spécial, oui, répondit Véronique.

Elle ne disait pas cela pour se vanter. C'était sa maison, tout simplement.

Mais Aidan était sous le choc : cet hôtel particulier révélait qui elle était. Or Véronique était si modeste et telle-

227

ment sans prétentions qu'il n'avait rien soupçonné de tel. Et il ne s'agissait pas uniquement d'une richesse passée : il était évident qu'elle avait les moyens de garder cette demeure, laquelle était parfaitement entretenue.

Ils descendirent au rez-de-chaussée et sortirent dans la cour. Luc montra à Véronique la toiture et lui expliqua le problème. Au niveau de la mansarde, les gouttières étaient rouillées et les tuiles se détachaient. Il craignait des fuites cet hiver. Véronique l'écoutait en hochant la tête.

— Je crois qu'il faut tout refaire maintenant, dit-elle d'un ton assuré. Cela vaut mieux que des petits rafistolages qui n'en finissent jamais.

Hors de question de mettre la maison en péril.

— Je me doutais que vous diriez cela, madame Parker, répondit Luc en hochant la tête. Je suis tout à fait de votre avis, mais je voulais que la décision vienne de vous. Cela coûtera très cher, déplora-t-il.

— Réparer la maison aussi.

Luc ne le savait que trop, mais tâchait autant que possible d'éviter des dépenses à Véronique.

Celle-ci fit ensuite visiter le jardin à Aidan. Les fleurs exhalaient un parfum délicieux et les parterres étaient impeccables. Une vieille balançoire était encore là, qui avait servi aux filles. Ils regagnèrent la cour, Véronique remercia Luc, et, quelques minutes plus tard, ils se retrouvèrent dans la rue. Aidan donnait l'impression d'être sur le point de s'évanouir. Il resta cloué là, sur le trottoir de la rue de Varenne, à la regarder fixement comme s'il la voyait pour la première fois.

— Qui es-tu donc ? lâcha-t-il d'un air paniqué.

— Que veux-tu dire ?

Elle ne comprenait pas.

— Qui es-tu pour avoir grandi dans cet hôtel particulier extraordinaire, et pour pouvoir le garder ? Sais-tu où j'ai grandi, moi, Véronique ? Un taudis qui aurait dû être condamné, avec une chambre minuscule pour mes parents, et un lit dans le salon pour moi. Notre maison était plus petite que la moindre des salles de bains de cet hôtel. Je ne saisis pas : que fais-tu avec un type comme moi ?

— Je t'aime, Aidan. Cela me rend triste de savoir que tu as grandi dans de telles conditions, répondit-elle les yeux emplis de douleur. Je déteste toutes ces mauvaises choses qui te sont arrivées... Toutes ces souffrances. Ton père et son alcoolisme... La mort de ta mère... Pas simplement votre pauvreté. Mais tu sais, moi aussi, j'ai vécu des choses tristes. Et de toute façon, notre histoire n'a rien à voir avec cette maison. Je l'aime, cette maison, et j'ai eu la chance de vivre ici, mais cela ne change rien à notre amour.

— Je n'ai pas ma place dans ton monde, murmura-t-il.

Il se mit à marcher. Il souffrait.

— Mais, Aidan, tu n'es pas amoureux d'un monde, mais d'une femme, d'une femme qui t'aime. Je me moque bien de ce que tu possèdes ou ne possèdes pas.

— Je ne veux rien de toi, tu comprends ?

Aidan s'arrêta. Il avait crié sans même s'en rendre compte. Les gens les regardaient.

— Je le sais, répondit-elle doucement.

— Pendant tout ce temps, j'ai cru que ta fortune te venait de ton mari. Mais c'est ton argent, n'est-ce pas ? Tout était à toi : cette maison, le château... Il était riche, lui aussi ?

Aidan était à bout de nerfs, et Véronique se demandait ce qui pourrait le calmer.

— Pourquoi tu ne m'as rien dit ?

— Mais je pensais au contraire qu'il serait déplacé de te dire que tout cet argent était à moi. Et pour répondre à ta question, mon mari n'avait pas un sou. Et je m'en moquais. J'ai compris plus tard qu'il m'avait épousée pour mon argent. Mais je l'aimais, et nous avons eu trois enfants. Ma fortune ne me définit pas.

— Si ! hurla-t-il. Toute une vie à vivre de la sorte, à tout avoir sans rien connaître de l'existence de ceux qui n'ont rien !

— Pourquoi vouloir me punir à cause de ça ? Je n'ai pas décidé de mes origines. En revanche, je suis une adulte responsable : je donne de l'argent pour aider les autres. Pourquoi serait-ce de ma faute si ma famille était riche ? Pourquoi m'accuses-tu ?

— Tu aurais dû m'en parler, c'est tout ! aboya-t-il. Cela ne pourra jamais marcher entre nous. Comment cela pourrait-il marcher ? En plus, tes filles croiront que j'en ai après ton argent.

— Mais non, elles finiraient bien par comprendre que ce n'est pas le cas. Et pourquoi faire une croix sur notre avenir à cause d'elles ? Elles ont leur vie, et nous, la nôtre. Tu es quelqu'un de bien, Aidan. Je t'aime. Ce n'est pas juste de me punir parce que je possède une belle maison ou que j'y ai vécu lorsque j'étais enfant. Pour trouver grâce à tes yeux, faudrait-il que j'aie dormi à même le sol et que j'aie souffert de la faim ? Pourquoi ? Est-ce que tu penses que le fait d'avoir été pauvre te donne le privilège de la bonté ? Que moi, je suis une mauvaise personne parce que ma famille avait de l'argent ? Quel est le rapport ?

— Tu ne peux pas me comprendre, répondit-il, furieux.

— Alors il ne fallait pas me sauver des roues de cette Ferrari si ma vie ne vaut rien. Il ne fallait pas me suivre dans Venise. Sinon, à quoi bon ? Notre histoire est extraordinaire : c'est celle de deux êtres qui s'aiment, et je me moque bien de savoir si tu es riche ou pauvre

— Bien sûr que tu t'en moques, tu es riche, toi ! Pourquoi tu t'en soucierais ? Tu représentes tout ce que j'ai toujours détesté !

— Et si tu t'étais trompé ? Et si certains pauvres étaient méchants, et certains riches, bons ? Pour une surprise, ça serait une sacrée surprise !

Aidan ne répondit rien, se contentant de marcher à grands pas. Véronique s'efforçait tant bien que mal de le suivre. Il ne rouvrit la bouche qu'une fois devant son immeuble. Il la regardait tristement.

— Veux-tu que je parte ?

— Bien sûr que non. Ce n'est pas moi qui ai un problème, c'est toi. Bon sang, Aidan, grandis. Et si tu ne veux pas comprendre, si tu ne peux pas m'aimer, eh bien, va te faire voir !

Il la regarda d'un air abasourdi avant d'éclater de rire.

— Je n'en reviens pas que tu m'aies dit un truc pareil ! Oh, mon Dieu, j'ai enfin réussi à te faire sortir de tes gonds. Tu m'as envoyé balader !

Il affichait un sourire jusqu'aux oreilles.

— Désolée, Aidan, mais tu le méritais, lâcha-t-elle d'un ton légèrement embarrassé.

— Peut-être. Mais tu dois admettre que c'est un sacré choc de tomber amoureux d'une femme en pensant qu'elle vit très à l'aise et de découvrir finalement qu'elle a une baraque comme celle que je viens de voir, qu'elle a offert un château à son mari et Dieu sait quoi encore ! Qu'elle pourrait acheter tout Paris si elle le voulait.

— N'exagère pas.

— Je n'étais pas prêt pour un truc pareil. Et tu es tellement discrète, bon sang, je n'ai pas pu deviner. Les seuls indices, c'étaient les hôtels où tu descendais, mais des gens bien moins riches que toi fréquentent ce genre d'établissements.

— Tu aurais préféré que j'agisse comme Nikolaï Petrovich par exemple, que je porte une montre en or et en diamants et que je me balade sur un yacht de cent cinquante mètres de long ?

— Ah non, pitié ! Mais pourquoi n'aides-tu pas plus tes filles ? Pourquoi travaillent-elles si dur alors que vous êtes riches comme Crésus ?

— J'ai toujours refusé d'en faire des enfants gâtés. Je ne voulais pas qu'elles deviennent paresseuses. Le travail est salvateur.

— Elles savent que tu as tout cela ?

Il indiqua vaguement d'un geste de la main la direction des Invalides, de l'autre côté de la Seine.

— Évidemment.

— Et que c'est leur argent, pas celui de leur père ?

— Oui. Je n'en fais pas tout un plat, mais elles l'ont compris depuis bien longtemps.

Aidan secouait la tête tandis qu'ils montaient les marches inégales de l'immeuble. Il s'effondra sur le canapé du salon. Même si cet appartement était confortable et charmant, il était à des années-lumière de l'hôtel particulier qu'il venait de découvrir.

— Il faut que je réfléchisse à tout ça, dit-il en essayant de se calmer. Je n'aurais jamais cru qu'un jour je tomberais amoureux d'une femme comme toi. Les théories que je soutiens depuis des années en prennent un sacré coup.

Sur ce, il alla chercher une bouteille de vin dans la cuisine et se servit un verre.

— Tu es dure avec mes nerfs, Véronique.

— Toi aussi, tu es dur avec moi.

Elle le regarda. Dans ses yeux se lisait tout l'amour qu'elle avait pour lui.

— Je t'aime, Aidan. Que tu sois riche ou pauvre. Pour le meilleur ou pour le pire. Je me moque de ce que nous possédons, toi et moi.

— Oui, c'est moi que ça dérange, visiblement. Il me faut un peu de temps pour digérer tout ça.

Aidan s'approcha d'elle et l'embrassa avec force. Et avant qu'ils aient le temps de comprendre ce qui se passait, ils faisaient l'amour, plus passionnément que jamais. Une forme de frénésie, de désespoir s'était invitée dans leurs ébats.

Quand ils eurent terminé, ils étaient à bout de souffle. Véronique le regarda avec un petit sourire.

— Waouh, tu me fais encore mieux l'amour depuis que tu sais à quel point je suis riche, lâcha-t-elle.

Aidan ne put s'empêcher de sourire.

— Oh, va te faire voir ! s'exclama-t-il avant de l'embrasser.

18

Véronique et Aidan restèrent deux semaines à Paris. Une fois passé le choc d'avoir découvert l'ampleur de sa fortune, il se calma. Il lui fallut quelques jours pour y parvenir, mais il finit par développer une sorte d'humour au sujet de la situation, et Véronique accueillit ce changement avec gratitude. Même si cette révélation avait profondément ébranlé le photographe, elle ne changeait rien entre eux – Véronique avait raison.

Se séparer fut un déchirement, mais l'avocat de Bertie voulait la déposition de Véronique, et il fallait qu'elle rentre à New York pour régler d'autres affaires. Elle promit à Aidan de ne rester là-bas que quelques semaines, mais c'était déjà beaucoup trop pour eux : les moments qu'ils avaient partagés avaient été idylliques. Ils avaient fait de longues promenades dans le bois de Boulogne et le parc de Bagatelle, avaient vu des expositions, farfouillé dans les salles des ventes de Drouot. Ils avaient cuisiné ensemble, étaient allés au restaurant, avaient discuté pendant des heures, fait l'amour et la sieste. Un soir, Aidan lui avait lu un livre de poésie qu'il aimait depuis toujours et qu'ils avaient déniché chez un bouquiniste sur les bords de Seine. Leur complicité était incroyable, en dépit de leurs différences d'âge et de milieu.

Ils partaient de l'aéroport Charles-de-Gaulle en même temps. Aidan accompagna Véronique jusqu'à sa porte d'embarquement. Quand elle disparut de son champ de vision, il eut l'impression de perdre sa meilleure amie et ne put s'empêcher de l'appeler sur son portable avant le décollage. Il n'avait qu'une envie : qu'elle revienne vite. Ce qu'elle promit de faire.

Aidan, cependant, avait du travail qui l'attendait à Londres. Une nouvelle exposition à préparer. Et Véronique, dès son arrivée, n'eut pas le temps de s'ennuyer non plus. Juliette était aux anges car elle venait de vendre son affaire. Elle avait l'intention de retourner en France rapidement. Joy, elle, annonça sa venue à New York avec Ron : ils devaient rencontrer les gens de la marque de cosmétiques qui l'avait pressentie pour en être l'égérie. Il s'agissait d'un gros contrat, et ils étaient tous les deux très excités. Si Joy était retenue, elle gagnerait énormément d'argent. Et tous les projecteurs seraient braqués sur elle, ce qui ne pourrait que tirer sa carrière vers le haut.

Joy arriva le soir précédant le départ de Juliette pour la France. Il était rare que les trois sœurs soient réunies et puissent dîner toutes ensemble. Elles invitèrent leur mère à se joindre à elles. Et Ron accepta, non sans une certaine appréhension, d'aller boire un verre chez Véronique avant le repas. Lorsque le jeune homme vit les œuvres qui ornaient les murs de l'appartement, il n'en crut pas ses yeux.

— Bon sang, ce sont des vrais ? demanda-t-il à Joy tout bas.

La jeune femme hocha la tête.

— La plupart de ces tableaux appartenaient à mon arrière-grand-père. Il était marchand d'art.

Ron préféra ne pas penser à ce que valaient toutes ces toiles. D'autant que la mère de sa bien-aimée venait de faire son apparition. Elle était vêtue d'un pantalon et d'un pull tout simple. Elle ressemblait étonnamment à Joy.

Véronique sourit au grand et beau jeune homme qui se tenait aux côtés de sa fille et qui avait l'air un tantinet fébrile.

— Je suis vraiment enchantée de faire votre connaissance, dit-elle d'un ton chaleureux.

Elle lui proposa quelque chose à boire. Il avait envie d'une vodka avec des glaçons, mais ce n'était peut-être pas une bonne idée. Il hésita.

— Du champagne, ça vous tente ?

Véronique le réquisitionna pour ouvrir la bouteille de cuvée Cristal dans la cuisine. Elle leur servit une coupe à chacun et ils allèrent s'asseoir dans le salon. Elle le félicita pour tout ce qu'il faisait pour la carrière de Joy. Cette dernière était émue de voir à quel point sa mère s'efforçait de mettre Ron à l'aise. Petit à petit, le jeune homme se détendit. Véronique était une femme charmante, qui avait à cœur les intérêts de sa fille. Elle était franche aussi : elle avoua ne pas avoir toujours approuvé ce choix de carrière, mais elle avait changé d'avis et était impressionnée par la tournure que prenaient les événements.

— Et ce n'est que le début, affirma Ron en souriant à Joy. Un jour, elle sera une immense star. Cette campagne publicitaire va lui donner une très grande visibilité. Pendant toute une année, le pays entier verra son visage. Et j'aimerais beaucoup qu'elle décroche un rôle dans lequel elle pourra mettre à profit ses talents de chanteuse.

Cela toucha Véronique. Comme lui, elle trouvait que Joy avait une voix magnifique.

Ils bavardèrent pendant une heure et finirent la bouteille de champagne. Ron avait bu trois coupes et était tombé sous le charme de Véronique. Au moment de partir, il embrassa les deux femmes, qui devaient aller retrouver Timmie et Juliette au restaurant. Véronique lui souhaita bonne chance pour le rendez-vous du lendemain. Le garçon les salua d'un geste de la main tandis que leur taxi s'éloignait.

— Il me plaît beaucoup, Joy, lança Véronique avec un grand sourire. Il est intelligent, honnête, il a des super-idées pour ta carrière et il est fou de toi.

— Oui, il est formidable, maman, répondit-elle d'une voix emplie d'émotion.

Véronique la serra dans ses bras.

— Toi aussi, tu es formidable. Je suis très fière de toi.

— Merci !

Joy en avait les larmes aux yeux. Elle garda la main de sa mère dans la sienne pendant tout le trajet. De tels moments d'intimité entre elles étaient rares. Véronique espérait qu'il y en aurait bien d'autres encore.

Elles s'étaient donné rendez-vous chez Balthazar à SoHo, dans le sud de Manhattan, pour fêter le départ de Juliette. Celle-ci était tout excitée. Elle avait parlé une demi-douzaine de fois à Jean-Pierre Flarion pour le prévenir de son arrivée et discuter des premiers éléments du chantier à attaquer.

Timmie, quant à elle, pensait avoir enfin trouvé l'endroit idéal pour son foyer. Joy et Véronique, de leur côté, semblaient leur cacher quelque chose. Elles souriaient comme des gamines en entrant dans le restaurant. Une fois la commande passée, Véronique leur apprit qu'elle venait de faire la connaissance de Ron et qu'elle l'avait adoré. Timmie l'avait rencontré la veille au soir et partageait son enthousiasme.

— Celui-là, il faut le garder, ma chérie ! conclut Véronique.

Joy était bien d'accord.

— Vous avez toutes de grands projets en cours, déclara Véronique d'un ton plein d'admiration. Moi, je crois que je vais me remettre à la peinture !

Timmie fut étonnée.

— Pourquoi ? Tu n'as pas touché un pinceau depuis des années.

À l'entendre, on aurait pu croire que sa mère avait décidé de tout lâcher pour aller faire de la danse orientale dans un souk marocain.

— Pourquoi pas ? J'ai beaucoup de temps à ma disposition. Et toutes les œuvres que j'ai admirées en Italie m'ont inspirée.

Ses filles, visiblement, étaient loin de partager son enthousiasme.

— Je trouve ça un peu bête de commencer une carrière à ton âge, reprit Timmie. Tu n'as pas besoin de ça. Et si tu peins des portraits sur commande, tu n'auras aucune liberté. Tu devras obéir aux instructions qu'on te donnera.

— C'est vrai. Mais je pense que ça me plaira.

Ses trois filles la regardèrent d'un air ahuri.

— Que devrais-je faire de ma vie, d'après vous ?

— Voyager, te détendre, voir des amis, répondit Timmie.

Joy abonda dans son sens.

Mais tout ça paraissait atrocement ennuyeux à Véronique. Après tout, elle n'avait que cinquante-deux ans.

— Être là pour nous quand nous avons besoin de toi, poursuivit Timmie.

Cela avait le mérite d'être honnête. Jamais elles n'avaient exprimé avec tant de franchise leur besoin de savoir leur mère disponible pour elles à tout instant. Une mère éternellement d'astreinte, sans aucune autre obligation.

— Vous n'avez pas besoin de moi très souvent. Et puis cela ne me suffit pas, à moi. Voilà des années que je réfléchis à comment m'occuper. Depuis que vous êtes adultes, en fait. Et dans son testament, votre père a exprimé le souhait que je me remette à la peinture. Nikolaï m'a déjà demandé de faire son portrait la prochaine fois qu'il viendra à New York.

— Méfie-toi de lui, la mit en garde Joy en riant. Il avait l'air d'en pincer sacrément pour toi ce soir-là, quand on était sur le bateau.

— Oui, c'est possible. Mais il sera sûrement un modèle amusant à peindre. Il a un visage très expressif.

— Et un bateau très impressionnant, ajouta Joy.

L'épisode du yacht avait alimenté de nombreuses conversations dans les semaines qui avaient suivi le dîner.

— Heureusement que tu n'as plus à t'inquiéter pour ce genre de choses, maman, dit gentiment Juliette. Tu n'as plus à te marier, ni même à sortir avec des hommes. Tu ne dépends de personne.

Ses propos étaient bienveillants, et pourtant, Véronique les trouva déprimants.

— Jamais je ne fréquenterais quelqu'un pour des raisons financières. L'amour seul m'inspirerait, lança-t-elle avec un air de défi.

Ses filles parurent mal à l'aise.

— Encore faut-il en avoir envie, répliqua Timmie avec un revers de la main, cherchant à clore le sujet.

— Et si j'en avais envie ? Si je tombais amoureuse de quelqu'un ? s'entêta Véronique.

Ses trois filles la dévisagèrent.

— Comme Nikolaï ? demanda Joy d'un air choqué.

— Non, pas Nikolaï. Quelqu'un. N'importe qui. Qu'en penseriez-vous ?

— Que tu es folle, répondit Timmie du tac au tac. Pourquoi t'embêter avec ça maintenant ? Surtout que, pour les femmes de ton âge, il n'y a aucun type bien. Ils sont tous mariés.

Timmie avait vraiment le don de décourager les autres.

— Déjà qu'il n'y a pas un seul type bien pour les filles de mon âge, alors pour toi… Vraiment, maman, tu es mieux toute seule. Et puis tu nous as, nous.

Véronique fut estomaquée par le manque d'égards de sa fille. Mais cela lui servit aussi de révélation.

— Je vous ai, bien sûr, mais vous avez chacune une vie bien remplie, ce qui est parfaitement normal. Combien de fois nous parlons-nous dans la semaine ? Une fois ? Grand maximum. Combien de fois nous voyons-nous ? Encore moins souvent. Vous rêvez toutes de partager votre vie avec quelqu'un, alors pourquoi moi, je n'aurais pas le droit de le faire ?

Ses filles la regardaient comme si elle avait momentanément perdu la raison. Puis Joy changea de sujet. L'idée que leur mère puisse avoir une vie leur paraissait bel et bien absurde.

Une fois chez elle, Véronique, déprimée par cette découverte, en discuta avec Aidan au téléphone.

— Les enfants sont ingrats, répondit-il. C'est pour cela que je n'en ai jamais voulu. Entre autres. Dire que tes filles sont incapables d'imaginer que tu aies envie d'avoir un homme dans ta vie et que tu puisses être heureuse avec lui...

— Oui, à les entendre, on pourrait croire que j'ai cent ans, déplora Véronique.

— Je crois plutôt que, comme tu es leur mère, tu n'as pas d'âge. Pour elles, tu es surhumaine, tu n'as aucun besoin propre. Elles pensent pouvoir te sortir du placard dès qu'elles ont besoin que tu les réconfortes ou que tu nettoies derrière elles. Et pouvoir te ranger dès que c'est fini. Un peu comme un aspirateur.

Cette image fit rire Véronique.

— Exactement ! C'était horrible de les écouter. Elles se fichent éperdument de moi. Elles se moquent de savoir ce que je ressens, comme si j'étais une espèce de machine. Et je ne t'ai pas dit ! Elles ne veulent même pas que je peigne ; d'après elles, ça ne sert à rien...

— Eh bien moi, c'est l'inverse : j'ai envie que tu peignes. Tu devrais te remettre aux portraits, Véronique.

— J'y pense, j'y pense...

Elle n'évoqua pas la commande de Nikolaï. De toute façon, elle n'était pas certaine qu'il la rappelle.

— Quand reviens-tu ? demanda-t-il d'une voix plaintive.

— Je ne sais pas encore. Timmie et moi devons faire nos dépositions.

Ils avaient pris celle de Juliette quelques jours auparavant. Elle avait décrit cet épisode comme un non-événement et leurs questions comme ennuyeuses. Ils enregistreraient la déposition de Joy à Los Angeles, à la demande de Brian.

— Dès que j'en aurai fini avec ça, je pourrai penser à mon retour.

— Bientôt, je t'en prie, la supplia-t-il.

Après avoir raccroché, Véronique se demanda si elle devait parler à ses filles d'Aidan. Comment aborder le sujet ? « Ah, au fait... j'ai un amant qui a onze ans de moins que moi, et nous passons notre vie au lit... » Après ce qu'elles venaient de dire, l'affaire lui semblait délicate. Ses filles seraient horrifiées. En fait, elles ne la connaissaient pas, et n'avaient pas envie qu'il en aille autrement.

La déposition se passa sans accroc, mais lui prit énormément de temps : cinq heures, avec une pause rapide pour déjeuner. L'entretien eut lieu dans le cabinet de Brian McCarthy. Arnold était venu pour apporter à Véronique le soutien moral dont elle n'avait en réalité pas besoin.

Véronique fut impressionnée par Brian. C'était un excellent avocat. Ses objections étaient parfaitement justifiées. Avant la déposition officielle, il avait balayé avec elle l'ensemble des questions afin qu'elle sache quelles réponses éviter et ne tombe pas dans les pièges tendus par l'avocat de Bertie. Elle était bien préparée. Bon nombre de questions concernaient l'état de ses finances, et, comme elle le raconta plus tard à Aidan, ce fut un moment particulièrement ennuyeux.

La déposition de Timmie fut plus mouvementée. La jeune femme arriva d'humeur massacrante : ce rendez-vous ne l'arrangeait pas du tout, car elle avait beaucoup de travail et avait dû annuler la contre-visite de la maison pour laquelle elle souhaitait faire une offre. Elle avait demandé à Brian de changer le jour de la déposition, mais c'était impossible, et elle lui en avait voulu.

L'avocat de Bertie se montra bien moins indulgent et courtois envers elle qu'envers Véronique. Son demi-frère lui lançait des regards furieux et mauvais, son avocat la provoquait, et Timmie fulminait. À la fin du rendez-vous, Brian était livide, Timmie enragée, et l'avocat de Bertie, ravi.

Dès qu'elle se retrouva seule avec Brian, la jeune femme se déchaîna contre lui. Elle le blâma pour ce qu'il n'avait pas fait, pour ce qu'il aurait dû faire, lui reprocha de ne pas avoir objecté assez vite et l'accusa d'avoir gaspillé son temps précieux. Fou de rage, l'avocat se rua à l'extérieur sans dire un mot. Elle l'imita quelques instants plus tard.

De retour au bureau, alors que Timmie semblait prête à commettre un meurtre, elle reçut un appel.

— J'aimerais conclure un accord avec vous, mademoiselle Parker.

Lorsqu'elle reconnut la voix de Brian, elle eut envie de raccrocher sans un mot. Comment osait-il lui téléphoner ! Arnold l'avait déjà contactée sur le chemin du retour pour lui demander de mettre de l'eau dans son vin, car sinon, Brian risquait de partir en claquant la porte.

— Quel accord ? lâcha-t-elle.

— Je ne sais pas quel est votre problème avec moi, si vous ne m'aimez pas personnellement, si je paie le fait que votre frère est un salaud ou si vous détestez tout simplement les hommes. Peut-être avez-vous des choses à régler avec votre père, auquel cas, vous m'en voyez navré, mademoiselle Parker. Mais… soit nous parvenons à dépasser tout ça, soit je m'en vais.

Il s'interrompit quelques secondes, puis :

— Que diriez-vous de dîner avec moi ? Après tout, nous sommes deux adultes civilisés et nous parviendrons peut-être à une résolution pacifique du conflit. Si vous me détestez toujours autant à l'issue de ce dîner, j'abandonnerai votre affaire. Car si nous continuons sur cette pente, je ne pourrai pas obtenir gain de cause pour votre famille, et ni vous ni moi n'avons besoin d'une défaite. Alors, que pensez-vous de mon idée ? Un dîner ? Pourquoi pas au Twenty-One ?

Il s'agissait de l'un des meilleurs établissements de la ville – et l'un des préférés de Timmie.

— Qu'est-ce que cela peut vous faire, que je vous apprécie ou non ? grommela-t-elle dans le téléphone.

Sa proposition la décontenançait. À vrai dire, elle avait pris un malin plaisir à le détester. Cela lui permettait de se défouler.

— Je suis un type bien. Je ne mérite pas la façon dont vous me traitez. J'ai accepté de m'occuper de cette affaire pour rendre service à Arnold, mais elle ne me rapportera rien. En revanche, ça m'énerve vraiment que votre abruti de frère cherche à vous impressionner avec son avocat sordide. J'aimerais vous aider, mais ce n'est possible que si nous travaillons main dans la main. Sinon, je me retire.

Timmie fut impressionnée par le courage et la franchise de Brian.

— Je suis navrée, monsieur McCarthy. Je crois que je me suis laissée emporter aujourd'hui. Cette histoire me fait perdre beaucoup de temps et a fichu en l'air toute ma journée. J'avais d'autres impératifs.

L'une des personnes qu'elle suivait venait d'être internée en hôpital psychiatrique après une tentative de suicide. Timmie n'avait pas pu lui rendre visite.

— Je sais bien. Mais les dépositions, c'est comme cela. C'est une perte de temps pour tout le monde. Celle de votre mère a duré encore plus longtemps que la vôtre.

— Peut-être, mais elle n'a rien de mieux à faire, elle.

Brian trouva sa remarque fort désobligeante. Timmie semblait en vouloir au monde entier.

— Alors, ce dîner ?

Après tout ce qu'elle avait dit, Timmie s'étonnait qu'il puisse encore avoir envie de se retrouver en tête à tête avec elle. Elle hésita, et finit par accepter.

— D'accord pour le Twenty-One. Quand ?

Elle ne s'embarrassa pas de remerciements.

— Demain soir ?

— OK. Ça me va.

— Si c'est ce que vous voulez, je lâcherai l'affaire à la fin du dîner. Ce sera à vous d'en décider.

— C'est courageux, fit-elle remarquer d'un ton un peu plus affable.

— Je suis un homme courageux. J'ai vu pire. Je n'ai pas peur d'être viré. Même après avoir payé l'addition.

Brian rit.

— Vous savez quoi ? Si je vous déteste toujours après le dîner, c'est moi qui payerai le repas, proposa-t-elle.

— Ce n'est pas ça, l'idée. Je paie le dîner, et vous me dites si vous voulez que j'abandonne l'affaire ou non. C'est simple comme bonjour.

— Je ne vous déteste pas, répliqua-t-elle, gênée. Je m'énerve, c'est tout. Je déteste perdre mon temps. Et je déteste Bertie.

— Il le mérite probablement. Moi pas. Quoi qu'il en soit, je pense que ce dîner sera une bonne chose : si je reste, nous formerons une bonne équipe. Si je pars, cela nous évitera de nous épuiser à nous faire la guerre, et nous pourrons peut-être devenir amis, qui sait ?

C'était une proposition très inventive, en effet. Timmie était impressionnée.

— Je peux passer vous chercher, si vous le souhaitez. Où habitez-vous ?

— Downtown. Mais je prendrai un taxi, merci.

Brian habitait lui aussi dans le sud de Manhattan, à Tribeca, mais il s'abstint d'insister : Timmie semblait préférer vouloir se débrouiller seule.

Le lendemain, lorsque la jeune femme fit son entrée dans le restaurant, Brian sirotait un bullshot au bar. Le cocktail avait l'air bon, et elle commanda la même chose. Timmie avait eu une longue journée : elle avait rendu visite à la personne internée la veille et avait appris le matin même qu'un autre sans-abri, dont elle était très proche, avait mis fin à ses jours. Ils l'avaient arraché à la rue une dizaine de fois, mais il était toujours retombé dans la marginalité. Dernièrement, ils lui avaient trouvé un bon logement, mais cela n'avait pas suffi ; son passé et la solitude avaient eu raison de lui : l'homme s'était pendu. Même si ce genre de tragédies était le lot quotidien de Timmie, c'était toujours très éprouvant...

Le cocktail lui apporta un peu de réconfort.

— Dure journée ? s'enquit Brian.

— Très dure.

Timmie lui sourit. Elle lui en parlerait peut-être plus tard.

— Je ne sais pas comment vous faites, reprit-il. Déjà que je trouve mon métier difficile... Ma mère est psychiatre. Elle s'est spécialisée dans les jeunes suicidaires. Moi, ça me tuerait. Et pourtant, c'est quelqu'un de très enjoué.

— Pourquoi a-t-elle choisi cette voie ?

— Sa sœur jumelle s'est suicidée quand elles avaient quinze ans. C'est pour elle une façon de payer, je suppose. Et vous ? Pourquoi les sans-abri ?

— J'ai fait un stage dans un foyer de sans-abri quand j'étais à la fac, et j'ai adoré.

— Où avez-vous étudié ?

— J'ai fait ma licence à Princeton, et puis mon master à Columbia. Vous, je sais que vous êtes allé à Harvard.

Timmie avait dit cela d'un ton admiratif.

— Oui, je ne sais pas comment j'ai fait. Mes notes étaient pourries jusqu'à ce que j'entre en fac de droit, et ensuite, je me suis débrouillé. J'étais complètement obsédé par le sport. Étudier était le prix à payer pour pouvoir jouer au football américain. Il m'a fallu des années pour comprendre qu'il y avait autre chose dans la vie, et notamment des métiers où l'on ne se fait pas écrabouiller, où l'on peut utiliser son cerveau – dans le droit, par exemple. J'ai toujours été un sportif, avoua-t-il.

Il en avait le physique, en tout cas.

— Aujourd'hui encore ? s'étonna-t-elle.

— Plus vraiment. J'ai sacrifié mes genoux sur l'autel du football universitaire. Maintenant, je skie, je joue au tennis, je m'amuse. Plus le temps pour la compétition.

— Moi, je n'ai plus le temps pour grand-chose : je travaille de quatre-vingts à quatre-vingt-dix heures par semaine. Mais je m'en porte très bien.

— C'est un peu dur, répliqua-t-il avec empathie.

— Vivre dans la rue l'est encore plus.

Timmie lui parla de son projet de foyer.

— J'aimerais faire quelque chose pour les femmes et les filles, avança-t-elle prudemment. Dans la rue, elles ne survivent pas. C'est trop rude, physiquement. Les hommes tiennent le coup, mais pour les femmes, c'est la catastrophe.

Brian hocha la tête. Timmie était une personne engagée. Elle avait sacrément bon cœur... même s'il était entouré de barbelés. Il fut surpris de voir qu'elle lui plaisait, presque malgré lui.

Ils passèrent un agréable moment. Abordant des sujets aussi variés que l'art, la musique et les choses qu'ils aimaient faire pendant leur temps libre, quand ils en avaient. Brian semblait travailler presque autant qu'elle.

Après quelques verres de vin, l'avocat lui confia avoir rompu avec sa petite amie l'année précédente, au terme de cinq ans de vie commune.

— Que s'est-il passé ? demanda Timmie.

— Elle s'est mariée avec mon meilleur ami de fac. Apparemment, il est plus marrant que moi ; il ne travaille pas autant. Il est kinésithérapeute pour les New York Mets. Un jour, il m'a donné des invitations pour aller les voir jouer, et moi, je les ai passées à ma fiancée. Et voilà comment ils se sont rencontrés ! Nous avons tous nos petites histoires. Désormais, je suis célibataire. Je n'ai pas le temps de sortir, de toute façon.

— Moi non plus. Il y a deux ans, j'ai rompu mes fiançailles. Mon petit ami m'a trompée, et celui d'avant aussi, avec ma meilleure amie. J'ai préféré arrêter les frais tant que je tenais encore les rênes. Deux fois, ça suffit.

— Mais non, il ne faut pas dire ça, lâcha-t-il en posant sur elle un regard empreint de douceur. Il faut juste changer de chevaux. Pas abandonner la course.

Brian lui sourit. Timmie était vraiment charmante quand elle n'était pas en colère. Elle était aussi belle que sa mère, que l'avocat avait trouvée renversante, en plus d'être adorable.

— Je ne suis sortie avec personne depuis deux ans, confessa Timmie. Et cela me va très bien.

— C'est absurde, à votre âge !

Brian comprenait mieux d'où venait sa colère. C'était une femme blessée.

— Il faut se remettre en piste. Vous avez toute la vie devant vous !

Brian prit l'addition.

— Bon, alors. J'abandonne ? demanda-t-il en souriant.

Timmie lui rendit son sourire.

— J'ai passé un agréable moment, répondit-elle d'un air très détendu.

— Moi aussi, mais ce n'est pas la question. Suis-je renvoyé ?

— Peut-être pas...

— Tant mieux, parce que j'aimerais beaucoup qu'on dîne une nouvelle fois ensemble. On se plaindra de travailler comme des bêtes et de ne pas avoir de vie sentimentale à cause des salauds qui nous ont trahis dans le passé...

Brian fit une grimace.

— Tout bien réfléchi, ça a l'air atroce, tout ça. Je propose qu'on trouve d'autres sujets de discussion.

— Oui, pourquoi pas ? Merci pour le dîner, en tout cas, Brian.

— Merci de ne pas m'avoir congédié. Vous voulez que je vous dépose ? J'habite à Tribeca.

Timmie accepta. Dans le taxi, ils parlèrent des Mets et de l'année qui les attendait. Brian était de compagnie agréable. Et il n'avait pas menti : il était un type bien. Quand ils arrivèrent dans le West Village, il demanda au taxi d'attendre un peu. Il avait encore une question :

— Vous avez un chien, Timmie ?

La jeune femme, interloquée, secoua la tête.

— Non, pourquoi ?

— Moi non plus. C'est dommage, parce que sinon, nous aurions pu les promener ensemble.

Elle rit.

— Vous savez, reprit-il, j'étais convaincu que vous me congédieriez après le dîner.

Brian l'accompagna jusqu'à sa porte, avant de regagner le taxi. Cela faisait des années que Timmie n'avait pas passé une soirée aussi agréable. Elle souriait encore en montant l'escalier, et lui aussi, lorsque le taxi le déposa à Tribeca. Pour eux deux, ce dîner avait été un franc succès.

19

Lorsqu'elle arriva à l'aéroport de Nice, Juliette loua une voiture. Elle avait pris une chambre d'hôtel à Saint-Paul-de-Vence et voulait louer une petite maison dans le coin jusqu'à ce que le château soit habitable, ce qui ne serait pas le cas tout de suite. L'agent immobilier qui avait estimé la propriété était sur le coup. Juliette s'arrêta au cabinet d'Élisabeth avant d'aller à l'hôtel. Sophie descendait justement de sa voiture avec des courses.

— Ah, Juliette ! Te revoilà !

On aurait dit deux vieilles amies. Juliette la serra chaleureusement dans ses bras. Elle se sentait singulièrement liée à la jeune femme, comme si elle était un fil la rattachant à son père, un héritage qu'il leur aurait laissé.

— Ça tombe bien que tu sois là ce week-end, lança-t-elle. Je voulais te voir.

— J'essaie de revenir quand je peux, pour maman.

Élisabeth se montra ravie de revoir Juliette et la convainquit de rester dîner. Elle préparait un pot-au-feu, un plat que Juliette adorait. Sophie lui apprit que sa mère avait la réputation de faire le meilleur hachis Parmentier et le meilleur confit de canard de tout le village.

Les trois femmes bavardèrent gaiement en savourant le repas. L'atmosphère était détendue. Grâce à la somme versée par Juliette en échange de sa quote-part du château, Sophie bénéficiait désormais d'une sécurité financière inédite. Elle et sa mère s'étaient d'ailleurs octroyé quelques petits plaisirs : Sophie avait renouvelé sa garde-robe pour l'université, et de nouveaux rideaux ornaient les fenêtres de la maison. Deux heures plus tard, Juliette prit congé. Elle était épuisée, probablement à cause du voyage et de l'excitation. Elle rejoignit son hôtel, s'effondra sur le lit de sa chambre et s'endormit immédiatement.

Le lendemain matin, elle se rendit dans le bureau de Jean-Pierre Flarion pour regarder les plans sur lesquels il avait travaillé. Il avait imaginé une nouvelle cuisine, dont l'installation, lui promit-il, ne générerait pas des frais inconsidérés. Ils achèteraient les placards chez IKEA et recycleraient de vieilles planches de bois pour le parquet. Quand elle eut tout étudié et approuvé, Jean-Pierre s'assit et lui sourit.

— J'avais peur que vous n'ayez changé d'avis.

— Bien sûr que non ! s'étonna-t-elle. Il fallait juste que je m'organise et que je vende la boulangerie. J'en ai obtenu un bon prix. J'ai aussi vendu du matériel.

Juliette avait rassemblé tout l'argent qu'elle avait pu en vue des travaux.

Ils déjeunèrent ensemble et partagèrent une nouvelle fois une socca. Ils se rendirent ensuite au château avec leurs plans. Jean-Pierre pouvait commencer dans une semaine. Deux jours plus tard, l'agent immobilier téléphona à Juliette. Il avait trouvé une maisonnette à Biot, dont le loyer était très raisonnable. Elle et Jean-Pierre la visitèrent, et le jeune homme l'encouragea à la prendre. C'était à quelques kilomètres à peine de chez lui, dans un bon quartier.

Le dimanche soir, avant le départ de Sophie pour Grenoble, Juliette alla dîner chez les Marnier avec Jean-Pierre. Élisabeth leur avait préparé son fameux hachis Parmentier. Jean-Pierre se resservit deux fois, et Juliette une. En partant, elle serra Sophie dans ses bras. Les deux jeunes femmes se jurèrent de rester en contact par mail et texto.

— J'aime bien vos amies, lui dit Jean-Pierre en la ramenant à l'hôtel.

Juliette hésita un instant avant de poser sur lui un regard timide.

— Ce ne sont pas à proprement parler des amies. Sophie est ma sœur, enfin, ma demi-sœur. Sa mère et mon père étaient...

Jean-Pierre hocha la tête pour signifier qu'il avait compris.

— Je ne l'ai su qu'après sa mort. Moi aussi, je les aime bien.

— C'est chouette que vous puissiez leur rendre visite comme cela.

Juliette acquiesça.

— Ça arrive souvent, par ici. Depuis toujours. La cour du roi regorgeait d'enfants illégitimes. Les Français sont des individus complexes, lâcha-t-il avec un sourire. Mais votre père n'était pas français, si ?

— Non, mais ma mère l'est à moitié. Sa mère était française, et ses grands-parents également.

— Alors vous êtes française ! déclara-t-il avec un regard plein de chaleur. Nos gènes sont très puissants, vous savez.

Juliette sourit et songea qu'il n'avait peut-être pas tort : c'est vrai qu'elle avait été attirée irrésistiblement par la France. Et Jean-Pierre s'en trouvait fort heureux. Il ne pouvait s'empêcher de penser que c'était le destin qui avait poussé Juliette jusqu'à Saint-Paul-de-Vence.

Le jour du départ de Juliette pour la France, Joy passa son audition pour la marque de cosmétiques. Elle appela ensuite sa mère pour lui dire que tout s'était bien passé. Elle espérait être retenue, et Ron était convaincu que ce serait le cas. Ils repartaient pour Los Angeles le soir même.

— Bien, tiens-moi au courant, ma chérie.

Le lendemain matin, Véronique reçut un coup de fil de Nikolaï. Il était à New York et souhaitait la voir.

— Quand commençons-nous ? lui demanda-t-il de sa voix grave, avec son accent prononcé.

— Mais de quoi parlez-vous, Nikolaï ?

— Eh bien, de la commande que je vous ai faite. Mon portrait.

— Vous êtes sérieux ?

— Bien entendu. Je parle rarement en l'air. Et je tiens mes promesses !

— Mais je ne peins plus depuis des années, Nikolaï ! Vous risquez de détester mon travail.

— Je vous fais confiance. Quand commençons-nous ?

Véronique n'avait même plus de fournitures.

— Demain, ce serait bien, poursuivit-il. J'ai du temps. Je suis à New York pour quatre jours.

Les idées se bousculaient dans la tête de Véronique.

— Bon, très bien, commençons demain. Je prendrai des photos et des vidéos, et je terminerai plus tard.

Quatre jours suffiraient sans doute à poser les bases, et elle travaillerait ensuite à son rythme.

— Demain, 10 heures ?

— Parfait, Véronique ! Et nous déjeunerons ensemble, bien sûr. D'accord ?

— D'accord.

Elle n'en revenait pas : elle venait d'accepter de faire un portrait. Et si elle avait perdu la main ?

Elle se rua dans un magasin spécialisé afin d'acheter des tubes de peinture à l'huile, une toile qu'elle jugeait être aux dimensions adaptées, un chevalet, de la térében-thine et des pinceaux – bref, le matériel nécessaire à une activité qu'elle avait abandonnée depuis des années. Elle se sentait rouillée, nerveuse et idiote en rapportant chez elle toutes ces fournitures, qu'elle disposa dans la cuisine, pièce bénéficiant de la meilleure lumière. Elle alla ensuite chercher un fauteuil confortable pour son modèle.

Bien que tout excitée à l'idée de ce projet, elle n'en parla pas à Aidan ce soir-là, Nikolaï étant impliqué dans l'affaire. Son compagnon ne fut pas dupe.

— Oh, toi, tu mijotes quelque chose. Je le sens ! la taquina-t-il.

— Je fais mumuse avec les pinceaux que j'ai achetés ce matin, dit-elle vaguement.

— Ah, super ! Il était temps !

Le lendemain matin, Nikolaï arriva à 10 heures précises. Elle lui offrit un café et l'invita à s'installer dans le fauteuil dans la cuisine. Elle le photographia et le filma. Puis elle lui demanda de déambuler à son aise tandis qu'ils discutaient de choses et d'autres. Elle voulait voir son visage sous toutes ses coutures. De la sorte, elle pourrait déterminer quel était le meilleur angle pour le peindre. Tous deux se mirent d'accord sur un portrait de trois quarts. Le format plaisait bien à Nikolaï. C'était exactement ce qu'il voulait. Véronique s'étonna de la rapidité avec laquelle sa nervosité s'estompa. Très vite, elle fut absorbée par son travail. Elle prépara sa toile et fit quelques croquis sur un carnet, qu'elle lui montra à la fin de la séance.

— Très bien, dit-il en hochant la tête. Ça me semble parfait.

Il lui dit alors qu'il avait réservé une table à La Grenouille pour le déjeuner, l'un des restaurants les plus raffinés de New York.

Véronique se lava soigneusement les mains et enfila un tailleur Chanel noir très chic. La voiture de Nikolaï les attendait en bas. Ils filèrent à toute allure jusqu'à la 52e Rue, entre la Cinquième Avenue et Madison. Véronique passa un excellent moment en compagnie de son ami russe, autour d'un déjeuner exquis. Ils bavardèrent, parlèrent d'art, de son portrait et de son bateau remarquable. Nikolaï partait dans le sud du Pacifique, où l'attendait un autre de ses bateaux – plus petit que celui qu'elle connaissait, lui précisa-t-il. Nikolaï était un homme très agréable. Discuter avec lui était un vrai plaisir. Après le repas, Véronique retourna à ses croquis. Retravailla ses esquisses. Tout commençait sous de bons auspices.

Le lendemain matin, Nikolaï revint. Véronique n'avait toujours pas parlé du projet à Aidan, à qui elle s'était contentée de raconter qu'elle s'était remise à peindre. Ce jour-là, elle travailla pendant trois heures, et le lendemain, deux. Le dernier jour, son ami n'avait qu'une heure à lui consacrer, mais Véronique en profita pour le filmer et prendre d'autres photos de lui. Elle était satisfaite : elle avait toute la matière requise et n'avait pas besoin de le solliciter davantage.

— Quand vous aurez terminé, Véronique, faites-le-moi savoir, et je vous dirai où l'envoyer. 100 000 dollars, cela vous conviendrait-il ?

Elle s'opposa immédiatement à ce montant.

— Non, non ! 10 000. 5 000, c'est bien suffisant… Ne soyez pas stupide, Nikolaï. Et ne me payez rien maintenant. Voyez d'abord si cela vous plaît. Je vous enverrai des photos quand j'aurai terminé.

— 10 000, ce n'est pas assez. Vous êtes une vraie artiste, Véronique, pas quelqu'un qui fait des tags.

Elle se mit à rire.

— Nous verrons plus tard, dit-elle gentiment. Peut-être que vous détesterez le résultat.

— Je ne pense pas, dit-il en regardant ses croquis. J'aime beaucoup ce que je vois.

— Merci, Nikolaï.

Il la serra dans ses bras et disparut. Les trois jours suivants, Véronique travailla d'arrache-pied. Elle voulait profiter de ce que ses souvenirs des séances de pose étaient frais dans son esprit. Elle se rendit compte qu'il lui manquait de l'ocre pour sa base. Elle avait oublié d'en acheter, car elle n'avait pas peint depuis longtemps et n'avait plus d'automatismes.

Véronique retourna au magasin. En plus de ce pigment, elle prit une couleur qui réchaufferait les carnations. Tout en réfléchissant à son portrait, elle sortit de la boutique et descendit du trottoir pour héler un taxi. Du coin de l'œil, elle vit quelque chose filer vers elle à toute allure, et, avant de comprendre ce qui se passait, elle était heurtée par un coursier à vélo. Elle s'envola et s'écrasa sur le trottoir. Son paquet fut projeté dans les airs. Quelqu'un cria. Le taxi qu'elle avait hélé s'arrêta dans un crissement de pneus, et le chauffeur se précipita hors de son véhicule pour lui porter secours. Une femme ramassa son sac à main et ses achats et les posa à côté d'elle. Allongée sur le sol, Véronique regardait, hébétée, le coursier et le chauffeur. Elle sentait une douleur atroce dans son épaule. Lorsqu'elle essaya de s'asseoir, elle n'y arriva pas. Le chauffeur de taxi demanda à l'un des badauds autour d'eux d'appeler les secours. Le coursier paraissait affolé.

— Je ne vous ai pas vue descendre du trottoir, dit-il.

Mais la tête de Véronique tournait, et elle ne parvenait pas à se concentrer sur lui.

Le chauffeur de taxi lui recommanda de ne pas bouger. De toute façon, elle en aurait été bien incapable. Tout son côté gauche lui faisait l'effet d'avoir été cassé en mille morceaux. Elle entendit la sirène d'une ambulance, au loin, puis sentit qu'on la soulevait sur un brancard. Un urgentiste prit sa tension et appliqua un masque à oxygène sur son visage. La voiture filait à travers les rues.

— Tout va bien se passer, lui dit l'homme doucement.

Mais il avait vu l'angle qu'avaient pris son bras et son pied : il savait que des os avaient été fracturés. Véronique se mit alors à vomir, et en fut mortifiée.

Ils l'emmenèrent aux urgences du Lenox Hill Hospital. Les ambulanciers remplirent les papiers, et l'infirmière lui posa une longue liste de questions sur sa mutuelle, son âge, lui demanda si elle portait un dentier, des lunettes, si elle avait des préférences religieuses, des allergies, si elle suivait un traitement particulier.

— Je crois que je me suis fait mal à la main, dit-elle en gémissant. Ou mon cou. J'ai mal partout, en fait.

Ils l'enveloppèrent dans une couverture chauffante et lui dirent qu'un médecin viendrait l'ausculter dans les meilleurs délais. Ils ne voulaient rien lui donner contre la douleur tant qu'elle n'avait pas été examinée. Que s'était-il passé ? Elle n'avait pas vu le cycliste arriver. Elle se sentait idiote, avait la nausée et souffrait atrocement.

— Souhaitez-vous appeler quelqu'un ? lui demanda l'infirmière.

Véronique aurait aimé appeler Aidan, mais elle ne voulait pas l'affoler. Elle pensa à Timmie, mais elle n'avait pas envie de la déranger au travail. Et puis, ce n'était pas si grave que cela. Elle n'était pas en train de mourir, elle avait juste mal. Elle se dit qu'elle s'était peut-être tordu la cheville.

Véronique essaya de somnoler afin de ne pas vomir une nouvelle fois. Un médecin la réveilla. Lui demanda ce qui s'était passé. On l'examina et on lui fit une radio de tout son côté gauche. Le médecin lui annonça alors la mauvaise nouvelle.

— Bon, cela aurait pu être bien pire, dit l'homme avec philosophie. Vous auriez pu être renversée par le cycliste au milieu de la route et être écrasée par une voiture. Ou alors, vous auriez pu vous cogner la tête contre le bitume. Vous avez juste une fracture de la cheville et du poignet. Je pense qu'on peut se passer de broches. Dans les deux cas, la cassure est bien nette. Nous allons vous endormir un peu, et vous plâtrer. Vous devriez aller mieux d'ici cinq semaines. Vous habitez seule ?

Elle hocha la tête, groggy par le choc et la douleur.

— Alors je vais vous garder ici pour quelques jours. Vous allez devoir vous déplacer avec des béquilles, ce qui, avec votre poignet, ne sera pas évident. Vous êtes droitière, j'espère ?

— Oui, oui…

Elle songea qu'elle pourrait probablement se débrouiller, et peut-être même peindre.

On la transféra dans le service orthopédie. Peu après, on lui posa un cathéter dans le bras, et on lui donna quelque chose pour qu'elle dorme. Quand elle rouvrit les yeux, elle était en salle de réveil et une infirmière en blouse bleue l'appelait par son nom et lui proposait des morceaux de glace.

— Comment vous sentez-vous, madame ?

— Un peu vaseuse, répondit Véronique en se rendormant.

Mais ils voulaient qu'elle se réveille. L'infirmière lui expliqua qu'elle pourrait lui donner un médicament contre la douleur quand elle serait un peu plus alerte.

Une heure plus tard, ils la firent monter en fauteuil jusqu'à sa chambre et lui donnèrent des antidouleur. Véronique avait l'impression d'être complètement déphasée. Et elle n'arrêtait pas de penser que c'était de sa faute, comme avec la Ferrari à Rome. Mais cette fois-ci, elle n'avait pas été sauvée par son ange gardien. Le vélo l'avait heurtée avant même qu'elle comprenne ce qui lui arrivait.

Elle ne parvint à se réveiller vraiment que vers 20 heures. Son poignet et sa cheville lui faisaient souffrir le martyre, mais elle n'avait pas envie qu'on la bourre de cachets. Elle décida finalement d'appeler Timmie pour lui raconter ses mésaventures. Elle tomba directement sur sa messagerie, ce qui signifiait en règle générale que sa fille travaillait. Véronique préféra ne pas l'inquiéter en lui laissant un message. Elle l'appellerait le lendemain matin.

On lui proposa d'autres antalgiques. Elle dormit un peu, puis se réveilla à 4 heures du matin. La douleur était atroce. On l'aida à aller dans la salle de bains. Ce fut une véritable torture, et d'une complexité inouïe : avec un seul pied et une seule main, on ne pouvait vraiment rien faire ! Elle s'allongea dans son lit, épuisée par l'effort, et ne bougea plus. Elle se rendit compte alors qu'il était 9 heures du matin à Londres. Elle pouvait téléphoner à Aidan. Elle attendit encore une heure, le temps de trouver le courage nécessaire pour le faire, puis elle sortit son portable de son sac. Quand il décrocha, il semblait se trouver dans un endroit où il y avait du monde.

— Salut, ma chérie. Quoi de neuf ? Je suis en train de prendre des photos à la gare. Je peux te rappeler ? demanda-t-il d'un ton guilleret.

Le « oui » rauque de Véronique lui mit la puce à l'oreille.

— Tu as une drôle de voix. Où es-tu ?

Véronique essayait de retenir ses larmes.

— J'ai eu un accident très bête, lâcha-t-elle.

Sa langue était engourdie, comme anesthésiée à cause des médicaments qu'on lui avait donnés.

— Quel genre d'accident ?

Aidan revit la Ferrari.

— Rien du tout... mais c'était tellement idiot... Je ne l'ai pas vu... Je hélais un taxi devant le magasin d'art et un vélo m'est rentré dedans. Je ne l'ai pas vu venir.

Véronique semblait avoir du mal à parler. Aidan fut pris de panique.

— Mais... comment tu vas ? Qu'as-tu exactement ?

— Je me suis cassé le poignet et la cheville. Les fractures sont nettes, alors ça va. Cela aurait pu être pire.

Et puis, sans pouvoir s'en empêcher, elle éclata en sanglots.

— Ce n'est rien, mais ça fait tellement mal... Ça ira mieux demain.

Aidan était catastrophé. Deux fractures, ça ne passait pas comme ça.

— Tu es chez toi ?

— Non, l'hôpital m'a gardée.

— Tu as appelé les filles ?

— Joy et Juliette ne sont pas là, et je tombe systématiquement sur la boîte vocale de Timmie. Je n'ai pas voulu l'affoler en lui laissant un message. Je me sens tellement idiote.

— Tu n'es pas idiote, ma chérie. Par contre, tu es descendue en gamme. C'est beaucoup moins classe que de se faire renverser par une Ferrari.

Véronique se mit à rire. Le simple fait d'entendre sa voix la réconfortait.

— Je veux que tu téléphones à Timmie, Véronique. Dis-lui de ramener ses fesses à l'hôpital demain matin, à l'aube.

— Je l'appellerai plus tard. Là, il est 4 heures du matin.

— Bon, mais promets-moi de le faire. Et demande-leur de te donner un truc pour dormir. Appelle-moi à ton réveil. Dans quel hôpital es-tu ?

— Au Lenox Hill. Je t'aime, Aidan.

— Moi aussi, je t'aime, ma chérie. Maintenant, essaie de dormir un peu.

Après cette discussion, Véronique eut moins le sentiment que les choses lui échappaient. Elle reprit des antidouleur et somnola quelques heures. Elle retenta sa chance avec Timmie, mais tomba encore une fois sur son répondeur. Sur le message qu'elle lui laissa, elle lui demandait simplement de la rappeler.

Peu après, une infirmière vint lui montrer comment se servir de ses béquilles. Ce n'était vraiment pas simple, avec son poignet cassé. Quand elle retourna se coucher, Véronique était épuisée et avait le tournis. La sonnerie du téléphone de sa chambre retentit. C'était Aidan.

— Comment te sens-tu ?

— Bien. Par contre, les béquilles, je n'y arrive pas trop.

Pour l'instant, Véronique ne pouvait même pas aller toute seule aux toilettes. Être en appui sur un pied tout en essayant de remonter sa culotte d'une seule main était un numéro d'équilibriste qu'elle était loin de maîtriser. Même si la situation n'était pas drôle, elle lui décrivit la manœuvre avec humour.

— Tu as parlé à Timmie ?

— Non, elle est sans doute occupée. Quand elle verra que j'ai cherché à la joindre, elle me rappellera.

— Bon sang, tu vas me faire le plaisir de lui laisser un message pour lui dire que tu es à l'hôpital ! Au moins, elle pourra venir t'aider. Jure-moi de le faire !

Timmie, cependant, avait vu que sa mère avait cherché à la joindre, mais elle gérait de son côté une sacrée crise. L'une des femmes qu'elle suivait avait été battue par son petit ami accro au crack. Elle se trouvait maintenant entre la vie et la mort. Elle avait appelé Timmie depuis la rue, et celle-ci était allée la chercher, l'avait conduite à l'hôpital et avait alerté la police. Elle s'était ensuite rendue dans le centre d'hébergement où elle était logée et avait placé ses enfants en famille d'accueil. Cela l'avait mobilisée tout l'après-midi. De plus, à 18 heures, elle avait une réunion d'équipe importante. Elle se devait d'y être, car elle était à la tête de son département et animerait l'échange. Bref, c'était une autre de ces journées où elle se sentait prise entre mille feux, qui tous nécessitaient son attention. Elle envoya un texto à Véronique :

Pas le temps de te téléphoner, maman. On se parle demain. Grosse réunion ce soir. Désolée.

Il lui était impossible de donner plus de détails dans un SMS. Elle savait que, de toute façon, sa mère l'avait appelée pour discuter et prendre de ses nouvelles.

Lorsqu'elle vit son message, Véronique renonça à l'embêter.

— Alors, elle t'a appelée ? lui demanda Aidan plus tard.

— Elle m'a envoyé un texto. Elle est occupée, elle a une réunion importante ce soir. Je ne vais pas la harceler. Je suis bien, ici.

C'était le retour à la maison qui serait difficile. Véronique avait prévenu Carmina, mais celle-ci avait des enfants qu'elle ne pouvait laisser seuls la nuit. Et Véronique n'avait ni une jambe cassée, ni subi une opération à cœur ouvert. Il était inutile d'en faire toute une histoire.

— Je m'en fiche complètement, de sa réunion importante. Dis-lui que tu es à l'hôpital. Les enfants servent à ça. Sinon, pourquoi s'embêter ?

Son insistance paya. Véronique finit par envoyer un texto à sa fille.

J'ai eu un accident bête hier. Poignet et cheville gauches fracturés. On se parle vite. Bisous, maman.

Son message ne lui mettait aucune pression ; il se contentait de lui fournir les informations pertinentes.

Cette fois-ci, la réponse de Timmie ne tarda pas.

Dieu merci, ce n'est que le poignet gauche ! Complètement sous l'eau aujourd'hui. T'appelle demain. Bisous, T.

En découvrant le message de sa mère, Timmie avait émis un grognement. Les lamentations d'une mère invalide

– il ne lui manquait plus que ça ! Elle avait passé sa journée à gérer des crises majeures, dont certaines d'importance vitale. Un poignet et une cheville fracturés ne tueraient pas sa mère. Elle se demanda si elle était tombée dans les escaliers. Enfin, quelle qu'en soit la raison, elle n'avait pas le temps de s'en occuper pour l'instant.

Quand Aidan apprit comment Timmie avait réagi à la nouvelle, il blêmit.

— C'est quoi, son problème ? Et puis les autres, elles ne t'appellent que quand elles ont besoin de quelque chose ?

— Je ne vois pas à quoi ça servirait de joindre Joy à Los Angeles ou Juliette en France. Elles ne peuvent rien pour moi. Et puis je suis grande, je peux me débrouiller toute seule.

— Tu parles, tu te débrouilles drôlement bien ! Quand tu ne te fais pas renverser par une Ferrari, c'est un vélo qui te casse en mille morceaux. Je ne peux pas te laisser toute seule cinq minutes. Et je suis furieux contre ta fille. Elle aurait dû t'appeler. Je me moque qu'elle soit débordée, ce n'est pas une raison !

Véronique connaissait sa fille et n'était pas spécialement étonnée. Timmie n'était pas du genre à se déplacer pour s'occuper de sa mère. Juliette, si, mais elle se trouvait malheureusement à cinq mille kilomètres de là. Véronique avait besoin de quelqu'un qui l'aide pour tous les gestes du quotidien – pas de sympathie téléphonique, même si les coups de fil d'Aidan lui faisaient un bien fou.

— Comment feras-tu une fois chez toi ? s'inquiéta ce dernier.

— Je trouverai une solution. Et je ne vais garder les plâtres que pendant cinq semaines.

— Cinq semaines ? Mais c'est super-long ! Comment tu vas t'en sortir ?

— En me déplaçant à cloche-pied et en me servant de ma main droite.

— Tu penses que Timmie restera avec toi ? Elle pourrait au moins t'aider après le travail.

— Je peux lui demander, mais je doute qu'elle le fasse. Elle n'a pas le temps.

Aidan se garda de tout commentaire. Véronique semblait fatiguée, alors il lui recommanda de dormir un peu.

Elle passa le reste de la journée à somnoler devant la télévision. Aidan ne l'appela pas ce soir-là, et Timmie non plus. Véronique prit un somnifère et dormit jusqu'à 7 heures le lendemain matin. Le coup de fil de Timmie la réveilla. Elle était déjà au bureau depuis une heure. Elle n'avait pas réussi à fermer l'œil. La femme battue était morte. Timmie était ravagée, même si sa voix au téléphone ne laissait transparaître que de la fatigue.

— Désolée de ne pas t'avoir rappelée, maman. Hier, c'était l'horreur, ici. Bon, comment ça t'est arrivé ?

Timmie essayait de se concentrer sur le petit accident de sa mère et de ne pas penser à la tragédie de la veille. La victime était âgée de vingt-trois ans et laissait derrière elle trois enfants dont la vie était à présent gâchée – leur mère était morte et leur père allait croupir en prison. Les enfants seraient placés en famille d'accueil ou dans une institution publique.

— J'ai été renversée par un coursier à vélo.

— Bon sang, maman ! Tu as eu de la chance de ne pas y rester ! Par contre, ça tombe hypermal, je ne pourrai pas passer te voir aujourd'hui. J'ai trop de choses à régler au boulot.

Timmie voulait aller voir les petits orphelins chez les gens qui les accueillaient.

— Carmina s'occupe de toi ?

Véronique lui répondit d'un ton penaud :

— Je suis au Lenox Hill Hospital. J'apprends à me servir des béquilles.

— Bien, au moins, tu es entre de bonnes mains, là-bas. Je viendrai te voir demain, promis.

— Je rentre à la maison demain.

— Parfait. Je viendrai te voir ce week-end, c'est sûr.

Véronique hocha la tête et sentit les larmes lui monter aux yeux. Elle avait cru en la visite de Timmie, et maintenant, elle avait l'impression de ne compter pour personne. Après avoir raccroché, elle resta allongée à regarder par la fenêtre. Elle voulait rentrer chez elle tout de suite, et tant pis si elle se tuait en faisant une mauvaise chute dans sa salle de bains. L'hôpital, c'était pire, de toute façon.

Des larmes coulaient sur ses joues quand un médecin entra dans sa chambre. Il portait un masque, une charlotte et une blouse bleu foncé de chirurgien. Il sortait probablement tout juste du bloc. Il s'approcha du lit pour l'examiner. Véronique attendit qu'il parle. Pour l'instant, on ne s'était intéressé qu'à deux choses : était-elle allée aux toilettes et se débrouillait-elle avec ses béquilles ? Alors que Véronique s'apitoyait sur son sort, le médecin lui dit soudain qu'il était navré de lui apprendre qu'il allait devoir lui amputer un bras et une jambe. Elle écarquilla les yeux, puis éclata de rire.

— Mais ça va pas, non, Aidan ! J'ai bien failli te croire !

Elle n'en revenait pas. Aidan était là : il enleva son masque et l'embrassa.

— Que fais-tu ici ?

Elle n'avait jamais été aussi heureuse de voir quelqu'un de sa vie.

— Je t'aime. Merci d'être venu !

— Quand tu m'as dit que tu ne réussissais pas à enfiler toute seule ta culotte, j'ai tiqué. Je me suis dit qu'il était de mon devoir de venir t'aider, même si je suis plus doué pour les enlever que pour les mettre...

Aidan ôta son déguisement. Véronique ne pouvait s'arrêter de rire.

— Et puisque tes satanées filles ne s'occupent pas bien de toi, il faut bien que je m'y colle. J'ai essayé le costume d'infirmière, mais j'avais l'air d'un épouvantail.

Il s'assit sur la chaise à côté d'elle. Le regard d'amour qu'il lui lança lui fit instantanément oublier tout le malheur qu'elle venait de traverser.

— Quand auras-tu le droit de sortir d'ici ?

— Après-demain, normalement. Mais il faut que je m'entraîne à marcher avec les béquilles.

Aidan prit le petit déjeuner avec elle. Véronique lui proposa ensuite d'aller chez elle pour poser ses affaires et lui remit ses clés. Elle appela Carmina pour la prévenir de son arrivée, sans lui donner plus d'explications.

Peu après son départ, Aidan l'appela.

— OK, ma chérie, cette fois-ci, je reste calme. Mais je voulais savoir : le Renoir et le Degas, et tous ces charmants tableaux, j'imagine que ce sont des vrais et qu'ils appartenaient à ton grand-père, n'est-ce pas ?

— Oui, répondit-elle d'une petite voix. Tu crois que ça va aller ? C'est supportable ?

— Non, c'est vraiment affreux, et je pense que tu devrais les vendre. Ma chérie, cet endroit est un musée. Et d'ailleurs, c'est quoi, ce portrait dans ta cuisine ?

Véronique l'avait presque oublié.

— C'est une commande. Nikolaï m'en a proposé 100 000 dollars.

— Bon, dans ce cas, accepte, lâcha Aidan avec humour, même si ce projet ne l'enchantait pas.

— J'ai fait baisser le prix à 5 000 ou 10 000, répondit-elle en riant, un peu gênée.

— Ah, je vois que tu es une vraie femme d'affaires... Je devrais t'en vouloir de ne m'avoir rien dit, mais puisque tu es invalide, je laisse couler, cette fois-ci. Enfin, ne t'avise pas de recommencer.

— Cela n'arrivera pas. Mais Nikolaï est gentil. Il s'agit juste d'une commande.

— Je l'espère bien. S'il cherche plus, je serai obligé de le tuer.

Aidan plaisantait, mais Véronique sentait qu'il était perturbé – plus par le portrait que par sa collection d'art d'ailleurs.

— Tu sais, ma chérie, je préfère ton appartement parisien. Il est plus humain, plus vivant. Ici, c'est un peu trop austère à mon goût. Mais les toiles sont fabuleuses.

Sous l'œil méfiant de Carmina, qui le regardait comme s'il était un voleur, il avait fait le tour de sa collection. La femme de ménage ignorait tout de lui, mais puisque Véronique l'avait prévenue... En outre, il avait posé son sac dans sa chambre ; ce devait être un signe.

— Je reviens te voir bientôt, tu as besoin de quelque chose ?

— De toi. Il me faudra aussi des affaires. Ils ont découpé mon jean quand j'ai été admise ici. Mais nous verrons ça tout à l'heure.

Une demi-heure plus tard, il était de nouveau à son chevet, avec un gros bouquet de fleurs et un immense ballon en forme de nounours, acheté à la boutique de l'hôpital. Dessus, il était écrit : « C'est un garçon ! » Véronique ne put s'empêcher de rire.

— Merci pour tout, Aidan...

Ils s'embrassèrent longuement. Une infirmière entra et sourit.

— Bien, ça m'a tout l'air d'aller beaucoup mieux ! Et ces béquilles ?

Aidan et l'infirmière entreprirent d'aider Véronique à prendre le pli. Mais avec son poignet plâtré qui lui faisait mal, ce n'était pas évident. L'infirmière lui suggéra de prendre un fauteuil roulant pour chez elle ; cela serait plus commode.

— J'ai l'impression d'avoir cent ans, déplora Véronique.

Le lendemain, Aidan resta toute la journée à ses côtés. Dans l'après-midi, il fut rattrapé par le décalage horaire, et Véronique lui fit une place dans son lit afin qu'il s'allonge à côté d'elle. Il s'endormit tandis qu'elle lisait un magazine apporté par une infirmière. Il dormait paisiblement, la tête posée sur son épaule, quand, à 18 heures, Timmie entra dans la chambre. Elle écarquilla les yeux. La jeune femme avait l'air presque aussi éreintée que sa mère.

— Qui est-ce ? lâcha-t-elle avec une expression outrée.

— Un ami londonien. Il a pris l'avion pour venir me voir.

Véronique s'efforçait de garder une voix calme, mais elle avait l'impression d'être une gamine surprise par sa mère en train d'embrasser un garçon.

— Que fait-il dans ton lit ?

Timmie était choquée. Pourquoi un inconnu dormait-il profondément dans le lit de sa mère ?

— Il dort. Il vient juste d'arriver.

— C'est quoi, cette histoire ?

Aidan se réveilla et la regarda fixement. Il comprit tout de suite de qui il s'agissait en voyant son air féroce. Il se redressa.

— Bonjour. Je m'appelle Aidan Smith, expliqua-t-il calmement. Je suis venu m'occuper de votre mère puisque personne d'autre ne le fait.

Il descendit du lit, se dressant de toute sa hauteur, et lui tendit la main.

— J'imagine que vous êtes Timmie. Pas de bol, cet accident, dit-il calmement.

La jeune femme lui serra la main, mais la retira rapidement. Elle n'était pas prête à affronter le flegme d'Aidan.

— Mais enfin, que se passe-t-il ici ? lâcha-t-elle.

On aurait cru qu'elle était de la police.

— Est-ce que je suis censée savoir quelque chose ?

Elle lança à sa mère un regard furibond. Cette dernière, piégée dans son lit, était un peu gênée.

— Je ne pense pas, répondit Aidan posément. À moins que vous n'ayez envie d'expliquer pourquoi vous étiez trop occupée pour venir au chevet de votre mère. À vrai dire, cela ne l'a pas vraiment dérangée. Moi, en revanche, si. Il est certain en tout cas qu'elle serait venue vous voir si vous étiez à sa place.

Timmie fut tellement abasourdie qu'elle se tut pendant une bonne minute. Ils se contentèrent de se regarder en silence tous les trois.

— Je n'ai pas d'enfants, reprit Aidan. Mais si j'en avais et que je me retrouvais à l'hôpital avec plusieurs fractures, j'aimerais qu'ils viennent me voir.

— J'ai eu une urgence au travail. Une femme est morte, et j'ai dû gérer l'hôpital, la police et placer ses enfants, expliqua Timmie d'un ton hostile.

La réplique d'Aidan ne lui avait pas plu.

— Et puis, j'avais des réunions importantes.

Malgré tout, on sentait qu'elle était à court d'arguments. Qui que soit cet individu, il n'avait pas l'air d'être très impressionné par elle. Et, à l'évidence, il était proche de sa mère.

— Maman, j'ai l'impression que tu as une vie dont nous ignorons tout, lâcha la jeune femme avec colère.

Tout à coup, une conversation qu'elles avaient eue au restaurant lui revint en mémoire. Leur mère leur avait demandé à toutes les trois comment elles réagiraient si elle avait un homme dans sa vie. Cette question était donc tout sauf innocente…

— Aidan et moi sortons ensemble depuis cet été, répondit simplement Véronique. Nous nous sommes rencontrés à Rome.

Elle se garda d'énumérer toutes les villes qu'ils avaient parcourues ensemble, de peur que Timmie ne s'évanouisse.

— C'est sérieux entre vous ?

Une chambre d'hôpital n'était pas le meilleur endroit pour parler de tout ça, mais Véronique n'avait pas le choix. Et elle ne voulait pas trahir Aidan en niant leur relation. Il était venu jusqu'ici pour elle, alors elle lui devait bien d'être franche avec sa fille.

— On dirait bien, oui.

— Ça alors ! C'est sympa de nous tenir informées ! s'exclama Timmie avec rage.

Elle tourna les talons et quitta la pièce. Aidan se tourna vers Véronique.

— Waouh ! Tu tiens le coup, ma chérie ?

— Je crois, dit Véronique calmement. De toute façon, il n'y avait pas de bon moment pour lui dire. Elles préfèrent me savoir célibataire. C'est plus simple pour elles.

Un peu plus tard, Véronique envoya un message à sa fille.

Désolée que tu aies appris tout ça dans ces circonstances. Merci de ta visite. Je t'aime.

C'était tout ce qu'elle avait envie de lui dire pour le moment.

Timmie s'empressa d'appeler ses deux sœurs et de leur raconter la découverte du jour. Chacune réagit de façon très différente. Juliette s'inquiéta pour l'état de santé de sa mère et était vexée qu'elle ne l'ait pas prévenue.

— Elle ne voulait certainement pas t'inquiéter.

Joy, elle, était curieuse de savoir qui était le petit ami. Timmie lui dit qu'Aidan paraissait plus jeune que leur mère, et qu'entre eux cela semblait sérieux.

— Il dormait sur son lit quand je suis entrée dans la chambre, et en plus il m'a reproché de ne pas être venue plus tôt.

— Tu n'es pas allée la voir tout de suite ? s'étonna Joy.

Timmie sembla vaguement gênée et tenta de se justifier : ce n'est pas comme si elle avait eu un rendez-vous chez le coiffeur, quand même.

— Et lui, dans tout ça ? demanda Joy avec intérêt.

Jamais elle n'aurait soupçonné sa mère d'avoir un amant.

— Apparemment, il est venu de Londres pour veiller sur elle. Je ne sais pas comment elle nous l'a caché, mais maintenant, il est là, et pour de bon, visiblement.

Quant à Juliette, elle parut mortifiée :

— Il doit penser que nous sommes des filles indignes ! Maman va bien ?

— Je ne sais pas. Je pense, oui. Elle a deux plâtres. Je n'ai pas vraiment pu lui parler, du coup. J'étais tellement en colère que je suis partie.

Joy et Juliette téléphonèrent ensuite à leur mère. Ni l'une ni l'autre n'évoquèrent Aidan et toutes deux firent preuve d'une grande empathie à son égard. Véronique raccrocha et regarda Aidan, amusée.

— Hum, hum... Ça jase !

267

— Elles ont dit quelque chose à mon propos ?

— Pas un mot !

— Au fait, ma chérie, désolé d'avoir croisé le fer avec Timmie, mais elle était un peu agressive, elle aussi.

— Cela ne lui fait pas de mal. Elle n'est pas habituée à ce qu'on lui résiste. Je suis si heureuse que tu sois là, Aidan. Mais ça ne va pas être très marrant pour toi de te coltiner une femme avec deux plâtres, déplora-t-elle.

Véronique avait beau avoir passé la journée à s'entraîner à marcher avec les béquilles, elle peinait encore à traverser la pièce.

— On se débrouillera, répliqua-t-il avec un air malicieux.

— Ce n'est pas ce que je voulais dire, idiot !

Elle s'adossa à ses oreillers avec un grand sourire.

— Bon, bienvenue dans notre famille, Aidan. Tu as fait la connaissance de Timmie. Il ne te reste plus qu'à rencontrer les deux autres !

— J'ai hâte, dit-il en s'allongeant à ses côtés. Cela promet d'être intéressant, même si leur mère me paraît bien plus palpitante.

Avec cette révélation, les trois filles avaient matière à réflexion. Jamais elles n'auraient cru se retrouver face à une telle situation – un homme dans la vie de leur mère ! Et un homme plus jeune, de surcroît.

Lorsque Timmie rejoignit Brian au restaurant, elle lui fit part de cette incroyable nouvelle.

— Cela vous surprend vraiment ? lâcha-t-il. Votre mère est une belle femme.

— Oui, cela m'étonne. Car elle est seule depuis toujours. Quelques rendez-vous à droite, à gauche, mais rien de sérieux depuis mon père, à qui elle se dévouait corps et âme.

— Eh bien, il était temps qu'elle rencontre quelqu'un. J'espère que c'est un type super. Elle le mérite, dit-il gentiment.

Timmie resta muette.

20

Timmie alla rendre visite à sa mère le dimanche après-midi. Aidan lui ouvrit la porte de l'appartement. La jeune femme se montra glaciale avec lui, l'ignorant presque totalement. Ils n'étaient décidément pas partis du bon pied. Elle ne s'attarda pas. Véronique se débattait avec ses béquilles et souffrait encore beaucoup. Joy et Juliette l'avaient appelée. La première apprenait ses répliques pour son rôle dans la série et attendait des nouvelles de la marque de cosmétiques. La seconde travaillait avec Jean-Pierre sur le chantier du château. Vendredi dernier, ils avaient frôlé la catastrophe lorsqu'un plombier avait failli mettre le feu en effectuant des travaux de soudure. Heureusement, ils avaient pu contenir l'incendie avant qu'il ne se propage. Malgré tout, cet épisode les avait perturbés tous les deux, et l'architecte l'aidait à nettoyer les dégâts pendant le week-end. Élisabeth Marnier était également venue leur prêter main-forte.

Timmie quant à elle avait fait une offre pour la maison et attendait la réponse. Elle en parla à sa mère lors de sa visite. Aidan les avait laissées seules. Lorsqu'il raccompagna la jeune femme jusqu'à la porte, elle lui jeta un regard très froid, ne lui répondit pas lorsqu'il la salua et claqua la porte derrière elle.

— Elle m'adore, dit-il à Véronique avec un sourire en coin. Elle a juste peur de le montrer.

Véronique espérait qu'ils se réconcilieraient bientôt. Timmie s'était abstenue de tout commentaire au sujet d'Aidan. Elle n'avait osé en parler. Cependant, elle s'était montrée plus prévenante à l'égard de sa mère, plus respectueuse aussi. Les commentaires de Brian et d'Aidan avaient porté leurs fruits. Et l'accident de Véronique l'avait ébranlée. Cela aurait pu être bien pire.

Après avoir passé de longues heures à jouer aux cartes et à regarder des films avec Véronique, Aidan sortit un peu pour prendre l'air. Lorsqu'il rentra, il était content. Il avait réalisé de très bonnes photos dans le parc. Il prépara de délicieuses pâtes pour le dîner. Plus tard, il se mit derrière son ordinateur. Il avait apporté du travail afin de pouvoir rester à New York aussi longtemps que Véronique aurait besoin de lui. Et quand elle n'aurait plus ses plâtres, en décembre, il voulait qu'elle vienne à Londres. Elle était partante.

Lundi, Véronique décida de reprendre le portrait de Nikolaï. Aidan grognait chaque fois qu'il passait devant la toile. Mais il dut admettre que l'œuvre était très réussie.

Une semaine après l'accident, alors que Véronique travaillait à son tableau, elle reçut un appel d'Arnold.

— Tu as lu la presse ce matin ? Bertie a été arrêté hier, lui annonça-t-il d'une voix maussade. Fraude aux assurances. Il va avoir d'autres chats à fouetter que l'héritage. S'il est reconnu coupable, il ira en prison. Je suis bien content que Paul ne soit plus là pour voir ça. Il n'aurait pas supporté.

Cependant, tous deux savaient bien qu'il n'aurait pas été surpris. Il avait toujours dit que cela finirait par arriver un jour.

Véronique téléphona à Timmie pour l'en informer. Sa fille décrocha, pour une fois. Brian l'avait déjà prévenue. D'après lui, il n'était pas exclu que Bertie poursuive l'action en justice contre elles afin d'obtenir de l'argent pour pouvoir se payer un avocat.

— Au fait, tu t'entends mieux avec Brian ? lui demanda sa mère.

Timmie semblait avoir mis de l'eau dans son vin à son propos.

— Oui, répondit-elle avec une pointe d'excitation. Il m'a invitée à dîner deux fois. En fait, il voulait abandonner l'affaire si je le détestais toujours à la fin du premier repas. Nous sommes allés au Twenty-One. C'était vraiment sympa, alors il est resté !

Véronique était épatée. Brian était un sacré diplomate.

— J'ai l'impression qu'il se trame quelque chose entre Timmie et notre avocat, dit-elle un peu plus tard à Aidan. Et pareil pour Juliette et son architecte à Saint-Paul-de-Vence. C'est vraiment bizarre, tout ça en même temps... Sans compter que Joy est super-heureuse avec Ron.

Aidan sourit. Lui aussi était content. Et si Timmie trouvait l'amour, peut-être deviendrait-elle plus aimable avec lui.

Au cours des semaines qui suivirent, la jeune femme rendit régulièrement visite à sa mère. Elle se montrait froide mais polie avec Aidan. L'offre qu'elle avait faite pour la maison avait été acceptée, et son projet de foyer pouvait donc avancer. Quant à Véronique, elle se débrouillait désormais plutôt bien avec ses béquilles.

À cause de la tension entre Timmie et Aidan, Véronique avait appréhendé Thanksgiving, mais la fête se transforma en non-événement. Juliette et Joy n'étaient pas là, et Timmie s'était portée volontaire pour assurer une permanence au centre d'accueil d'urgence. Aidan et Véronique se retrouvèrent donc en tête à tête. Il prépara un poulet, et elle se chargea de la farce et des accompagnements traditionnels. Ce fut un Thanksgiving intime et tranquille.

Véronique acheva le portrait de Nikolaï une semaine avant qu'on lui retire ses plâtres. Pour Aidan, la toile était exceptionnelle. Véronique envoya des photos de son œuvre à Nikolaï, lequel se montra extrêmement enthousiaste. Il lui demanda de lui expédier le tableau à Londres. Véronique refusa qu'il la paye ; elle voulait le lui offrir. Elle lui expliqua que cela avait été un plaisir et que, grâce à lui, elle avait repris ses pinceaux.

Enfin, on lui enleva ses plâtres. Alors qu'ils dînaient au restaurant pour fêter l'événement, Aidan lui avoua être pressé de rentrer à Londres. Non qu'il ne se sentît parfaitement à l'aise chez elle – même Carmina avait fini par l'adopter. Mais il fallait qu'il travaille sur sa prochaine exposition.

— Eh bien, moi, je peux y aller quand tu veux après Noël. Après les fêtes, plus personne n'aura besoin de moi ici. Et je serai toute à toi ! dit-elle avec un regard paisible. Ou alors, si tu préfères, je peux t'accompagner maintenant, et revenir ici pour Noël : juste un petit saut.

— Ah oui ! Ça me va très bien, ça !

Ils décidèrent de partir trois jours plus tard.

Avant le voyage, Véronique dîna avec Timmie. Sa fille lui parla de la maison qu'elle venait d'acquérir. Pour l'instant, elle n'avait pas dépassé son budget. Elle quitterait la fondation dans trois mois. Elle avoua fréquenter régulièrement Brian.

— Et toi et Aidan ? s'enquit-elle.

Elle ne l'aimait toujours pas. Cependant, Véronique avait constaté que ses filles étaient plus prévenantes à son égard depuis quelque temps. Joy et Juliette l'appelaient plus souvent, et Timmie était plus douce.

— Ça marche bien entre nous. Très bien, même. Quand tu apprendras à le connaître, je pense que tu l'apprécieras et que tu lui laisseras sa chance.

— C'est bizarre de savoir qu'il a le même âge que l'homme avec qui je sors, fit remarquer Timmie.

Aidan n'avait que deux ans de plus que Brian.

— Ce n'est pas bizarre, c'est comme ça, un point c'est tout. Notre différence d'âge nous importe peu, se contenta de répondre Véronique. Cela fonctionne entre nous. Nous sommes différents, nos opinions divergent sur certains points, mais il m'accepte et m'apprécie telle que je suis. Je suis heureuse avec lui.

Véronique n'avait pas d'autres mots pour décrire sa relation avec Aidan, laquelle était simple comme l'amour. Même Timmie avait dû admettre auprès de ses sœurs qu'il n'en avait pas après l'argent de sa mère. Les trois filles avaient regardé son travail sur Internet. C'était un photographe respecté. Et puis jamais leur mère n'avait semblé aussi comblée.

— Tu reviens quand, maman ?

— À Noël.

Timmie eut l'air gênée.

— Je ne serai pas là, maman. Brian m'a invitée à Boston. Et j'aimerais accepter.

Véronique, fort étonnée de cette nouvelle, demanda à Joy et Juliette quel était leur programme pour les fêtes. La première partait à Saint-Barthélemy avec Ron, mais n'avait pas encore osé l'annoncer à sa mère. La seconde était fort embêtée, mais voulait rester en France. Véronique avait donc toute liberté de passer Noël en compagnie d'Aidan, à Londres ou à Paris.

Aidan ne cacha pas sa joie.

— Si tu t'attends à ce que je me plaigne, c'est râpé. Combien de temps peux-tu rester en Europe, alors ?

— Je ne sais pas… Quelques mois, peut-être.

Véronique lui sourit. Désormais, elle se sentait libre de construire sa vie avec lui, libre de penser à elle. Il était temps.

Quelle joie ce fut de retrouver le loft d'Aidan ! D'autant qu'il avait aménagé un coin spécialement pour Véronique, où elle pouvait peindre si elle le désirait. Ils prévoyaient de rester une dizaine de jours à Londres, le temps qu'il rattrape son retard dans le boulot. Après quoi, ils iraient à Paris pour les fêtes. Et peut-être aussi à Saint-Paul-de-Vence, afin de voir où en étaient les travaux du château et faire la connaissance de Jean-Pierre. Apparemment, les choses entre Juliette et lui avançaient rapidement.

Alors qu'elle était à Londres depuis une semaine, Véronique reçut un appel de frère Tommaso. Il avait découvert des choses intéressantes au sujet de la provenance du tableau, mais il voulait d'abord qu'elle le lui envoie avant d'en discuter avec elle. Elle téléphona immédiatement à Arnold et lui demanda d'expédier la toile à Venise.

— Que se passe-t-il ? s'enquit Aidan lorsqu'elle raccrocha.

— Apparemment, frère Tommaso est sur une piste intéressante. Il veut voir le tableau. J'ai hâte d'en savoir plus.

Ils passèrent Noël en tête à tête dans l'appartement de Véronique à Paris et assistèrent à la messe de minuit à Notre-Dame. Ils fêtèrent la nouvelle année avec Juliette et Jean-Pierre à Saint-Paul-de-Vence. Véronique et Aidan furent immédiatement conquis par l'architecte et purent constater que les travaux du château avançaient bien plus vite qu'escompté. En début d'année, le couple prit ses quartiers à Paris. À la mi-janvier, frère Tommaso rappela Véronique : il voulait qu'elle vienne à Venise. Le tableau était bien arrivé, et il avait eu le temps de l'étudier en détail.

Comme Aidan avait bien avancé sur son exposition, il décida de l'accompagner. Ils prirent l'avion un vendredi après-midi et arrivèrent au monastère à 16 heures. Les frères se rendaient à la chapelle pour la messe du soir. C'était une journée d'hiver ensoleillée, et la ville était plus belle que jamais.

Frère Tommaso les attendait dans la bibliothèque où ils s'étaient entretenus pour la première fois. Aidan souffla à l'oreille de Véronique qu'il avait l'impression de se retrouver au tirage du loto. Le tableau était posé sur un chevalet. Le vieil homme se leva pour les saluer. Il était ravi de les revoir.

— Ah ! Bonjour ! C'était formidable de faire des recherches sur votre tableau, vous savez.

Il prit une règle et s'apprêtait à pointer des détails sur la toile.

Aidan, n'y tenant plus, l'interrompit :

— Est-ce un vrai Bellini, mon frère ?

Frère Tommaso les considéra tous deux avec gravité et leur fournit une réponse pour le moins inattendue.

— Est-ce un Jacopo Bellini ? Non.

Véronique ne put s'empêcher d'éprouver de la déception. Mais elle n'était pas vraiment surprise. Elle avait donc eu raison d'avoir des doutes.

— J'ai effectué des recherches méticuleuses, reprit le vieil homme. Je dois dire que j'étais convaincu au début qu'il s'agissait d'une œuvre de Bellini père, Jacopo, mais je n'ai pas été en mesure d'étayer cette hypothèse. Cependant, ma quête m'a mené jusqu'à un tableau très intéressant, qui appartenait au premier comte de Dudley, à la fin du XIXe siècle. Ce tableau a été exposé pour la dernière fois en 1955 et n'a refait surface que cinquante-cinq ans plus tard, en 2010, lors d'une vente aux enchères. Il s'intitule *Vierge à l'Enfant dans un paysage*. Il est signé Giovanni Bellini, le fils de Jacopo.

Frère Tommaso s'interrompit une seconde, jetant un coup d'œil à la toile posée sur le chevalet à côté de lui, puis fixa intensément ses deux visiteurs.

— Eh bien, croyez-le ou non, dès que j'ai vu le tableau du comte de Dudley, j'ai su que le vôtre était aussi de Giovanni Bellini, et non pas de son père, contrairement à ce que j'avais d'abord pensé. Ainsi donc, très chère Véronique, vous êtes l'heureuse propriétaire d'un *Giovanni* Bellini, et non d'un *Jacopo* Bellini. Cela ne fait aucun doute.

Véronique et Aidan restèrent bouche bée.

— Il s'agit d'une bonne nouvelle, bien sûr, précisa soudain frère Tommaso comme s'il venait d'y penser. Tandis que les œuvres de Jacopo valent aujourd'hui entre 20 000 et 100 000 dollars, le tableau de Giovanni Bellini dont je vous ai parlé est parti pour 5 millions de dollars chez Sotheby's en 2010. Votre toile est un trésor précieux qui pourrait bien se vendre à un prix encore plus élevé.

Véronique et Aidan étaient à présent abasourdis.

— Et l'histoire du tableau est presque aussi remarquable que l'artiste, ajouta frère Tommaso. J'ai trouvé dans notre bibliothèque de vieux livres qui tentent de le suivre à la trace. Sachez que le tableau a été acquis par une famille française ici même, à Venise, au début du siècle passé. Ces gens, les Berger-Cohen, l'ont rapporté avec eux en France. Ce que j'ignore, c'est comment il est revenu ici, lorsque vous l'avez acheté. Entre-temps, il a fait un long voyage, pas toujours heureux.

« Les Berger-Cohen étaient des banquiers. La toile a orné les murs de leur appartement parisien pendant des années. Leur fils aîné en a hérité, en 1918, je crois. Il a été en sa possession jusqu'en 1941, date à laquelle nous perdons complètement la trace du tableau. Il a tout bonnement disparu. En revanche, le triste destin de cette famille est connu. Pendant l'occupation de Paris, tous les Berger-Cohen ont été déportés dans des camps. D'après nos sources, aucun d'eux n'a survécu. Ils possédaient une vaste collection d'art, et, au fil des ans, plusieurs de leurs œuvres sont réapparues à divers endroits du monde. En Allemagne, en Grande-Bretagne, une en France, plusieurs en Afrique du Sud. Presque toutes ont été placées dans des musées, car il s'agit pour la plupart d'œuvres importantes.

« Bientôt, c'est au tour de votre toile de refaire surface. Elle revient à Venise et c'est vous qui l'acquérez. La seule hypothèse plausible est qu'elle a été confisquée par les nazis en même temps que le reste de la collection des Berger-Cohen. De toute évidence, la personne qui vous l'a vendue alors ignorait totalement avoir entre les mains un trésor, vu le prix qu'elle en demandait.

Frère Tommaso regarda Véronique avec un immense sourire.

— Et voilà, très chère, vous avez aujourd'hui une magnifique pépite dans votre collection. Vous devez la chérir et en prendre grand soin.

Pendant un long moment, tous trois contemplèrent le chef-d'œuvre avec un silence respectueux. Véronique se tourna soudain vers frère Tommaso.

— Mais qu'en est-il des Berger-Cohen, mon frère ? Sont-ils tous morts en déportation ?

— Je le pense, oui. Il est certes parfois plus simple de retrouver la trace d'une œuvre d'art que d'une personne. Mais d'après ce que j'ai pu lire, ils ont tous disparu, dit-il d'un ton empreint de gravité.

Véronique était songeuse. L'histoire était affreusement triste. Elle se sentait désormais coupable de posséder ce tableau quand le destin de ses anciens propriétaires avait été si tragique. Elle remercia avec effusion frère Tommaso pour ses recherches. Elle laissa un chèque fort généreux au monastère, et un autre à son intention. L'homme, reconnaissant, l'embrassa sur les deux joues et lui remit tous les documents relatifs à son enquête.

Sur le chemin vers leur hôtel, le Danieli, Véronique s'abstint de tout commentaire.

— À quoi penses-tu ? lui demanda Aidan.

Contre toute attente, elle ne manifestait aucune joie. Son silence était perturbant. Aidan voyait bien qu'elle avait quelque chose sur le cœur.

— Je pense aux Berger-Cohen, à ce qui leur est arrivé.

Ce tableau rendait la Shoah encore plus réelle à ses yeux que le musée de Berlin.

— J'aimerais essayer de voir s'il reste un membre de leur famille à Paris.

— C'était il y a soixante-quinze ans, ma chérie, répondit doucement Aidan. Même si l'un d'entre eux a survécu et est revenu des camps, il est sans doute mort depuis.

Véronique hocha la tête, et ils regagnèrent leur hôtel dans un silence de mort. Ce soir-là, elle fut d'humeur maussade. Ils dînèrent dans leur trattoria préférée, mais à cette époque de l'année, le restaurant était moins animé, et Véronique semblait ailleurs, triste.

Le lendemain matin, lorsqu'ils quittèrent Venise, son humeur n'avait pas changé. Ce tableau valait une fortune, mais Véronique s'en moquait. Elle avait l'impression de ne pas valoir mieux que les nazis qui l'avaient volé. Elle avait l'impression même d'avoir du sang sur les mains.

— Mais, ma chérie, ils sont tous morts depuis longtemps, tenta de la raisonner Aidan. Autant que tu en profites. C'est un beau tableau, aussi beau que ceux que ton grand-père t'a laissés. Et ton ex-mari voulait que tu l'aies, c'est un cadeau.

— Aucune des toiles de mon grand-père n'a été volée à des gens qui ont été déportés.

Elle paraissait si malheureuse qu'Aidan comprit qu'il était inutile d'argumenter. Une fois chez elle à Paris, Véronique s'installa derrière son ordinateur. Elle resta devant son écran pendant des heures, et, lorsqu'elle alla se coucher, Aidan dormait déjà.

Le lendemain matin, elle se remit au travail, et il en alla de même les jours suivants. Quatre jours plus tard, elle avait trois noms. Il y avait des milliers de Cohen à Paris, et autant de Berger. Mais elle avait trouvé trois Berger-Cohen dans la ville. Elle montra sa liste à Aidan. L'après-midi même, elle composait leurs numéros de téléphone.

La première personne qui décrocha était une jeune femme. Elle expliqua que sa famille était originaire d'Alsace et n'avait jamais vécu à Paris. La deuxième était un jeune étudiant qui lui dit que ses parents étaient pacsés : sa mère s'appelait Berger, et son père Cohen, et ils avaient accolé leurs deux noms pour lui. Véronique composa le troisième numéro. Une jeune femme répondit. Son nom était Henriette Villier. Mais son grand-père s'appelait bien François Berger-Cohen. Elle et sa famille vivaient dans son appartement et s'occupaient de lui. Voilà pourquoi son nom apparaissait dans l'annuaire. Elle répondit aux questions que Véronique lui posait comme si cette dernière était une démarcheuse téléphonique. Elle fut donc fort étonnée quand Véronique lui demanda si elle pouvait venir les voir rapidement.

— Pourquoi ? Y a-t-il un problème ? s'inquiéta Henriette Villier.

— Non, pas du tout. Mais je pense que j'ai quelque chose qui a appartenu à votre grand-père ou à sa famille il y a bien longtemps ; j'aimerais en discuter avec lui.

— C'est impossible, répondit la jeune femme. Toute sa famille est morte pendant la guerre. Il est le seul survivant, et tous leurs biens ont été confisqués : leur maison, et tout ce qu'elle contenait.

— Je sais, dit Véronique. Cela a un rapport avec tout ça. Vous pensez qu'il acceptera de me parler ?

— Il a quatre-vingt-huit ans, et sa santé est fragile. À l'époque, il n'était qu'un gamin. Il ne se souviendra probablement pas de l'objet en question.

— Je lui apporterai une photo.

Elle en avait une dans son ordinateur.

S'il vous plaît, pourrais-je venir demain ? C'est très important, insista-t-elle.

— Passez après 17 heures, alors, soupira Henriette. Je dois chercher mon petit garçon à l'école. Mais je vous en prie, ne perturbez pas mon grand-père. C'est une époque très triste pour lui. Il n'aime pas en parler.

— Je vous le promets. Je m'efforcerai de ne pas le secouer. Je pense qu'il sera content de voir cet objet, s'il a appartenu à sa famille, à ses parents.

Véronique raccrocha et se tourna vers Aidan. Elle semblait abasourdie.

— Je crois que je l'ai retrouvé. Que j'ai retrouvé l'un d'entre eux. Il a quatre-vingt-huit ans. Il devait donc avoir treize ans.

— Que vas-tu faire ?

Aidan était inquiet. Ces quatre derniers jours, on aurait dit que Véronique était comme possédée.

— Je vais lui rendre visite demain. Tu m'accompagneras ?

Aidan hocha la tête. Il n'avait pas le choix. Il devait y aller avec elle. Le destin avait encore frappé.

21

Toute la journée, Véronique fut fébrile. Vers 16 h 30, ils quittèrent son appartement et se rendirent en voiture dans le 15e arrondissement. Ils se garèrent dans la rue. La maison de François Berger-Cohen était en piteux état. Elle avait besoin d'un bon ravalement au moins. La rue n'était pas particulièrement jolie.

Véronique sonna. Une femme âgée d'une petite trentaine d'années ouvrit la porte. Elle portait une jupe bleu marine et un gros pull. Un petit garçon se tenait à ses côtés. Une odeur de cuisine flottait dans la maison. Aidan et Véronique furent frappés par l'atmosphère de pauvreté distinguée qui régnait là. Le couloir de l'entrée était tapissé de lino jaune recouvert d'un vieux tapis élimé. Un fauteuil roulant se trouvait au pied de l'escalier.

La femme mit son fils devant la télévision, puis les conduisit à l'étage. La réticence se lisait dans son regard – comme si elle redoutait une arnaque. Elle avait cédé face à l'insistance de Véronique, mais elle espérait ne pas avoir pris la mauvaise décision. Une espèce d'instinct l'avait poussée à accepter. Son interlocutrice lui avait paru sincère et déterminée.

Véronique avait apporté une photo du Bellini. Elle avait les mains froides, elle tremblait même en suivant la femme dans l'escalier. Aidan marchait derrière elle.

Ils traversèrent un long couloir recouvert d'une moquette râpée. Henriette ouvrit la porte d'une petite chambre. Un vieil homme était assis sur une chaise à côté de laquelle se trouvait un déambulateur. Il lisait, et leva les yeux lorsqu'ils entrèrent. Il portait un costume démodé qui avait connu des jours meilleurs. Mais il était propre et élégant. Il avait des yeux clairs.

— Papy, ces gens sont venus te voir. Ils veulent te parler.

Véronique lui sourit. Il la regarda attentivement.

— Je ne vous connais pas, madame, dit-il d'une voix claire.

— Non, monsieur, en effet, répondit Véronique. J'aimerais m'entretenir avec vous au sujet d'un objet que j'ai en ma possession.

Il acquiesça. Il avait rarement de la visite et était content qu'on soit venu le déranger. Il lança un regard à Aidan, puis fit un signe à sa petite-fille. Il était d'accord. La jeune femme leur indiqua deux chaises, puis s'assit sur le lit. Il y avait des tableaux sans valeur sur les murs, et la fenêtre donnait sur le jardin.

Véronique raconta qu'elle avait acheté un tableau lors de sa lune de miel à Venise.

— Lorsque nous avons divorcé, je l'ai laissé à mon mari. Il y a peu, ce dernier est mort, et le tableau m'est revenu. Je m'étais toujours posé des questions à son propos, au sujet de son authenticité. À mes yeux, c'était un Bellini, ou alors une copie réussie.

L'homme écoutait son récit avec attention.

— Il y a quelques mois, je suis allée dans un monastère à Venise afin d'en savoir plus. S'agissait-il d'un Bellini, oui ou non ? Si c'était le cas, je voulais le laisser à mes enfants. Il s'avère que cette œuvre a appartenu à la famille Berger-Cohen. En 1918, le tableau était en possession du fils aîné du propriétaire originel. Et en 1941, la toile a disparu, tout comme la famille en question...

Véronique s'arrêta quelques instants. Le vieillard avait les yeux remplis de larmes.

— Le moine que j'ai vu pensait qu'aucun membre de cette famille n'avait survécu, mais j'ai voulu en avoir le cœur net. Je vous ai retrouvé grâce à Internet. Et me voilà : je suis venue ici afin de savoir si vous êtes bien un membre de cette famille.

Le visage ruisselant de larmes, le vieillard la regardait, incapable de prononcer le moindre mot. Tous attendaient qu'il parle.

— J'avais treize ans. Je suis rentré à la maison après l'école avec l'un de mes amis. Toute ma famille avait disparu. Tous : mes quatre jeunes sœurs, mes parents, mon frère aîné. Ils ont pris tout le monde. Des voisins m'ont caché pendant un temps. Je devais sortir la nuit pour chercher de quoi manger car ils n'avaient pas de quoi me nourrir. Les nazis ont fini par me trouver. Je n'ai pas été envoyé dans le même camp que mes proches. Ils sont tous morts. C'est ce que j'ai appris après la guerre, grâce à la Croix-Rouge.

« Mon camp a été libéré par les Américains quand j'avais dix-huit ans. J'ai rencontré ma femme là-bas. Elle avait tout juste dix-sept ans. Nous nous sommes mariés peu de temps après. Nous sommes revenus à Paris. Nous travaillions dur. Elle aussi avait perdu tous les siens. Nous avons attendu longtemps avant d'avoir des enfants. Et voici ma petite-fille, Henriette. Elle prend soin de moi. Son père, mon fils, habite à Lyon. La maison de mes parents, que les nazis ont confisquée, était située dans le 16ᵉ arrondissement. Nous n'avons jamais retrouvé aucun de nos biens. Je suis devenu enseignant, et ma femme était infirmière. C'était quelqu'un de formidable. Elle est morte il y a trois ans.

Il retroussa alors sa manche afin de montrer à Véronique et Aidan le numéro tatoué sur son bras. L'encre était délavée. Ce témoignage de l'horreur donna la nausée à Véronique. Elle l'imaginait, envoyé dans un camp alors qu'il n'était qu'un enfant. Elle imagina sa rencontre avec une jeune fille, et comment, en dépit de tout, ils avaient survécu et continué leur chemin ensemble.

Elle sortit la photo de l'enveloppe et la lui tendit. Il ne dit rien pendant un long moment, perdu dans un autre monde.

— Ce tableau appartenait à mon grand-père, qui l'a légué à mon père. Il était accroché dans notre salle à manger. Ma mère l'adorait.

Il sourit.

— Moi, j'étais un jeune garçon : je le trouvais un peu gnangnan, avec tous ces anges.

Il regarda alors Véronique, puis Aidan.

— Oui, je me souviens de ce tableau.

Ces yeux étaient deux mares limpides de chagrin.

— Cher monsieur, j'espérais bien que vous vous en souviendriez, même si les garçons de treize ans ne remarquent pas toujours les tableaux. Tout ce que je voulais savoir, c'était si cette toile appartenait à votre famille. J'aimerais vous la rendre. Elle vous a été volée, et vous en êtes le véritable propriétaire. Bien plus que moi. Je refuse de vous la voler une seconde fois. Ce tableau vaut beaucoup d'argent, plusieurs millions d'euros. Peut-être aurez-vous envie de le vendre, et dans ce cas, je peux vous présenter des spécialistes qui vous en donneront le meilleur prix. Il y a aussi la possibilité de le mettre aux enchères. Cela ferait sensation dans le monde de l'art, surtout depuis qu'il a été authentifié de source sûre. Je vous le ferai expédier, ou l'enverrai directement à un marchand d'art, comme vous voulez.

— Vous voulez me donner le tableau ?

L'homme paraissait perdu. Cet entretien l'avait bouleversé. Sa petite-fille, toujours assise sur le lit, était stupéfaite. Ces visiteurs inattendus n'étaient pas des arnaqueurs, loin s'en fallait – plutôt des anges qui avaient été envoyés sur Terre. Henriette et Véronique se mirent soudain à pleurer. Quant à Aidan, quand il vit sa compagne prendre la main du vieillard, ses yeux s'embuèrent de larmes.

— Ce tableau vous appartient, monsieur. Comme il appartenait à votre père et à votre grand-père. Vous êtes le propriétaire légitime de cette toile et de ses anges « gnan-gnan ».

Véronique souriait à travers ses larmes, et le vieil homme également.

— Pourquoi faites-vous cela pour moi ? demanda-t-il d'une voix tremblante.

— Parce que c'est juste. Un peu de justice, après toutes ces années, cela fait du bien, non ?

Il l'ignorait encore, mais cette visite allait changer sa vie.

— Votre petite-fille m'appellera quand vous aurez pris une décision. Il faudra me dire à quelle adresse envoyer le Bellini. Il se trouve actuellement à Venise, dans un monastère. Les moines vous le feront parvenir.

— Ma mère serait si heureuse, dit-il d'une voix chevrotante avant d'embrasser Véronique sur la joue. Merci, madame. Merci de nous rendre notre bien. Pendant toutes ces années, ma femme et moi n'avions plus que des souvenirs.

— Et maintenant, vous avez des rêves, monsieur. Vous pouvez faire tout ce que vous voulez avec ce tableau.

Elle lui sourit. Puis elle et Aidan se levèrent. Cette discussion avait épuisé le vieil homme. Il serra la main d'Aidan dans la sienne. Véronique vit les larmes dans les yeux de son compagnon. Elle se pencha et embrassa le vieillard sur la joue.

— Au revoir, monsieur Berger-Cohen. Prenez soin de vous.

— Au revoir, dit-il faiblement. Et merci. Vous allez faire le bonheur de ma famille.

Plus qu'il ne pouvait l'imaginer. Il était difficile de se représenter la somme qui les attendait quand, comme lui et les siens, on avait vécu une vie aussi dure.

Véronique et Aidan suivirent Henriette en bas, jusqu'à la porte.

— Dites-moi quand vous aurez pris une décision, lui dit Véronique en lui donnant un papier avec ses coordonnées.

Je me ferais un plaisir de vous aider si jamais vous décidiez de vendre le tableau.

La femme la regardait avec stupéfaction.

— Je ne sais comment vous remercier, madame, dit-elle d'une voix remplie d'émotion.

— C'est inutile. Ce tableau appartient à votre famille.

Dehors, l'air était frais. Véronique et Aidan marchèrent en silence pendant quelques minutes, puis Aidan força Véronique à s'arrêter et la regarda dans les yeux.

— Je n'arrive pas à croire ce que tu viens de faire.

— Cela s'imposait, dit-elle simplement. Ce tableau ne m'appartenait pas.

— Tu te rends compte de sa valeur ?

Elle hocha la tête et sourit. Elle se sentait légère comme l'air et plus heureuse que jamais.

— Tu sais, pour une fille riche, tu es vraiment quelqu'un de très, très bien.

Aidan s'installa derrière le volant. Il attira Véronique contre lui. Jamais dans sa vie il n'avait autant aimé quelqu'un.

Ce soir-là, Véronique resta longtemps à la fenêtre, à contempler la Seine au clair de lune. Elle pensait à Paul : son ex-mari, avec son testament, avait été à l'origine de tout. Il avait plus œuvré pour sa famille après sa mort que de son vivant. Timmie avait son foyer pour sans-abri. Juliette, son château, qu'elle allait convertir en hôtel. La carrière de Joy était lancée, avec un manager sérieux et de bons rôles en perspective. Sophie avait été reconnue et avait retrouvé ses sœurs, et elle et sa mère avaient de quoi voir venir. Bertie avait été rappelé à l'ordre et arrêté. Quant à Véronique, elle s'était remise à peindre. L'action de Paul s'était même étendue au-delà de la famille, puisque François Berger-Cohen avait récupéré son tableau. La petite fortune que lui rapporterait ce dernier assurerait l'avenir de sa famille et lui permettrait de vivre confortablement les dernières années de sa vie – une maigre compensation après tout ce qu'il avait traversé.

Surtout, chacune d'entre elles avait rencontré la personne qui lui était destinée. Tout cela, grâce à Paul, même si c'était de manière indirecte. Véronique avait croisé la route d'Aidan tandis qu'elle enquêtait sur la toile qu'il lui avait léguée. Timmie avait rencontré Brian, et ils étaient faits l'un pour l'autre. Avec son tempérament de feu, il lui fallait quelqu'un de sa trempe. Juliette avait rencontré Jean-Pierre, et Joy, Ron.

Ainsi, Paul leur avait offert à toutes ce dont elles avaient besoin. Il avait su exactement ce qu'il leur fallait. De là où il se trouvait, au ciel, il avait créé des miracles.

Aidan l'enlaça.

— À quoi penses-tu, ma chérie ?

— À tout. À la tournure positive des événements.

Elle s'appuya contre lui. Elle se sentait en sécurité avec lui.

— Tu as bien bossé aujourd'hui, lui dit-il en déposant un baiser au sommet de son crâne. Viens te coucher, maintenant, murmura-t-il.

Une fois dans le lit confortable, il la tint serrée dans ses bras. Jamais il n'oublierait ce qu'il avait lu dans les yeux du vieil homme lorsque celui-ci avait appris que Véronique lui rendait le tableau. Jamais non plus il n'oublierait ce qu'il avait lu dans ses yeux, à elle. C'était un cadeau extraordinaire.

Tout aussi extraordinaire que ceux, fort précieux, que Paul avait faits à sa famille.

Vous avez aimé ce livre ?
Vous souhaitez en savoir plus sur Danielle STEEL ?
Devenez, gratuitement et sans engagement, membre du
CLUB DES AMIS DE DANIELLE STEEL
et recevez une photo en couleur dédicacée.

Pour cela il suffit de vous inscrire sur le site
www.danielle-steel.fr
ou de nous renvoyer ce bon accompagné
d'une enveloppe timbrée à vos nom et adresse au
Club des Amis de Danielle Steel
– 12, avenue d'Italie – 75627 PARIS CEDEX 13

Monsieur – Madame – Mademoiselle
NOM :
PRÉNOM :
ADRESSE :

CODE POSTAL :
VILLE :
Pays :

E-mail :
Téléphone :
Date de naissance :
Profession :

La liste de tous les romans de Danielle Steel publiés aux Presses de la Cité se trouve au début de cet ouvrage. Si un ou plusieurs titres vous manquent, commandez-les à votre libraire. Au cas où celui-ci ne pourrait obtenir le ou les livres que vous désirez, si vous résidez en France métropolitaine, écrivez-nous pour le ou les acquérir par l'intermédiaire du Club.

Composition et mise en pages
Nord Compo à Villeneuve-d'Ascq

MARQUIS

Québec, Canada

Achevé d'imprimer au Canada chez Marquis imprimeur inc. en avril 2017
Dépôt légal : mai 2017